ROGUE PRINCE - VERSION FRANÇAISE

KYLIE GILMORE

Traduction par
LAURE VALENTIN

1

––––––

Quelques jours après Noël… Île de Villroy.

Dylan

Comment est-ce que j'ai bien pu me retrouver ici ? Je me tiens dans une fichue salle de bal du palais de l'île de Villroy, vêtu d'un smoking de location, pour le mariage du Prince Adrian. Moi, Dylan Rourke, ouvrier de bâtiment de Brooklyn, à New York, dans une salle de bal royale.

Tout le palais est un monument à la richesse et au haut rang. Et les gens qui y vivent sont tout aussi resplendissants avec leurs vêtements sur mesure. Les bijoux sur les diadèmes, les colliers, les bracelets et les bagues brillent sous la lumière des chandeliers.

— On aurait dû apporter plus de quincaillerie pour nous mêler à cette foule, marmonne Sean entre ses dents.

C'est mon petit frère, de deux ans mon cadet, et nous sommes très proches, tous les deux.

— Avec des colliers en forme de dollars, nous aurions parfaitement notre place ici, dis-je dans un souffle en réfrénant un sourire.

Nous ricanons, ce qui nous vaut quelques regards

appuyés, et redevenons sérieux. Je suis à peu près sûr que nos grands-parents se retournent dans leur tombe. Vous voyez, techniquement, nous sommes des princes, et Adrian est notre cousin. Je ne l'ai rencontré que récemment, vu que sa famille a exilé la mienne à cause d'événements qui se sont produits avant qu'aucun de nous deux ne soit né. C'est un genre de mission de réconciliation, et elle se passe aussi bien qu'on pourrait s'y attendre.

Mes cinq petits frères et moi sommes parvenus à stupéfier une salle de bal remplie de gens au point de tous les réduire au silence. Nous sommes autant à notre place ici qu'un éléphant dans un magasin de porcelaine ; d'anciens exilés nés d'une union scandaleuse.

Nous nous tenons d'un côté de la pièce, et tous les autres membres de ma famille éloignée se trouvent de l'autre côté, à nous dévisager. Nous attendons tous que les mariés arrivent, après s'être fait prendre en photo. Le silence stupéfait est probablement dû au fait que mes frères et moi n'avons pas confirmé notre présence au mariage, même si nous y avons été conviés. Nous ne sommes pas en train de nous inviter au mariage. Nous avons pris la décision de venir à la dernière minute, et nous sommes arrivés juste à temps pour la réception. Il y a eu une brève altercation quand nous avons tenté d'entrer dans le palais, mais j'ai demandé à ce qu'on fasse venir ma cousine Silvia dans le hall d'entrée pour qu'elle se porte garante pour nous.

Je me suis rapproché de Silvia quand elle a emménagé aux États-Unis pour ses études. Il faudrait avoir un cœur de pierre pour ne pas l'apprécier. Elle a mené une campagne pour nous faire venir à ce mariage, insistant sur le fait que c'était à nous, la dernière génération, de faire le dur travail qui permettrait de rassembler à nouveau la famille. Il y a beaucoup de rancune entre son côté de la famille et le mien. Mon père a dû repartir de zéro à Brooklyn, après avoir été élevé pour devenir roi, puis exilé. Ça a été dur, pour lui, très dur. Il est encore aigri à ce sujet.

C'est Sean qui m'a finalement convaincu qu'on devrait venir ici. Son raisonnement était bon. Si nous sommes invités à un mariage à Villroy, cela signifie que notre exil est levé. Et si l'exil est levé, nos intérêts commerciaux pourront peut-être s'aligner avec ceux de nos cousins royaux riches. Toutes leurs opérations commerciales ont rencontré un énorme succès, de la manufacture de cosmétiques à l'ouverture d'un spa de jour, puis d'un casino. Je ne suis pas ici pour faire l'aumône, mais si – et, c'est un grand si – il y a réconciliation, le Roi Gabriel nous fera peut-être un prêt pour qu'on puisse commencer à retaper des maisons le week-end. Le développement immobilier est un marché florissant à Brooklyn, et Sean et moi devons aller au-delà du domaine de la construction. Nous le rembourserions avec les intérêts. Mes cousins royaux pourraient considérer cela comme une diversification, qui leur permettrait d'avoir la mainmise à la fois sur Villroy et sur Brooklyn. Mon père a beaucoup insisté sur cette idée de prêt, en disant qu'il était grand temps pour que notre famille obtienne la rémunération qui nous a été refusée.

Maintenant qu'on est là, j'ai de sérieux doutes. Certains des invités les plus âgés nous observent avec mépris. Ils connaissaient sûrement mon père, qui a refusé de mettre les pieds à Villroy, au vu des circonstances. Certaines personnes murmurent d'un air scandalisé. Tout le monde nous dévisage comme si nous étions exposés dans un zoo.

Je tire sur le col de ma chemise blanche et une perle de sueur coule le long de ma colonne vertébrale. Mes frères remuent à côté de moi, mal à l'aise. Personne n'est venu nous demander de quel droit nous sommes ici, mais des agents de sécurité sont postés dans toute la pièce. Des types à l'air coriace, avec des oreillettes et habillés tout en noir. Ils dissimulent sûrement une arme sous leur veste. Est-ce qu'ils nous mettront dehors, si l'un des représentants de la génération plus âgée tape du poing sur la table ? Je crois que tout le monde n'était pas d'accord pour qu'on vienne ici. Nous allons peut-être finir jetés dans un donjon. Mon père nous a dit qu'il y en avait un.

Je jette un œil à mes frères, qui arborent un air sinistre. Du plus âgé au plus jeune, il y a moi, Sean, Jack, Connor, Brendan et Garrett. La plupart d'entre nous ont des cheveux brun foncé et des yeux bleus, excepté le plus jeune, Garrett, qui a les mêmes yeux bleu vert que notre père. À ce qu'il paraît, les yeux aigue-marine sont le signe qu'on est un vrai dirigeant de Villroy, sauf que cela n'a pas vraiment marché pour mon père.

Les mariés entrent enfin dans la salle de bal, brisant la tension, et une acclamation retentit alors que tout le monde applaudit et leur lance des félicitations. Adrian, qui pourrait passer pour l'un de mes frères avec ses cheveux brun foncé épais, ses pommettes anguleuses et sa mâchoire carrée, lève une main.

— Merci à tous d'être venu célébrer ce moment avec nous !

Il pose les yeux sur moi et ajoute :

— Et je remercie particulièrement mes cousins, qui ont fait le trajet jusqu'ici depuis New York.

Je lui adresse un signe du menton. Puis, à ma grande surprise, Adrian se dirige droit vers nous avec sa femme, Sara.

— Dylan, je suis si heureux de te voir ici, dit-il en me tendant la main.

Nous nous sommes rencontrés brièvement à Brooklyn il y a quelques mois. Il est le frère jumeau de Silvia, et c'est la seule raison pour laquelle j'ai accepté de le rencontrer.

Je serre la main d'Adrian, pleinement conscient du fait que toute la salle est à nouveau plongée dans le silence.

— Pas de problème. Merci.

Je ne peux me résoudre à répondre que je suis content d'être ici, parce que jouer le rôle de pacificateur pour une famille bannie est extrêmement embarrassant.

Il me présente à Sara et je me tourne pour présenter mes frères.

Silvia apparaît à mes côtés.

— Je suis tellement contente que tu sois venu !

Elle passe les bras autour de moi et me serre contre elle. C'est la deuxième fois qu'elle m'étreint aujourd'hui. La première fois, c'était dans le hall d'entrée, où elle a dû nous faire passer la sécurité.

Il m'est impossible de ne pas apprécier cette fille, sachant à quel point elle m'adore.

Je lui rends son étreinte.

— Je savais que tu ne me l'aurais jamais pardonné, si j'avais manqué ça.

— Et tu avais raison.

Elle m'adresse un regard rayonnant, puis se tourne vers mes frères et les étreint chacun tour à tour. Deux fois chacun. Je prends soudain conscience du fait qu'elle est en train de nous prendre dans ses bras dans cette salle pour montrer à tout le monde que nous sommes acceptés dans la famille royale. Malin.

— Venez, je vais vous présenter au reste de la famille.

Elle nous présente d'abord notre grand-tante et notre grand-oncle, qui refusent de me serrer la main.

— Racaille, dit mon grand-oncle pas si grand que ça en pinçant les lèvres.

Je sens la colère enfler en moi et crispe la mâchoire. C'est comme ça que ce côté de la famille nous appelle, depuis l'exil : de la racaille. Mon père nous en a déjà parlé, mais me l'entendre jeter au visage est une tout autre chose. Ils croient que nous leur sommes inférieurs.

— Je suis fière de les considérer comme des membres de ma famille, rétorque Silvia. Je vais m'assurer de faire savoir au Roi Gabriel et à la Reine Anna l'accueil que vous avez réservé à nos invités d'honneur.

Ils nous tournent le dos. Imités par plusieurs autres couples autour de nous. Un bon vieil ostracisme. Foutus crétins. Pas étonnant que mon vieux soit aigri.

Silvia est outrée, les joues rougies.

— Venez. Je vais vous présenter à la meilleure partie de la famille.

Elle traverse la salle de bal et se dirige vers la table d'honneur. Mes frères et moi la suivons d'un pas lent. C'était une erreur de venir ici. Je ne sais pas pourquoi Silvia croyait que nous serions acceptés. Le Roi Gabriel est là, assis à la table d'honneur, l'air rigide et extrêmement convenable. Ça aurait pu être moi. Je suis le prince héritier, le premier fils de l'homme qui aurait dû être roi. Je suis né un an avant Gabriel. Le trône me revient de droit. Je sais que ce n'est pas la faute de Gabriel. Toutes ces histoires se sont passées avant notre naissance, et honnêtement, je ne m'imagine pas gérer toutes ces affaires royales pompeuses au quotidien. Je suis un type décontracté et pragmatique.

— Cette salle de bal est incroyable, murmure Sean. J'ai l'impression d'être sur un plateau de tournage. Tu sais, l'une de ces comédies romantiques historiques. Est-ce qu'ils font vraiment des danses de salon, ici ? Parce que ça ne fait pas *du tout* partie de mon répertoire.

— Ne t'en fais pas. Personne n'a envie de danser avec toi.

Il arbore un sourire narquois et parcourt la pièce des yeux.

— J'ai reçu certains *regards* de la part de beaucoup de femmes, ici.

— Tu reçois des *regards* de la part de toute la salle, parce que tu es un paria.

Il bombe le torse.

— Mon statut de paria ne me rend que plus attirant. Je suis le fruit défendu. Il me suffit d'ajouter à ça mon charme personnel, et elles me mangeront dans la main.

— Ferme-la.

— Ma bouche ou ma braguette ? demande-t-il.

— Les deux.

— C'est peut-être plus sûr, répond-il à voix basse. Je ne sais pas trop qui est de ma famille, ici.

Je réprime un grognement. La salle de bal ressemble effectivement à un lieu de tournage, ou peut-être à une salle de musée. C'est une pièce immense avec un plancher en bois, du papier peint couvert de dorures, des chandeliers en cristal et en or et des fresques au plafond.

Nous atteignons la table d'honneur devant laquelle est alignée une rangée de chaises à haut dossier en velours rouge. Les chaises au centre sont réservées aux mariés. Les autres sont pour le roi et la reine et les invités du mariage, c'est-à-dire mes cousins et une femme qui ressemble à la mariée, et qui doit être sa sœur.

Silvia m'adresse un gentil sourire, et je ne peux m'empêcher de me détendre un peu en voyant son attitude chaleureuse. Elle pose une main sur mon épaule et se met sur la pointe des pieds pour murmurer :

— Tu dois appeler le roi et la reine « Votre Majesté. »

Sérieusement ? J'acquiesce d'un grognement.

Je la regarde faire une révérence et incliner la tête devant le roi et la reine. C'est vraiment étrange, qu'elle doive faire ça devant son propre frère.

— Roi Gabriel, Reine Anna, permettez-moi de vous présenter nos cousins. Voici Dylan Rourke. C'est un bon ami à moi depuis que je vis aux États-Unis, et déjà à l'époque où j'allais à Yale.

Elle se tourne vers moi avec un sourire éclatant.

— Ça fait sept ans, maintenant, c'est ça ?

Je lui rends son sourire.

— C'est ça.

Je me tourne vers Gabriel et attends de voir quel genre d'accueil je vais recevoir. Il se lève lentement de sa chaise et nous nous retrouvons face à face ; notre taille et notre carrure sont similaires. Son expression est dure. Il réalise peut-être que, si l'exil est levé, je pourrais légitimement revendiquer le trône. Je suis une menace pour lui.

Je lui rends son regard fixe.

Sa femme, Anna, se lève et pointe du doigt vers ma mâchoire.

— Tu me rappelles tellement Gabriel, quand tu crispes la mâchoire comme ça.

Elle adresse un regard à son mari et ajoute :

— C'est exactement à ça que tu ressembles quand tu es stressé ou irrité.

Je m'efforce de détendre ma mâchoire, parce que je ne suis ni stressé ni irrité. Je ne suis simplement pas assez fou pour montrer la moindre faiblesse alors que j'affronte du regard un autre homme.

Anna lui donne un coup de coude dans les côtes. Il lui adresse un regard sévère, avant de tendre la main vers moi.

— Bienvenue à Villroy, cousin.

Je tends la main à mon tour, et il la serre fermement.

— Merci.

Je n'arrive pas à me résoudre à prononcer le « Votre Majesté ». C'est beaucoup trop hautain. Il n'est pas au-dessus de moi. Nous sommes égaux. Une famille.

Anna me serre la main à son tour. Elle est jeune, a de longs cheveux brun foncé bouclés et des yeux marron pétillants.

— Il était grand temps que cette réunion ait lieu. Les Rourke sont plus forts ensemble, et il était grand temps de combler le fossé entre les familles.

Elle m'adresse un sourire rayonnant, puis adresse le même à Gabriel. Il esquisse un sourire indulgent.

Je ne souris pas, parce que nous savons tous qui est responsable de ce fossé – leur famille. Puis je me remémore la raison de ma présence ici – le pacificateur – et je hoche une fois la tête.

Maintenant que j'ai vu cet endroit, je ne peux qu'imaginer le choc des cultures qu'a traversé mon père. Plus de domestique pour veiller au moindre de ses besoins, plus de luxe et de paillettes. Juste un mode de vie populaire en essayant de pourvoir aux besoins de sa famille grandissante. Mon oncle l'a embauché pour qu'il s'occupe de la comptabilité de son entreprise de construction, et mon père a travaillé d'arrache-pied pour apprendre tout ce qu'il pouvait dans ce métier. Pas étonnant qu'il soit aigri. Ils auraient au moins pu lui donner une allocation. De quoi amortir le choc.

— Il va falloir qu'on discute, plus tard, dit Anna. Viens nous trouver quand ils auront coupé le gâteau.

Je me raidis, aussitôt méfiant. Discuter de quoi ? C'est moi qui suis venu avec un plan en tête. Qu'est-ce qu'ils pourraient attendre de moi ? Bien sûr, Anna est tout sourire, mais Gabriel ne se montre pas vraiment chaleureux. Ils vont m'attirer à l'écart et éliminer la menace. C'est un schéma classique de bon flic/méchant flic. Je suis peut-être parano, mais je me trouve dans des circonstances extrêmes.

J'adresse un signe de tête à Anna et reprends mon avancée le long de la table pour saluer le reste de mes cousins. Derrière moi, je peux entendre Silvia faire les présentations pompeuses entre le roi et la reine et mes frères. Mes cousins –

quatre princes et une princesse – sont polis, mais ils ont l'air tendus. Je suis sûr qu'ils ne peuvent s'en empêcher, en tant que membres de la royauté. Mon père dit qu'il y a tout un protocole royal, qu'il était obligé de suivre. Silvia est une exception, probablement parce qu'elle est la plus jeune et qu'elle a passé beaucoup de temps aux États-Unis.

Je rencontre la reine précédente en dernier, la femme qui a pris la place de ma mère pour régner sur le royaume. Elle se tient de manière majestueuse, comme si elle portait encore une couronne, bien qu'elle ait renoncé à son statut de reine à la mort de son mari. Elle a probablement la cinquantaine, comme ma propre mère, ses cheveux brun foncé sont coiffés en chignon et son expression est plaisante.

— Bonjour, je suis Alexandra, et je tiens à vous remercier d'être venus. Mon défunt mari a toujours espéré une réconciliation.

Je ne sais pas quoi dire. Son mari, l'oncle que je n'ai jamais rencontré, est mort à seulement cinquante-quatre ans. Mon père s'en est beaucoup voulu d'avoir ignoré les invitations répétées de son frère à lui rendre visite, alors qu'il vivait ses derniers moments. Je m'étais dit que son frère aurait pu mentionner qu'il était mourant, et que la réponse de mon père aurait été différente, mais apparemment, sa maladie devait être tenue secrète. Qu'est-ce que je connais du code de conduite strict d'un roi ?

— Désolé que nous ne venions que maintenant, finis-je par répondre.

— Vous n'avez aucune raison d'être désolé. C'était une situation difficile pour tout le monde.

Ses yeux sont brillants de larmes, et elle déglutit visiblement.

— Un mariage arrangé était prévu entre moi et le futur roi de Villroy. Quand ton père a abdiqué, j'ai épousé son frère à la place. S'il te plaît, transmets mes remerciements à ton père, pour m'avoir permis d'épouser mon mari.

Elle cligne des yeux pour balayer ses larmes et ajoute :

— Nous étions très proches.

Je me balance sur les talons de mes chaussures habillées,

embarrassé par ses larmes, et surpris qu'elle me transmette des remerciements pour mon père. Il a été forcé d'abdiquer le trône pour pouvoir épouser ma mère, une roturière. Cela a créé un énorme scandale, à l'époque. Ce n'était jamais arrivé dans toute l'histoire du royaume. Je croyais que tout le monde, ici, était furieux que mon père ait abdiqué. Pourquoi, sinon, l'auraient-ils puni aussi durement ? Il a été exilé, sans rien d'autre que la chemise sur son dos.

— Bien sûr, je lui transmettrai le message.

Elle sourit.

— Merci. On dirait que vous avez une grande famille, comme la nôtre. Vous êtes proches ?

— Oui.

Je tourne les yeux vers mes andouilles de frères derrière moi, qui se montrent sous leur meilleur jour avec leurs smokings et leurs grands sourires.

— Ils sont tous plutôt cool.

Nous travaillons tous dans l'entreprise de mon oncle, Byrne Construction, alors nous sommes toujours fourrés ensemble.

Une fois les présentations faites, un domestique nous accompagne à notre table, où nous profitons d'un dîner officiel dans des couverts en porcelaine arborant l'emblème royal – un lion portant une couronne sur la tête, avec la mer et un poisson au-dessous. Je le reconnais après avoir effectué quelques recherches en ligne. Quand j'étais enfant, cela me remontait le moral après une mauvaise journée, de savoir que j'étais secrètement membre de la royauté. Essayez donc de dire à votre pote de Brooklyn que vous êtes un prince, si vous voulez recevoir un coup de poing dans la bouche. Mes frères et moi gardions ça pour nous, mais rien que de le savoir nous faisait bomber le torse.

Un défilé continu de domestiques se fraie un chemin à travers la salle de bal, des plateaux en argent couverts entre les mains. Le repas est composé de nourriture gastronomique raffinée, du genre qui est servi dans les restaurants gourmets : du caviar, du thon poêlé avec de la salade d'algues, du homard, de l'écrasé de pommes de terre à la truffe. Je ne connais les noms des plats que parce que le domestique les annonce chaque fois, avant de soulever le couvercle avec panache. Je ne peux qu'imaginer le coût exorbitant de cette réception, compte tenu de toutes les personnes présentes. Au moins une centaine d'invités doit être en train de manger dans cette salle.

Une fois le repas terminé, un groupe joue une valse pour les mariés. Ils semblent sortis d'un film, alors qu'ils dansent en se regardant dans les yeux. Sean me regarde en haussant un sourcil. *Ouais, ouais, une danse de salon dans une salle de bal.* J'imagine qu'on vous force à suivre des cours de danse, quand vous êtes membre de la royauté. Je suis heureux d'avoir pu faire du sport à la place. D'autres valses s'ensuivent, et les invités du mariage rejoignent les mariés. Nous restons assis et regardons. J'envisage d'aller me balader dehors, mais il fait froid et complètement noir. C'est comme s'ils avaient une dent contre les lampadaires, ici. Le palais est situé au sommet d'une montagne, au centre de l'île, et je pourrais tomber accidentellement d'une falaise.

Au bout d'un moment, les gens se rassoient sur leur chaise pour le gâteau. Je regarde les heureux mariés se donner une bouchée de gâteau l'un à l'autre, et ressens un pincement dans la poitrine. Je ne les connais pas si bien que ça, mais leur amour est clair comme de l'eau de roche. Cela ne me dérangerait pas, qu'une femme me regarde de cette façon, comme si j'étais son héros. La plupart des femmes m'adressent des regards charmeurs, ce qui signifie juste qu'elles espèrent passer un peu de bon temps. J'ai envie de plus que ça, et c'est probablement pour ça que je n'ai plus flirté avec une femme depuis un bon moment. Je me suis lassé de la vacuité du fait de ne partager qu'une ou deux nuits. Comme si j'étais un morceau de viande sexy. C'est ce que je suis, mais quand même. J'ai envie de connaître quelque chose de *réel*. J'ai grandi dans une grande famille heureuse, et je me suis toujours imaginé avoir un jour la mienne. Mes parents sont un excellent exemple de couple parfait. Le problème, c'est que je n'ai jamais rencontré la femme qu'il me fallait.

La Reine Anna vient se placer devant ma table.

— Dylan, tu veux bien venir avec moi ?

Je me lève, et sens les yeux de mes frères posés sur moi. Je leur ai parlé de ce rendez-vous royal, juste au cas où je ne reviendrais pas. Je l'ai dit sur le ton de la plaisanterie, mais la tension que je ressens dans mes tripes à cet instant me dit que c'est peut-être une bonne chose qu'ils soient au courant de ce qu'il se passe.

— Bien sûr.

Elle me fait signe de la suivre jusqu'à la sortie, une arche ouverte, où Gabriel attend avec un garde au visage de marbre. Il n'y a rien d'inquiétant à voir un garde armé se joindre à nous pour un rendez-vous, n'est-ce pas ? Qui est parano, maintenant ?

— Je vais te faire visiter les lieux sur le trajet jusqu'à la salle d'audience, dit Anna d'un ton joyeux.

La salle d'audience. Je ne sais pas trop ce que c'est, mais le nom me paraît assez sinistre. Est-ce qu'une audience sera présente pour assister à mon exécution ? Non, ils n'iraient pas jusque-là. Ils vont probablement se contenter de me menacer pour que je ne *songe* même pas à tenter de m'emparer du trône.

Je jette un coup d'œil à Gabriel, dont l'expression sévère ne laisse rien paraître. Le comportement enjoué d'Anna forme un tel contraste avec celui de Gabriel que je ne peux m'empêcher de me dire qu'ils jouent à nouveau au gentil et au méchant flic.

— Tu as vu le hall d'entrée principal en arrivant, dit Anna avec un geste dans cette direction. Je me souviens que la première fois que je l'ai vue, j'étais époustouflée. Il est si majestueux, n'est-ce pas ?

Elle n'est pas du tout un membre de la royauté guindé. Elle est jeune et américaine. C'est ironique, parce que par le passé, ma mère a joué le rôle de la jeune Américaine amoureuse d'un prince héritier. Si la famille royale avait été plus tolérante, à l'époque, ma mère aurait pu être à la place d'Anna en ce moment. Mais j'aurais alors dû grandir ici, et cela n'aurait pas été drôle du tout. Quand j'étais enfant, j'ai fait les quatre-cents coups partout dans le quartier avec mes frères. Je suis sûr que Gabriel n'a jamais été autorisé à faire les quatre-cents coups de toute sa vie.

— Deux étages de marbre blanc, c'est majestueux, effectivement, commenté-je en inclinant la tête.

Elle sourit.

— J'adore ton accent de Brooklyn. Il est si pittoresque.

Je jette un coup d'œil à Gabriel pour voir comment il prend ses bavardages. Je ne suis pas sûr que « pittoresque » soit un compliment. Il étire très légèrement les lèvres.

— Vous parlez un anglais très châtié, ici, dis-je en me tournant vers Anna. Alors j'imagine que c'est pour ça que je parais si… pittoresque.

— C'est une bonne chose, dit-elle en posant une main sur mon bras. J'aime les gens qui ont les pieds sur terre.

Nous descendons un long couloir avec de hautes fenêtres givrées et des panneaux de bois blanc. Mon regard est attiré par d'autres fresques au plafond, accompagnées de cadres en plâtre. Il a dû falloir des décennies pour construire cet endroit, compte tenu des outils à disposition à l'époque. Je dirais que ce palais est vieux de plusieurs siècles. Anna me parle du royaume, qui, d'après elle, était à l'agonie à cause des problèmes de l'industrie de la pêche, qui souffrait de la faible population de poissons. Elle et Gabriel ont préservé l'héritage des Rourke en faisant évoluer l'industrie de la pêche en conception de cosmétiques, avec des produits de la mer, qui sont utilisés dans le nouveau spa de jour et vendus en ligne. Adrian a ouvert un casino pour diversifier leur entreprise commerciale. J'étais au courant pour leurs structures, mais je ne savais pas que leur économie était au plus bas. Gabriel intervient et m'explique avec beaucoup de fierté à quel point tout s'est arrangé, maintenant. Je ne peux m'empêcher d'admirer ce qu'ils ont accompli. Imaginez un peu devoir diriger tout un pays, et le faire passer du seuil de l'effondrement à l'épanouissement. Cela a dû nécessiter beaucoup de travail.

Anna ouvre une porte pour me montrer la salle à manger formelle. J'aperçois une longue table en bois sombre brillante avec une énorme composition florale au centre, et un autre chandelier en cristal et en or. Tout le palais a un thème particulier – luxueux et couvert d'or – et clairement, de l'or, ils en ont beaucoup. S'ils ne me tuent pas, l'éventualité d'un prêt sera vraiment envisageable.

— Nous nous dirigeons vers l'aile ouest, dit-elle. Les ailes ouest et est forment la cour à l'arrière, qui mène aux jardins à la française et, finalement, à la mer. À peu près toutes les routes mènent à la mer, ici.

— C'est une île, remarquons Gabriel et moi en chœur.

Bizarre. Anna frémit.

— C'était flippant. Vous pourriez être des jumeaux, sauf que Gabriel a un an de moins. Je crois que vous auriez été proches, étant enfants. J'espère que vous pourrez apprendre à vous connaître en tant qu'adultes.

— Ça me plairait beaucoup, répond Gabriel en lui souriant.

Clairement, il a dit ça pour lui faire plaisir. Il ne me regarde même pas.

— Oui, on restera en contact, dis-je, pour faire plaisir à Anna aussi.

Le fait est que Gabriel est ici pour faire ses trucs de roi, alors que j'ai du travail chez moi. Est-ce qu'elle croit vraiment que nous allons devenir les meilleurs amis du monde ? *Eh, Gabe, tu as déjà essayé les nouveaux disques turbo en diamant pour couper le marbre ?* Il y a beaucoup de marbre, ici, après tout. Je réprime un rire à cette pensée.

Anna m'indique quelques pièces de plus en chemin, ainsi que des trucs vikings historiques accrochés aux murs, des boucliers et des épées, principalement, qui viennent de nos ancêtres. Puis nous arrivons à la salle d'audience. Elle n'a rien de terrifiant, même si le double trône en bois et à l'air antique tout au fond de l'énorme pièce me fait hésiter un instant. Je vous jure que si Gabriel et Anna s'assoient sur ce trône et s'attendent à ce que je m'agenouille devant eux, ou je ne sais quoi, avant de prononcer une déclaration qui me remettra à ma place, je ne répondrai plus de rien. Nous sommes égaux, même si nous vivons dans deux mondes différents.

Anna me fait signe d'entrer.

— Assieds-toi sur le trône avec Gabriel. Je reviens tout de suite.

Moi, sur le trône ?

Je le fixe des yeux et m'avance lentement, presque en transe. J'ai souvent imaginé ce moment, quand j'étais enfant et que j'étais en colère à propos de quelque chose. Je me voyais reprendre ma place de roi et faire tout ce que je voulais avec les ressources illimitées au bout de mes doigts. Je n'aurais jamais cru que cela arriverait un jour dans la vraie vie.

— Comment est ta vie, à Brooklyn ? me demande Gabriel, me tirant de ma transe.

— Je n'ai pas à me plaindre.

— Silvia m'a dit que vous travailliez tous dans la construction. Les affaires sont bonnes ?

— Oui, tout va bien. C'est plus lent, l'hiver. Nous serons à nouveau occupés au printemps.

Je lui adresse un regard en coin et demande :

— Comment est la vie ici, à Villroy ?

Il m'adresse un sourire, et son expression passe de rigide à détendue en un instant.

— Fantastique ! J'ai une fille, Mila. Elle a seize mois, elle marche et elle commence tout juste à parler. Elle est la lumière de ma vie.

Sa voix s'étrangle d'émotion et il se racle la gorge.

— Honnêtement, je n'ai jamais été plus heureux.

Je me surprends à éprouver une pointe de jalousie. C'est juste que, après avoir passé ma vie à veiller sur mes cinq petits frères, je me suis toujours vu comme voué à devenir père. Je croyais qu'aujourd'hui, à trente-trois ans, je le serais déjà. Clairement, Gabriel est ravi de sa paternité.

— Félicitations pour ta petite fille. Alors, euh, ça te plaît d'être roi ?

Il prend un visage sérieux.

— C'est mon devoir. J'ai de la chance d'avoir Anna comme partenaire. C'est elle qui a tiré le royaume du bord du précipice pour le faire entrer dans le siècle suivant. C'était son idée de génie, d'utiliser notre industrie de la pêche pour la manufacture de cosmétiques. Cela a permis de préserver notre mode de vie traditionnel, tout en le modernisant.

Il s'assoit sur le trône et me fait signe de m'installer sur celui d'à côté. Je monte sur l'estrade et m'assois. *Sympa*. Le trône n'est pas des plus confortables, avec son bois dur, mais bon sang. J'ai l'impression d'être un roi, ici, examinant une pièce remplie de personnes imaginaires qui attendent de moi que je les guide.

— Comment tu te sens ? demande-t-il.

— À ma place.

C'est étrange, mais vrai.

— Est-ce que tu m'en veux d'avoir pris ta place ?

J'hésite. Ce n'est pas que je lui en veux, pas vraiment, mais c'est difficile de le voir sur le trône en sachant qu'il est là uniquement parce que mon père a été traité injustement.

— Tu n'es pas obligé de répondre, continue-t-il. C'est une question stupide. Évidemment que tu éprouves du ressentiment pour ce qui t'a été refusé pour un événement qui n'était en aucun cas ta faute. Je ressentirais la même chose à ta place.

— Je me sens surtout mal pour mon père, tu comprends ? Ce n'était pas juste, la manière dont il a été traité.

— Je suis d'accord.

Anna approche avec un domestique qui tient une grande boîte en bois entre les mains.

— Nous aimerions que tu donnes ça à ton père. Un cadeau, et nous espérons qu'il verra ce geste comme le signe de paix dont il s'agit.

J'écarquille les yeux. *Un cadeau pour mon père ?*

Le domestique dépose la boîte dans mes mains. J'ouvre les loquets en métal, soulève le couvercle, et sens tout l'air quitter mes poumons. Elle contient une couronne en or parée de pierres précieuses et un sceptre, posés sur du velours bleu foncé. Il doit y avoir plus d'une centaine de diamants sur la couronne, ainsi que des saphirs, des rubis et des perles. Le sceptre est surmonté d'une croix avec une émeraude, et incrusté de diamants et de rubis. Tout ça doit valoir une fortune !

Je ne peux vraiment pas demander un prêt à Gabriel après

qu'il m'a donné ce présent incroyable. Je dirai à Sean que nous devrons trouver un autre moyen. Même si nous n'avons rien obtenu des banques. Pour l'instant. Nous pouvons essayer d'aller en voir d'autres.

— Tu devrais sûrement repartir avec notre jet, me dit Anna. Ça sera difficile de ramener ça chez toi en toute sécurité dans un vol commercial. Imagine devoir expliquer ça aux agents de sécurité !

— Difficile, c'est sûr.

Je n'arrive pas à détourner les yeux du contenu de la boîte. Je n'ai jamais vu autant de bijoux réunis au même endroit.

— Ça appartenait à mon père ?

— Oui, répond Gabriel. Ils ont été faits pour lui. Mon père ne les a portés que jusqu'à ce qu'une nouvelle paire soit conçue pour lui. La succession a été rapide, après la mort de notre grand-père et l'abdication de ton père. On m'a dit que ton père avait gardé sa relation avec ta mère secrète jusqu'à ce que notre grand-père soit sur son lit de mort. C'est peut-être le choc de cette révélation qui a mené à la sévérité avec laquelle il a été traité ensuite, et à son exil.

Je détourne les yeux de la couronne et du sceptre pour le dévisager.

— Je ne savais pas que leur relation était secrète.

— Ton père était fiancé à ma mère, explique Gabriel. L'arrangement avait été effectué alors qu'ils n'étaient que des enfants. Ma mère vivait à l'autre bout du monde. Ils devaient se rencontrer le jour de leur mariage.

Je grimace. Je ne peux même pas imaginer devoir épouser quelqu'un sans jamais l'avoir rencontré. D'après l'histoire qu'on m'a racontée, ma mère, Tara Byrne, était une fille de Brooklyn qui suivait un programme d'étude à l'étranger en France. C'est là qu'elle a rencontré mon père, qui était en visite depuis Villroy. J'imagine que mon grand-père n'était pas d'humeur clémente, quand son fils lui a annoncé la nouvelle alors qu'il se mourait. La situation aurait-elle tourné différemment s'il avait parlé à ses parents de son amour pour ma mère, au lieu de garder cela secret jusqu'à la toute dernière minute ? Ou est-ce qu'il a toujours su qu'ils n'accepteraient jamais une roturière, et qu'il s'efforçait de faire le bon choix : l'amour ou le royaume ?

Anna se penche vers moi et demande :

— Tu veux l'essayer ?

Je sursaute.

— Non. Elle ne m'a jamais été destinée.

Je digère la vérité de ces paroles. Seule une lignée royale des deux côtés de ma famille aurait pu permettre que je sois roi. Même si, maintenant, avec le changement de dirigeant à Villroy, cela n'a plus d'importance. La fille de Gabriel et Anna, Mila, sera un jour reine, même si sa mère n'a aucun sang royal. Tout est une question de timing, mec.

Gabriel et Anna ne me doivent rien, vraiment, et pourtant ils m'ont offert ce magnifique présent. Je soulève le sceptre et admire le savoir-faire de cette pièce unique. Mon père sera tellement soulagé de récupérer cette paire, même si elle n'est pas accompagnée du rôle qu'il s'attendait à endosser. Cette couronne et ce sceptre lui revenaient de droit. Il les a probablement eus entre les mains plus d'une fois, et a peut-être même déjà porté la couronne.

— Merci, dis-je d'une voix rauque. Je suis sûr que cela comptera beaucoup pour lui.

Mais lorsque je rentre finalement chez moi et donne la boîte à mon père, il fronce les sourcils, la mâchoire crispée. Je lui ressemble, mais il a les tempes grisonnantes et quelques rides autour de ses yeux bleu vert. Il dit que c'est parce qu'il rit trop.

— C'est censé être un gage de paix, dis-je.

Il me remet la boîte dans les mains.

— Garde-la. Tu étais le prochain sur la liste pour devenir roi. Je t'ai privé de ça. C'est le moins que je puisse faire.

— Tu ne m'as privé de rien du tout. Je n'aurais jamais pu être roi, parce que maman était une roturière. Ce n'est pas comme si j'avais pu être là sans elle.

— Comment vous ont-ils traités, toi et tes frères ?

— Tu sais, après avoir passé un peu de temps avec nos cousins, je ne suis rendu compte qu'ils n'étaient pas aussi coincés que je le croyais au départ. Ça s'est bien passé.

En vérité, nous avons passé un bon moment, à boire et à jouer au poker. Je ne lui parle pas de la façon dont nous avons été snobés par les générations plus âgées. Mon père a suffisamment souffert.

— Bien. Est-ce que le roi Gabriel a accepté de nous faire un prêt ?

— Je me sentais mal à l'idée de lui en demander un après qu'il nous avait offert ce si précieux cadeau, avoué-je en soulevant la boîte dans mes mains.

— Ceci était à moi dès le départ, réplique-t-il en pointant du doigt vers la boîte. J'ai… tu t'es vu refuser la compensation que tu méritais pour ta place au royaume. Tu aurais dû recevoir plus que la restitution de ma propre propriété.

— Papa, ce n'est pas grave. Nous trouverons un autre moyen.

Je défais les loquets de la boîte et soulève le couvercle, avant de la pencher de manière à ce qu'il puisse voir à l'intérieur.

Mon père en sort la couronne et l'admire sous tous les angles. Il reste silencieux un instant, une expression solennelle sur le visage.

— Je m'en souviens comme si c'était hier.

— Garde-la. Ils voulaient que tu l'aies.

Il la pose sur ma tête, me prenant par surprise. Elle est lourde, à cause de toutes les pierres précieuses.

— Elle te va bien. Mon fils, le roi.

Il sort son téléphone de la poche de son treillis et prend une photo, avant de me la montrer.

Je fixe l'écran un long moment. C'est peut-être à cause de ma ressemblance avec mon père, mais mon apparence n'est pas aussi étrange que je m'y attendais. *Non.* Ce n'est pas moi ; c'est mon père.

Je retire la couronne de ma tête et la repose prudemment dans la boîte.

— Je ne serais jamais devenu roi.

Je lui offre à nouveau la boîte et il croise les bras, refusant le présent.

Je comprends. Accepter ce cadeau signifierait pardonner à sa famille après qu'ils l'avaient rejeté.

— Je vais la laisser dans le coffre-fort du bureau. Tu sais où elle est, si tu la veux.

— Elle est à toi, insiste-t-il.

Je secoue la tête. Je sais où est ma place. Je suis une pièce essentielle de l'entreprise de construction de mon oncle. Je dirige l'équipe depuis des années, et j'ai commencé à endosser un rôle plus grand dans la gestion de l'entreprise, en travaillant aux côtés de mon oncle. Sean et moi allons trouver un moyen de nous lancer aussi dans l'immobilier. C'est ma vie. En aucune circonstance on ne me demandera de prendre la place de roi. Je suis à moitié roturier, le prince rebelle.

Et ici, à Brooklyn, tout le monde se fiche que j'aie du sang royal.

2

———————

Ariana

Ooh, le voilà, Dylan Rourke, le prince secret. Quelles conneries ! Je parie qu'il a inventé cette histoire pour mettre les filles dans son lit. Je me débats avec la clef de la porte de la maison de mes parents, tout en tenant mes sacs de course en équilibre et en ignorant soigneusement ses regards, depuis le porche situé à un peu moins de deux mètres de là. Nous avons grandi dans deux maisons en brique mitoyennes. Il est là, dans sa veste de motard en cuir noir et son jean délavé, une boîte en bois à la main, et bon sang, même après toutes ces années, il est toujours terriblement séduisant. Ça doit venir de sa structure osseuse, avec ses pommettes hautes et sa mâchoire carrée. À moins qu'il ne s'agisse de ses cheveux brun foncé, de ses yeux bleus, de sa barbe de trois jours ou de son corps musclé, façonné par des années de travail sur les chantiers. Grand, musclé, rebelle. Comme si j'en avais quelque chose à faire.

Je finis enfin par réussir à déverrouiller cette stupide porte et rentre en vitesse, échauffée par ce combat avec la serrure.

— Ma, j'ai fait les courses !

Pas de réponse. Elle a dû partir se balader avec mon père.

Les températures sont glaciales, en ce moment, dans un hiver new-yorkais typiquement froid.

— C'est presque le printemps ! a dit ma mère plus tôt, alors que nous sommes au Nouvel An.

Je me dirige vers la cuisine au fond de la maison, pose les sacs sur le comptoir et drape ma doudoune sur le dossier d'une chaise. Je n'ai plus revu Dylan depuis mon départ pour la fac, quand j'avais dix-huit ans. Quand nous étions jeunes, Dylan me taquinait inlassablement. Il tirait sur mes couettes et m'appelait « Fée de l'Air » sûrement parce que je portais des tutus et que je dansais tout le temps. Mes amies m'appellent Air, un diminutif d'Ariana. Bref, j'adorais le ballet et je rêvais de danser au ballet de New York, au Lincoln Center. Et puis, d'un jour à l'autre, mon corps s'est couvert de courbes : gros seins, hanches, fesses. Je ne possédais plus la silhouette idéale d'une danseuse, et me suis retrouvée mise de côté pour la majeure partie des pièces de ma troupe de danse. J'ai travaillé plus dur, je suis allée au-delà de tout ce que j'avais jamais tenté, ce qui m'a valu la tension, les muscles endoloris et l'épuisement qui allaient avec. Finalement, mon instructeur m'a parlé franchement et m'a expliqué que je n'avais aucune chance de faire carrière, et à quinze ans, j'ai laissé tomber. Dévastée.

Ma mère, en grande pragmatique, m'a conseillé de me servir de ma tête et de me concentrer sur mon éducation, alors c'est ce que j'ai fait. Je suis allée à Stanford, j'ai eu un diplôme de communication et j'ai travaillé en tant que responsable marketing pour le cabinet familial de mon mari, une compagnie de développement immobilier à San Francisco. Nous venons de divorcer, après huit ans de mariage, mais j'ai continué de travailler là-bas comme nous étions restés en bons termes. Je l'aimais sincèrement, et je n'étais peut-être pas prête à le laisser partir. Au départ, nous nous étions mis d'accord pour ne pas avoir d'enfants, mais en vieillissant, je me suis rendu compte que j'en avais envie. Le divorce était son idée, vu qu'il ne changerait jamais d'avis au sujet des enfants. Un coup dur, mais je me suis dit que les gens changent, et que c'était le bon choix pour nous deux. Je n'ai même pas exigé la moitié de ses biens, même si je pouvais, selon la loi californienne. Je n'ai pris que ce à quoi j'avais contribué durant notre mariage. La maison était un cadeau de ses parents, alors elle est restée avec lui. Pas de pension alimentaire. Je suis une femme indépendante. Tout s'est passé de manière si civilisée. Je croyais vraiment que cela m'allait très bien, mais seulement six mois après le divorce, il s'est pointé au boulot avec sa petite amie, une blonde jeune et jolie, et…

Elle était enceinte. Enceinte de huit mois.

Merci de retourner le couteau dans la plaie ! L'homme qui m'avait juré qu'il ne voudrait jamais d'enfants était là, en train de me présenter le nouvel amour de sa vie et leur bébé à naître, qui avait clairement été conçu alors que nous étions encore mariés, et il avait l'air tellement *heureux* de cette situation. Il ne voulait simplement pas avoir d'enfants avec moi. Il ne m'aimait pas autant que je l'aimais. Ma gorge se serre douloureusement à ce souvenir. Je déglutis avec difficulté et me concentre sur le rangement des courses, les yeux brûlants.

Au vu des circonstances, j'ai quitté mon travail, et me voilà de retour chez mes parents, sans emploi et m'efforçant d'aller de l'avant et d'amorcer la nouvelle phase de ma vie. C'est mon nouveau départ. Bientôt, j'aurais une nouvelle vie, un nouveau job et, dans un futur par trop distant, je l'espère, un nouveau bébé. C'est en partie la raison pour laquelle je suis revenue vivre à Brooklyn. Je veux que ma famille soit près de moi pour me soutenir. En fait, j'ai déjà trouvé le parfait donneur dans une banque du sperme. Il a des gènes fantastiques : il est grand, c'est un ancien joueur de hockey, il n'a aucun problème de santé héréditaire et il possède un doctorat en anthropologie. En plus, nous avons le même groupe sanguin, l'enfant aura donc forcément le même que le mien. Dès que j'aurai remis de l'ordre dans ma vie, je prendrai le rendez-vous pour l'insémination. Rien que d'y penser m'apporte un sentiment d'apaisement. Mon ex m'a tenue éloignée de mon rêve de maternité pendant des années, mais maintenant, plus personne ne pourra m'arrêter. Pas même ma mère bien intentionnée, mais exagérément inquiète.

Elle a piqué une crise quand je lui ai parlé du donneur de sperme. Elle a insisté pour prendre contact avec le père et sa famille. Comme si c'était un comportement normal. Je pousse un brusque soupir. J'ai fait un choix difficile en décidant de repartir à zéro ici, parce que c'est important pour moi. J'ai trente-et-un ans, et je suis plus que prête à devenir mère.

La première étape, c'est de trouver un bon travail. Je vais peut-être lancer ma propre entreprise de développement immobilier. J'ai l'expérience requise, et les valeurs foncières grimpent en flèche, ici, à Brooklyn. Le quartier de mes parents, Windsor Terrace, a connu un véritable boom au niveau des valeurs immobilières. De plus en plus de gens veulent s'installer ici, pour les écoles et la sensation de petite ville, avec les rues bordées d'arbres, les maisons bien entretenues et le faible bruit de circulation. Je n'ai pas l'argent nécessaire pour investir. Ma planification de l'avenir est interrompue par le rugissement d'une Harley, devant la maison. Dylan. Est-ce qu'il a réussi à attacher cette boîte à l'arrière de sa moto ? Je ne vais pas regarder par la fenêtre pour le découvrir.

Sa voix moqueuse me revient en mémoire. *Où est ton tutu, Fée de l'Air ?*

C'était la question préférée de Dylan, quand j'ai cessé d'en porter, à dix ans. Il ne la fermait jamais, et quand j'ai eu quitté le ballet, ce rappel m'était chaque fois douloureux. Je le fusillais du regard tout en hurlant intérieurement « Il est enterré, comme mes rêves ! » J'étais plutôt du genre timide, quand j'étais enfant, ou je l'aurais insulté.

Je termine de ranger les courses, me sers un verre d'eau et me laisse tomber sur une chaise de cuisine en vinyle. Malheureusement, j'ai beaucoup repensé à Dylan, au fil des années, à la fois en bien et en mal, raison pour laquelle je l'évite. Cet homme est gravé dans mon cerveau. Je repense à ce jour odieux. Moi, jeune et stupide. Lui, jeune et arrogant.

C'était un samedi ensoleillé du mois d'août, la veille de mon grand départ en Californie pour la fac, et j'étais déterminée à perdre ma virginité avant mon départ. Je me disais que la fac serait plus drôle si j'avais dépassé ce moment embarrassant. Seigneur, je me croyais si maligne, à anticiper comme ça. En fait, j'avais tout planifié depuis des semaines. Je savais que mes parents allaient bientôt partir dans le New Jersey pour aider ma grande sœur, Rosalie, à s'installer dans son nouvel appartement, après avoir trouvé son premier emploi. J'avais délibérément repoussé le moment d'emballer mes affaires pour mon départ à la fac pour ne pas avoir à partir avec eux. J'avais la maison pour moi toute seule. Maintenant, il ne me manquait plus qu'un garçon. J'y avais réfléchi longuement et sérieusement. J'avais besoin de quelqu'un que cela ne me dérangerait pas de quitter, et le mec devait au moins être un peu doué pour ça, pour que l'expérience ne soit pas horrible. Dylan avait vingt ans, et les filles du quartier murmuraient qu'il était « un bon coup ». Ajoutez à cela la rivalité entre nos parents, et le fait de le choisir apportait à cela un délicieux goût de rébellion. (C'est une longue histoire, mais cette rivalité n'est pas du fait de ma famille. Si sa mère ne peut pas surveiller ses cuillères, c'est son problème. Ma mère n'est pas une voleuse.) Connaissant l'animosité réputée entre nos parents, personne ne croirait jamais que j'avais couché avec lui. C'était un plan parfait. Ou pas.

Il était arrivé en faisant rugir sa Harley, tout le monde avait pu l'entendre, et mon cœur de vierge s'était mis à battre plus fort.

J'avais jeté un œil par la fenêtre. Oui, c'était bien lui. J'avais passé vivement la porte, avait descendu les marches en courant et était venue me placer devant lui sur le trottoir. Il arborait la même expression rebelle et arrogante que d'habitude, alors qu'il descendait de sa moto dans son casque noir, son tee-shirt bleu moulant et son jean ajusté à ses cuisses puissantes.

Je m'étais lancée :

— Salut.

Il avait retiré son casque, exhibant ses cheveux brun foncé ébouriffés de manière sexy. Il était grand, au moins un mètre quatre-vingts, il avait les épaules larges et des biceps bombés que je commençais tout juste à apprécier.

— Eh, Fée de l'Air, où…

Je l'avais interrompu avant qu'il ait pu me demander où était mon foutu tutu.

— J'ai entendu dire que tu étais un prince.

Dans le genre phrase d'accroche, c'était pas mal, parce que la relance était parfaite : *J'ai toujours voulu être avec un prince.* J'avais attendu, l'adrénaline parcourant mes veines.

Il m'avait dévisagée.

— C'est Sean qui me l'a dit.

Son frère Sean et moi étions dans la même école.

— Sean ment.

Je m'étais penchée tout près de lui, surprise de découvrir qu'il sentait bon. Vraiment bon. Une odeur d'air frais et de virilité.

— J'ai la maison pour moi toute seule, avais-je murmuré.

Il m'avait dévisagée à nouveau, mais cette fois, il y avait une étincelle dans ses yeux bleus. Était-il intéressé ? C'était difficile à dire. Ses yeux restaient fixés sur mon visage, alors que je portais une mini-robe jaune à motifs floraux, aux fines bretelles et au corsage ajusté qui révélait mon décolleté.

J'avais indiqué ma maison du pouce.

— Mes parents aident Rosalie à emménager dans son nouvel appartement dans le New Jersey. Ça risque de prendre un moment. Tu veux entrer ?

Ooh ! J'ai fait un sous-entendu ! Regardez-moi, je flirte si bien !

Il avait lentement incliné la tête de côté.

— Pour quoi faire ?

Je ne flirte peut-être pas si bien que ça.

J'avais rassemblé mon courage et placé une main sur son torse. La chaleur qui émanait de lui traversait le fin tissu de son tee-shirt, et tout mon corps était devenu brûlant. J'avais risqué un coup d'œil vers son visage. Il avait les yeux fixés sur ma main posée sur son torse. J'avais considéré comme un bon signe qu'il n'ait pas aussitôt repoussé ma main. Malgré tout, je l'avais laissée retomber, juste au cas où il n'aimerait pas ça. Je n'étais pas sûre que nous soyons sur la même longueur d'onde.

— Tu devrais venir, avais-je dit d'une voix charmeuse. On pourrait passer un peu de temps juste tous les deux.

Il m'avait dévisagé un long moment, et l'espoir avait grandi en moi. Il semblait avoir compris le message, et y réfléchir sérieusement.

— Oui, euh, non merci.

Puis il s'était détourné et avait grimpé les marches du porche de sa maison.

J'avais poussé un soupir contrarié et l'avais suivi en haut des marches.

— Pourquoi pas ?

Il avait baissé les yeux sur moi, son regard s'était posé brièvement sur mon décolleté, avant de se relever vivement vers mon visage.

— Tu me détestes.

— Je ne te déteste pas.

Je te trouve juste agaçant et bien trop arrogant.

— Tu te crois meilleure que moi.

Mes regards noirs devaient être plus cinglants que je ne le pensais. Mais je croyais que les garçons sautaient sur la moindre occasion d'avoir une relation sexuelle.

Je vais manquer de temps !

— Je dois m'en débarrasser avant d'aller à la fac, et je pars demain.

Il avait soulevé un coin de sa bouche.

— Te débarrasser de quoi, exactement ?

Mes joues s'étaient enflammées, mais j'étais parvenue à prononcer le mot d'une voix étranglée :

— Ma virginité.

Il avait arboré un sourire narquois.

— Je voulais juste t'entendre le dire. Maintenant, va le demander à quelqu'un d'autre.

J'avais pincé les lèvres. Il savait ce que je voulais dire, et il m'avait forcée à prononcer ces paroles embarrassantes à voix haute. Le fait qu'il soit aussi irritant n'avait, malheureusement, rien d'un répulsif. Je l'avais toujours su. Je savais aussi que je ne pourrais jamais revivre ça avec un autre garçon, et qu'il était toujours le choix idéal, étant à la fois sublime et expérimenté.

J'étais en mission.

— C'est à *toi* que je le demande, avais-je insisté.

— Pourquoi ?

Je ne m'attendais pas à devoir lui donner une raison. Je m'étais efforcée d'en trouver une convaincante, après qu'il s'était moqué de moi pendant des années, et que je lui avais chaque fois répondu par des regards meurtriers, sans parler du fait que nos familles étaient en froid.

— Parce que je te connais et…

Oh, je détestais avoir à l'admettre, mais c'était une situation d'urgence.

— Et que tu es mignon, avais-je terminé.

Il avait froncé les sourcils.

— Mignon. Les chiots sont mignons.

— OK, tu es séduisant !

Il m'avait adressé un sourire malicieux, qui avait fait accélérer les battements de mon cœur.

— Sexy.

J'avais roulé des yeux, mais mon cœur battait la chamade.

— Très bien. Ça aussi.

Il m'avait pris le menton pour soulever mon visage au niveau du sien.

— Où est le piège ?

J'avais ravalé ma salive.

— Il n'y a pas de piège. C'est sans engagement. Je pars demain.

Il avait rivé ses yeux aux miens, et des étincelles avaient explosé sur ma peau.

— Embrasse-moi, avait-il dit d'une voix basse et rauque. Et j'y réfléchirai.

Nous étions sur son porche. N'importe quel voisin aurait pu nous voir. C'était un quartier soudé, qui remontait à plusieurs générations, ce qui signifiait que j'étais certaine que cela reviendrait aux oreilles de mes parents.

— Est-ce qu'on peut aller dans un endroit un peu plus discret ?

— Non.

J'avais hésité.

Il m'avait relâchée.

— Rentre chez toi, Ariana.

Je l'avais regardé, bouche bée. Il m'avait appelée par mon prénom. Il ne l'avait jamais prononcé ni même nom diminutif, Air. Il m'appelait toujours par ce surnom stupide, Fée de l'Air.

Il avait enfoncé sa clef dans la serrure, et j'avais réalisé que j'étais en train de le perdre. Je lui avais pris le bras pour l'arrêter, et la chaleur de sa peau avait provoqué une douce sensation en moi.

Il m'avait adressé un regard en coin.

— Ouais ?

— OK. Je vais t'embrasser ici.

— Oublie ça.

J'étais tellement irritée par la manière dont il rendait les choses difficiles pour moi que je lui avais pris la tête, que je l'avais attiré vers moi et que je l'avais embrassé brutalement. Il ne m'avait pas touchée ni rendu mon baiser, et je m'étais adoucie dans l'espoir qu'il préfère. Soudain, il m'avait embrassée en retour, et sa bouche s'était collée à la mienne. Un élan de chaleur, un soupir, et j'avais fondu contre lui. Il était bon à ce point.

Il avait brusquement rompu le baiser.

— OK, allons-y.

Il m'avait pris la main, avant descendu les marches de sa maison et monté celles menant à la mienne. J'étais tellement excitée que j'avais oublié mon plan de le faire entrer discrètement par l'arrière de la maison.

Quand nous étions arrivés dans ma chambre, j'étais nerveuse, surtout lorsqu'il avait aussitôt foncé sur le préservatif que j'avais laissé sur la table de chevet pour cet événement planifié avec soin.

Il avait posé son casque de moto au sol près de la porte, puis il l'avait fermée et verrouillée. Le cliquètement de la serrure m'avait paru bruyant et menaçant. Mon pouls s'était mis à battre à toute vitesse. J'étais seule avec Dylan Rourke, dans ma chambre. Ma conquête, qui, je le craignais, avait désormais l'avantage. Il était grand, puissant et musclé grâce à son travail dans les chantiers, et j'avais lancé une invitation que je n'étais pas sûre de pouvoir reprendre.

Il avait peut-être senti ma nervosité, parce qu'il m'avait pris la main et m'avait attirée vers lui dans un geste lent et assuré, jusqu'à ce que je sois dans ses bras ; puis il m'avait embrassée comme s'il avait toute la journée devant lui. Des baisers profonds et brûlants, qui rendaient mes membres plus lourds, qui enflammaient mon corps et qui causaient un vide bienvenu dans ma tête. Quand il me guida jusqu'au lit, j'étais prête à me mettre toute nue. Au lieu de ça, il s'était étendu à côté de moi, tout habillé, et m'avait embrassée encore. Ses mains étaient larges et calleuses, mais il me touchait avec délicatesse, prenant ma mâchoire dans sa paume, me caressant la gorge et suivant la ligne de ma clavicule, avant de glisser le doigt le long de mon épaule nue. Ma peau me picotait partout où il me touchait.

Il m'avait embrassé pendant un long moment, mon menton était devenu irrité par son début de barbe, et j'aurais juré que mes lèvres étaient enflées. J'avais rompu le baiser.

— Je suis prête.

J'avais commencé à déboutonner les petits boutons du corsage de ma robe, mais il avait repoussé mes mains pour le faire lui-même. Lentement. Tout en embrassant chaque centimètre carré de peau exposée. J'étais submergée par un désir brûlant et fiévreux et je passais les doigts dans ses cheveux, à moitié étourdie par l'expérience la plus intense de toute ma vie. Cela n'avait rien à voir avec les sessions de pelotages que j'avais connu avec d'autres hommes. Sa réputation était méritée.

Lorsque nous fûmes tous deux nus, j'étais plus que prête. Il était si sublime, bronzé et musclé, c'était l'homme le plus sexy que j'aie jamais vu. J'avais écarté les jambes et l'avais attiré vers moi.

Il m'avait embrassée à nouveau, longuement et profondément, comme s'il ne s'en lasserait jamais. J'étais consumée par le désir. Je n'aurais jamais cru que ce pourrait être comme ça.

Il avait levé la tête.

— Laisse-moi essayer quelque chose avec toi.

Essayer quelque chose ?

Ma gorge était devenue sèche.

— Est-ce qu'on peut juste faire ça de la manière normale ?

— C'est ce qu'on va faire, mais je veux d'abord essayer quelque chose.

J'avais plissé les yeux alors que mon désir se refroidissait rapidement.

— Tu as appris ça où, avec une autre fille ?

Il avait pris ma joue dans sa main et m'avait embrassée ; ce simple effleurement de lèvres avait suffi à me réchauffer.

— Dans un livre. J'aime les livres.

— Tu as lu un livre sur le sexe ?

— Oui. C'est censé être très agréable pour la fille. Eh, si tu n'aimes pas, je m'arrêterai. Ne t'en fais pas, c'est parfaitement normal.

Je l'avais étudié un long moment, et il m'avait adressé ce sourire sexy, une étincelle brillant dans ses yeux bleus. À cet instant, je lui avais fait confiance. Après tout, il ne m'avait pas sauté dessus et ne m'avait pas arraché mes vêtements. Il m'avait embrassée pendant si longtemps que mes lèvres étaient enflées.

— OK, avais-je répondu.

Il avait souri.

— Merci. Dis-moi si tu aimes.

Puis il s'était baissé devant mon corps et m'avait embrassée. *Là.* Où personne ne m'avait encore embrassée. J'avais sursauté, puis…

C'était. Incroyablement. Agréable.

J'étais morte et revenue à la vie. J'aurais pu le considérer comme un dieu, à cet instant.

— J'ai aimé, lui avais-je dit ensuite, alors que j'essayais de reprendre mon souffle.

Il avait frotté son nez à l'intérieur de ma cuisse, et un rire bas avait résonné de sa poitrine.

— Oui, je m'en étais rendu compte.

Il avait tendu la main vers le préservatif sur la table de chevet et avait ouvert le sachet. Puis il l'avait enfilé et m'avait recouverte de son corps.

— Prête ?

J'avais étiré les lèvres en un sourire paresseux. Il était telle-ment génial.

— Prête.

Il avait rivé ses yeux aux miens tout en se guidant en moi. Un bref élan de douleur fit se bloquer ma respiration dans ma poitrine, puis je fus emplie d'une immense sensation d'élancement.

Il s'était immobilisé, avait repoussé mes cheveux en arrière d'une caresse et pris mon visage dans l'une de ses larges mains. Je fermai les yeux et m'intimai de me détendre, me répétant que tout serait bientôt terminé. C'est alors qu'il m'avait embrassé à nouveau de cette manière étourdissante, et je m'étais perdue dans l'instant, me détendant sous lui alors que mes paumes erraient le long des muscles puissants de son dos.

Il s'était mis à bouger, entrant et ressortant, et j'aimais ça, maintenant.

— Je suis si contente que tu sois mon premier, avais-je laissé échapper.

Nos regards s'étaient croisés, et quelque chose de plus profond était passé entre nous, qui ne fit que grandir en sensation, comme si nos âmes se liaient en même temps que nos corps. J'arrivais à peine à reprendre mon souffle alors que le désir et une soudaine vague d'amour me submergeaient. Le temps cessa d'exister. Le plaisir grandit à nouveau en moi, en une spirale étroite qui me fit enfoncer mes ongles dans ses épaules. Cela avait grandi encore et encore, puis il avait plaqué sa bouche sur la mienne, et j'avais basculé, noyée dans une explosion de plaisir.

Il rejeta la tête en arrière et les tendons de son cou se cris-pèrent, puis il lâcha prise avec un son bas et guttural.

C'était incroyablement merveilleux !

J'avais souri tout en caressant ses épaules et son dos échauffés. J'étais si heureuse, si détendue, si *surprise*. Agréa-blement surprise. Qui aurait cru que j'éprouverais tant de sentiments pour Dylan Rourke ? Le type irritant et arrogant qui vivait en territoire ennemi.

Soudain, il s'était levé à côté du lit, et j'avais senti le froid m'envahir.

Il avait enfilé ses vêtements sans un mot, le dos tourné.

Je m'étais redressée sur les coudes, ayant peine à croire à ce que je voyais. Lorsque j'avais enfin retrouvé l'usage de ma voix, elle m'avait paru faible.

— Tu t'en vas ?

Il était habillé, maintenant, ses chaussettes et ses chaussures à la main, et avait les yeux fixés quelque part par-dessus mon épaule.

— Bonne chance pour la fac, avait-il marmonné avant de passer vivement la porte.

J'avais regardé fixement son casque, toujours posé au sol près de la porte. Il était tellement pressé qu'il l'avait oublié. Et il n'avait même pas pu rester assez longtemps pour enfiler ses chaussettes et ses chaussures !

Je lui avais couru après avec le casque, si furieuse que je me moquais d'être nue. J'étais arrivée en haut des marches juste au moment où il passait la porte d'entrée.

— Bonne chance pour ta vie, connard ! m'étais-je écrié à pleins poumons.

Quel porc ! Je ne lui pardonnerai *jamais*.

Assez pensé à Dylan Rourke ! C'était il y a des *années*. C'est le fait d'être de retour à la maison qui fait remonter à la surface ces souvenirs de manière aussi nette. Le fait de l'avoir vu sur le porche de la maison d'à côté.

Ah, bon sang. La vérité, c'est qu'il a ruiné mon expérience avec les autres hommes. Aucun d'eux n'était à la hauteur. Il a hanté mes rêves – ses yeux bleus rivés aux miens, ses mains calleuses si délicates, la chaleur et l'éclat de mon premier avant-goût de la passion. Je me réveillais brûlante et avec un élancement entre les jambes, et je le maudissais.

Cela lui donnerait sûrement encore plus la grosse tête, s'il savait ça, hein ? Si je lui parlais de tous les types décevants qui avaient suivi, jusqu'à ce que je rencontre mon mari, le premier homme qui avait pris son temps avec moi, comme l'avait fait Dylan. Et regardez un peu comment ça a tourné.

Je me lève de la table de cuisine de mes parents. Dylan n'a

plus de place dans mes pensées. C'est un porc. Et j'ai des choses bien plus importantes à penser. Comme la manière de remettre de l'ordre dans ma vie pour mon futur bébé.

Je récupère un verre dans le placard, repousse les bocaux de pâtes pour accéder à la réserve de whisky de mon père, et me verse une dose généreuse. L'eau ne suffit pas, quand on essaie d'oublier Dylan.

3

Dylan

Nous sommes le lendemain du Nouvel An, et je suis de retour chez mes parents, parce qu'ils ont annoncé une réunion de famille. Nous sommes en fin d'après-midi, ce qui signifie que ma mère aura probablement préparé à dîner pour tout le monde. Je suis toujours partant pour un repas fait maison, mais cette réunion familiale me met sur les nerfs. Je coupe le moteur de ma moto, retire mon casque et reste assis là, les yeux fixés sur la porte d'entrée bleue avec un sentiment d'appréhension grandissant. Je n'ai plus participé à une réunion de famille depuis un bon moment, et mon père a refusé de me donner le moindre détail. La dernière fois que nous nous sommes rassemblés ainsi, c'était parce qu'oncle Pat avait un souci de santé. Il va mieux, maintenant.

Seigneur. J'espère que ce n'est pas ça. Je ne sais pas ce que je ferai si je découvre que le cancer est de retour. Oncle Pat, le propriétaire de Byrne Construction où nous travaillons tous, a été comme un second père pour moi et mes frères. C'est lui qui nous a appris tout ce que notre père ne pouvait pas nous enseigner, à cause de son éducation royale. Comme la façon d'utiliser des outils, lancer une balle rapide ou à deux vitesses, et faire un barbecue. Mon père nous a aussi appris un tas de choses, principalement à prendre des risques et à être audacieux, parce que nous n'avons qu'une vie. Ma mère nous a enseigné la gentillesse. Cette femme est une sainte. En tout cas, c'est l'impression que ça donnait, lorsqu'elle élevait six garçons turbulents qui semaient la pagaille à la maison, à l'école et à peu près partout ailleurs.

Et si quelque chose clochait avec mes parents ?

Je déglutis avec difficulté et détourne les yeux. Mon regard capte alors le mouvement vif d'un rideau qui tombe devant la fenêtre de la maison des Bianchi, juste à côté. C'est sûrement Mme Bianchi, qui cherche quelques ragots à répéter à propos des Rourke. Il n'y a aucune chance pour que ce soit Ariana qui m'espionne. Elle m'a snobé, hier. Que fait-elle de retour ici, d'ailleurs ? Elle n'est plus rentrée depuis qu'elle a épousé ce type, en Californie, juste après avoir passé son diplôme. J'ignore la douleur sourde familière dans ma poitrine, que j'éprouve chaque fois que je pense à elle, ce qui arrive plus souvent que je ne l'admettrais jamais. Le truc, c'est que je n'ai jamais eu l'occasion de savoir ce qui aurait pu se passer. Cet unique moment que nous avons partagé était *intense*. Je n'arrive toujours pas à comprendre comment ça a pu être aussi bon. Elle était vierge, pour l'amour du ciel. Et c'était tellement supérieur à ce que j'avais jamais ressenti avec mes relations habituelles, tellement satisfaisant, tellement fort émotionnellement. Ses grands yeux bruns étaient plongés dans les miens et reflétaient une profonde affection qui ressemblait à… de l'amour. Ridicule. Elle ne pouvait pas m'aimer. Je ne sais pas ce que ce pouvait être, et c'est sûrement pour ça que j'ai merdé dès que ça a été terminé.

Je descends de ma moto. Les Rourke et les Bianchi ne font pas bon ménage. Je n'aurais jamais dû accepter sa proposition, à l'époque. Cela ne m'a rien apporté d'autre qu'un standard très gênant, qu'aucune femme n'a pu égaler. Je la soupçonne d'avoir parlé de ce jour-là à ses parents d'une manière ou d'une autre, parce qu'ils m'adressent des regards mauvais depuis lors. Plus mauvais que ceux qu'ils réservent à tous les Rourke, je veux dire.

Il faut que j'arrête d'essayer de gagner du temps. Je me dirige vers le porche. Il est temps de rejoindre la réunion de famille.

— Le voilà, notre Miss Amérique ! chantonne une voix grave derrière moi.

Je me retourne vers mon frère Sean et lui fais un doigt d'honneur. Il se fiche de moi depuis qu'Anna m'a donné cette couronne pour notre père ; il appelle ça mon diadème.

— Crétin.

Il monte les marches. Son menton est couvert d'un duvet brun et épais, presque une barbe.

— Tu as une idée de ce qu'il se passe ?

— Non. Quand est-ce que tu vas te raser ?

— J'en ai besoin pour me tenir chaud.

Il croise les bras sur son manteau de laine noire et fait semblant de frissonner. Quand il n'est pas au boulot, il s'habille tout le temps de manière élégante, parce qu'il est sorti avec cette femme très snob. Ils vivaient ensemble dans son quartier luxueux. Elle a transformé sa garde-robe pour faire de lui un « gentleman. » Ce sont ses propres mots. Ils ont rompu, mais il rénove son appartement en échange d'un hébergement gratuit, pendant qu'elle démarre sa nouvelle vie avec ce mec de Wall Street dans le centre-ville. Tout cela est très civilisé. Moi ? J'aurais déménagé pour me trouver mon propre appartement. Je me fiche qu'il affirme qu'il s'agit d'une affaire de cœur, et pas de corps. Elle n'en est pas moins infidèle.

Je lui tapote la joue assez durement.

— Tu es juste trop paresseux pour te raser.

— Tu crois que c'est à propos d'oncle Pat ? demande-t-il en repoussant ma main.

— J'espère que non.

Je sonne à la porte, même si j'ai la clef. Il suffit de trouver ses parents nus dans le salon *une fois* pour retenir la leçon. *Brrr.* J'ai eu envie de me laver les yeux à l'eau de javel après ça. Il y a des choses qu'on ne peut jamais oublier.

La porte s'ouvre et notre mère nous sourit, ses yeux bleus s'illuminant. Elle a de longs cheveux brun foncé, dénués de la moindre mèche grise, et sa peau pâle est lisse. Les gens qui ne la connaissent pas sont surpris lorsqu'ils apprennent qu'elle a la cinquantaine. Elle a brièvement été mannequin, quand elle était adolescente, et elle affirme que cela ne lui a pas plu, mais que ça payait bien et que cela lui a permis d'aller à la fac.

— Entrez ! s'exclame-t-elle en s'écartant de la porte. Vous pouvez vous détendre. Personne n'est mourant.

Comment a-t-elle su ?

Je me penche en avant pour l'embrasser sur la joue et elle m'étreint.

— J'ai vu ta mâchoire crispée, murmure-t-elle.

Je me redresse.

— Je ne savais pas que j'avais ce tic.

Elle serre Sean dans ses bras et me sourit par-dessus son épaule.

— Vous en avez tous. Les mères savent ce genre de choses.

Nous nous dirigeons vers le salon. La maison date du début du siècle, mais nous l'avons rénovée. C'est l'une de ces maisons mitoyennes classiques de six mètres sur quinze, avec des plafonds hauts de trois mètres, un sol en parquet de chêne d'origine et des moulures. Mes parents laissent toujours les portes coulissantes qui séparent le salon de la cuisine ouverte. Le salon est à l'avant de la maison, la grande cuisine au centre, avec un long îlot et des tabourets, et au fond se trouve une table à manger. La cuisine est le centre de toute activité, surtout lorsqu'on grandit dans une famille de huit personnes. Vous cherchez un peu de calme ? Allez ailleurs. Il y a trois chambres à l'étage, et une autre cachée au sous-sol, qui sert aussi de garçonnière, avec une table de ping-pong et une table de billard. Sean et moi avons eu droit à la chambre du sous-sol parce que nous étions les plus âgés.

Ma mère se dirige droit vers le réfrigérateur.

— Bière, thé glacé ou eau ?

— Bière, s'il te plaît.

— Tu as vraiment besoin de poser la question ? demande Sean avec un sourire.

Ma mère sort deux bouteilles de bière du frigo.

— Je ne sais pas. Tu décides parfois de te mettre à vivre sainement pour éviter de prendre du ventre.

Elle ouvre les bouteilles avec un décapsuleur et adresse un regard à nos ventres tout en nous tendant une bière chacun.

Je soulève le bord de mon tee-shirt noir à manches longues pour la laisser inspecter.

— Tu crois que je peux me permettre une bière de plus ? J'ai des abdos d'acier.

Elle agite la main avec désinvolture.

— Je n'étais pas en train de vous juger. Buvez ce que vous voulez.

Elle se penche dans l'encadrement de la porte qui mène au sous-sol.

— Daniel, tes fils préférés sont arrivés !

Sean et moi échangeons un sourire. Je me pointe du doigt. Mon père nous appelle tous ses fils préférés. C'est une chose que j'ai toujours sue : notre père est fier de nous. Il n'a jamais entendu ce genre de parole de la part de son propre père, quand il était jeune, et il s'est fait un devoir de nous faire savoir ce qu'il éprouvait pour nous.

Mon père apparaît quelques minutes plus tard.

— Tu as hurlé ?

— Tu ne peux pas m'entendre, là-dessous, dans ta garçonnière, répond ma mère. Discute avec tes fils, mais pas de *ça*.

Mon père passe un bras autour de ses épaules, l'attire à lui et plante un baiser sur ses lèvres.

— Tes ordres sont mes désirs.

Elle le regarde dans les yeux et sourit.

— C'est le contraire, chéri, mais ça me plaît quand même.

Ils se regardent dans les yeux en souriant jusqu'à ce que la sonnette retentisse. Ma mère s'écarte alors pour aller ouvrir.

Mon père frotte sa mâchoire rasée de près.

— Comment ça va ?

— On va très bien, répond Sean. C'est quoi, cette réunion de famille ?

Mon père regarde vers la porte.

— Votre oncle va vous expliquer, dit-il, avant de partir rejoindre notre mère.

Je m'assois sur un tabouret de l'îlot rembourré d'un coussin blanc et jette un œil dans le salon. Oncle Pat tient une mallette à la main. Hum... nous sommes peut-être ici pour une raison professionnelle.

— Il n'y a que vous deux ? lance-t-il d'une voix forte en entrant dans la cuisine.

À soixante-sept ans, il a neuf ans de plus que ma mère ; il a les cheveux courts et argentés, une barbe assortie et des yeux bleus et vifs. Il pose sa mallette et s'appuie contre l'îlot.

— Les plus importants d'entre nous sont là, dis-je.

Il rit et me donne une tape sur l'épaule en buvant une gorgée de sa bière.

— Tante Marian te mets encore au régime ? demandé-je.

— Ça ne marche pas, hein ? remarque-t-il en se tapotant le ventre.

— Parce que tu manges en douce, répond Sean. Je t'ai vu avec ton tiroir rempli de mini Snickers.

Oncle Pat lève les mains en l'air.

— Super, maintenant tout le monde est au courant. Je peux tout aussi bien considérer ce tiroir comme vide.

Mes frères arrivent au compte-goutte : Jack, Connor, Brendan et Garrett, qui prennent chacun une bière. Nous ressemblons tous à mon père, mais la plupart d'entre nous ont les yeux bleus de notre mère. Tout le monde sait repérer un fils Rourke, dans le quartier. Nous avons sa carrure, plus ou moins un mètre quatre-vingts selon les frères, des épaules larges, des pommettes hautes et une mâchoire carrée. Mes frères et moi arborons un menton plus ou moins mal rasé. Le mien est probablement le moins barbu, vu que je me suis rasé récemment.

Ma mère sort un grand bol de chips, un autre de guacamole et un plat couvert de tranches de salami, de pepperoni, de fromage et de crackers. C'est un joyeux chaos, excepté que je n'arrête pas de me demander pourquoi nous sommes là. Oncle Pat a trop l'air de s'amuser, alors qu'il plaisante avec tout le monde, pour qu'il s'agisse d'une mauvaise nouvelle. Que se passe-t-il ? Est-ce qu'on a reçu un gros contrat pour le printemps ?

Sa femme, tante Marian, arrive, et nous embrasse tous sur la joue avant d'aller parler avec ma mère. OK, c'est donc peut-être une annonce de couple ? Oncle Pat et tante Marian vont peut-être devenir à nouveau grands-parents. Leur fille vit à Seattle.

Finalement, je ne peux supporter ce suspense plus longtemps. J'élève la voix au-dessus du bruit.

— Oncle Pat, quelles sont les nouvelles ? Pourquoi est-ce qu'on est tous ici ?

Mon père fait tinter plusieurs fois sa fourchette contre son verre.

— Je déclare cette réunion de famille ouverte.

Nous devenons tous silencieux, les yeux rivés sur mon père.

Ce dernier tourne la tête vers notre mère.

— Est-ce qu'on doit rappeler le compte-rendu de la dernière réunion ?

— Celui d'il y a sept ans ? répond ma mère en réfrénant un sourire. Laisse-moi réfléchir.

Je place mes mains en porte-voix devant ma bouche et lance :

— Bouh !

— Votre comportement est déplacé, monsieur ! s'exclame mon père. Au donjon !

Il pointe du doigt vers l'escalier du sous-sol.

Je secoue la tête. Parfois, son côté royal ressort dans les moments les plus étranges.

— Oncle Pat, s'il te plaît, que se passe-t-il ?

Mon oncle sourit et nous regarde tour à tour.

— J'ai une grande nouvelle.

Silence.

Personne ne fait traîner une histoire au maximum pour plus de divertissement mieux que mon oncle. Emmenez-le dans un bar irlandais, et il tiendra audience devant un public captivé pendant des heures.

Je fais semblant de l'étrangler, et tout le monde rit.

Mon oncle se lève et écarte largement les bras.

— La grande nouvelle, c'est que je prends ma retraite !

Mes parents et ma tante applaudissent. Mes frères le dévisagent, sous le choc. Moi, je me demande : qui va tenir la boutique ? Il gère Byrne Construction depuis plus de quarante ans. Devrais-je en prendre la tête, étant donné que je suis le plus expérimenté, et le chef d'équipe, ou est-ce qu'il va diviser la direction entre moi et mes frères, ou pire encore, fermer l'entreprise ?

— Quand ? demandé-je.

— Maintenant, répond-il avec un sourire dément, ses yeux bleus étincelants.

Il boit une longue gorgée de la bière de Sean. Tant Marian se raidit à peine à ce spectacle.

— Maintenant ? répété-je, incrédule. Tu ne peux pas prendre ta retraite comme ça.

— Bien sûr que je peux, réplique-t-il avec un rire. Nouvelle année, nouveau moi. Marian et moi avons loué un camping-car. Nous allons voyager jusqu'en Floride et chercher l'endroit parfait où passer nos vieux jours.

— Qu'est-ce que c'est que cette histoire de vieux jours, putain ? demande Garrett.

Ma mère le fusille du regard et il se corrige aussitôt :

— Je voulais dire pu… euh… rée.

Tout le monde se met à parler en même temps, lançant des questions à mon oncle qui, avant cette annonce, n'a jamais fait la moindre allusion à son intention de partir en Floride en camping-car pour faire Dieu sait quoi.

— Que tout le monde la ferme ! aboyé-je.

— Ferme-la toi-même, réplique l'un de mes frères.

Je ne prends pas la peine de chercher qui, parce que j'ai les yeux rivés sur oncle Pat.

— Qu'en est-il de Byrne Construction ? demandé-je.

Ses yeux deviennent humides alors qu'il me regarde. Je me sens aussitôt méfiant. Il s'avance vers l'endroit où je suis assis et pose ses deux mains sur mes épaules.

— Tout le monde, vous avez devant vous le nouveau directeur général de Byrne Construction. Je cède la boîte à mes chers neveux Rourke, et charge Dylan de superviser l'entreprise. Il est le plus âgé et le plus expérimenté. Mon bras droit.

Je suis figé sur place. Dire que je suis sous le choc serait un énorme euphémisme. Je n'avais aucune idée qu'il voulait prendre sa retraite et nous céder l'entreprise. Je regarde mes frères pour voir si cela les dérange que je sois leur nouveau patron.

— On dirait que ça paie d'être le premier-né, marmonne Sean.

J'ai hérité du royaume, sauf qu'il s'agit d'une entreprise de construction dans laquelle je travaille depuis que j'ai seize ans. Je devrais être heureux, mais au lieu de ça, tout ce que je ressens, c'est la responsabilité écrasante liée au fait de reprendre la gestion d'une entreprise que mon oncle dirige avec succès depuis quarante ans. Je ne peux pas le décevoir. Il faut que je réussisse.

Tous ces emplois dépendent de moi.

Le destin de mes frères est lié à mes décisions.

Tout repose sur mes épaules.

Pourquoi a-t-il fallu qu'il me lâche la nouvelle comme ça ?

C'est oncle Pat qui possède toutes les connexions. Je suis loin d'avoir son réseau, après n'être passé du côté commercial que quelques années plus tôt. C'est lui qui apporte les nouveaux contrats. J'entre en scène quand le projet est à nous. Merde. Je ne suis pas prêt pour ça. J'ai besoin d'un approvisionnement constant de nouveaux contrats pour continuer à faire tourner l'entreprise. Sans nouveau projet, personne n'est payé.

Je regarde mon oncle par-dessus mon épaule.

— J'ai besoin que tu restes dans le coin, pour me montrer les tenants et les aboutissants.

— Contente-toi de me remercier.

— Merci, mais…

— Fêtons ça ! s'exclame-t-il. Sors le gâteau, Tara !

Ma mère sort un gros gâteau du réfrigérateur.

— J'ai pris celui avec la garniture à la fraise que tu aimes tant.

— De la Pâtisserie de Mona, hein ? demande oncle Pat.

Ma mère le pose au centre de l'îlot.

— Évidemment. Je sais ce que tu aimes.

Elle lui fait signe de se placer à côté d'elle et passe un bras autour de sa taille.

— Félicitations ! lance-t-elle, en nous faisant signe de nous joindre à elle.

Tout le monde l'imite et le félicite consciencieusement pendant qu'oncle Pat et tante Marian sourient comme des idiots. Visiblement, ils planifient ça depuis un moment. « Profite bien de ta retraite, Pat ! » est-il écrit en glaçage bleu sur le gâteau blanc. J'aurais apprécié d'être mis au courant au moins aussi tôt que la pâtissière.

Je songe alors qu'il reste toujours mon père, qui s'occupe de la partie financière.

— Papa, tu restes, toi, n'est-ce pas ?

Il regarde ma mère et lui adresse un sourire rayonnant.

Merde. Il part aussi ? Il n'est pas assez âgé pour prendre sa retraite, n'est-ce pas ? Il n'a que cinquante-huit ans.

Mon père se redresse de toute sa hauteur et rejette les épaules en arrière dans sa posture régalienne.

— Puisque Pat prend sa retraite et qu'il transmet la gestion de l'entreprise, je vais moi aussi passer à autre chose.

Je crispe la mâchoire.

— Qu'est-ce que ça veut dire ?

Ma mère le rejoint et il passe un bras autour de ses épaules. *S'il vous plaît, dites-moi qu'ils ne comptent pas louer un camping-car pour vivre leurs vieux jours en Floride.*

Toute la pièce plonge dans le silence, et tout le monde a les yeux rivés sur mes parents.

Un muscle se contracte sur ma mâchoire. J'aimerais me réjouir de ma bonne fortune. Si seulement on n'avait pas lâché ça sur moi sans aucun soutien. Et si l'entreprise faisait faillite sous ma garde ?

— J'ai décidé de me lancer dans une nouvelle carrière, annonce mon père.

À cinquante-huit ans ? Je suis à deux doigts de laisser tomber ma tête sur le comptoir de l'îlot et de pousser un grognement. Je suis tenté de la cogner plusieurs fois, aussi.

— En tant que Roi de Brooklyn ? demande Sean.

Je lui jette une tranche de salami au visage. Des aliments variés traversent l'air, tous dans sa direction.

— Ça suffit, avec la bataille de nourriture, lance sèchement ma mère tout en servant les parts de gâteau de départ en retraite.

— Quoi ? demande Sean.

Il retire des morceaux de viande et de fromage de ses cheveux et balaie les miettes sur son tee-shirt.

— Papa pourrait être Roi de Brooklyn, continue-t-il. Il a une couronne, maintenant.

— Je vais suivre une formation d'agent immobilier, explique mon père. J'aime rencontrer de nouvelles personnes, et ça me sortira de derrière mon bureau. Je me suis dit qu'on pourrait travailler ensemble – Byrne Construction et Rourke Immobilier.

Il tourne les yeux vers moi et ajoute :

— Toi et Sean vouliez vous investir dans l'immobilier. Si seulement vous aviez demandé ce qui vous a été refusé injustement à Villroy…

— Je t'ai dit qu'on trouverait un autre moyen, l'interromps-je.

Il crispe la mâchoire, et ses lèvres forment une ligne fine. Il prend ça personnellement, le fait que je n'ai pas ce qu'il croit que je mérite. Probablement parce que c'est ce que *lui* mérite, et qu'il regrette que cela ne soit pas transmis à la génération suivante. Il a été élevé dans des traditions royales, basées sur l'héritage.

— Dans tous les cas, dit-il une fois qu'il s'est repris, si vous construisez ou rénovez une propriété, je pourrais vous aider à trouver des gens pour l'acheter ou la louer.

— Merci. Super idée.

Mon esprit s'accroche à cette nouvelle information. Mon père savait qu'on hériterait bientôt de l'entreprise, et ce doit être la raison pour laquelle il a tant insisté pour qu'on obtienne un financement de la part de nos cousins royaux. Il savait que je pourrais m'en servir pour développer l'entreprise dans le domaine immobilier, en voyant beaucoup plus grand que le simple fait de retaper des maisons durant le week-end. Nous aurions pu investir dans des terrains, construire à neuf et rebâtir sur une zone entière. Mais qu'est-ce que j'y connais, aux analyses de marché de l'immobilier ? C'est bien plus compliqué que de trouver la pire maison d'un bon quartier pour la rénover. Comment obtenir un bon prix, ou ne serait-ce que décider quoi construire ? Des appartements, des bureaux, des résidences…

Je me lève brusquement.

— J'ai besoin de prendre l'air, marmonné-je.

— Attends, je viens avec toi, lance oncle Pat.

Je lève une main pour l'arrêter.

— Je reviens bientôt.

J'ai besoin de m'éclaircir les idées. Je suis tout au fond d'une mer déchaînée, sans aucune bouée à laquelle me raccrocher.

Je me dirige vers la porte, et l'air frais de l'extérieur me frappe. J'ai laissé ma veste derrière moi, mais il est hors de question que je retourne la chercher. J'ai besoin de bouger. Je descends les marches et remonte le trottoir vers Prospect Park. Plus tard, je ferai asseoir mon oncle et mon père pour leur arracher la moindre information que je peux tirer d'eux. Pour l'instant, j'ai besoin de me ressaisir.

J'arrive au parc et commence à trottiner le long de l'allée. Le soleil commence à se coucher et le parc se vide peu à peu. J'accélère. Sans m'en rendre compte, je me retrouve bientôt à courir à toute allure le long de la boucle. Elle fait un peu moins de cinq kilomètres, et je fais un tour complet avant qu'un point de côté me fasse me plier en deux.

— On se fait vieux on dirait, raille une voix féminine.

4

———————

Dylan

Je me redresse en me tenant le flanc. Ça alors, si ce n'est pas mon ennemie mortelle – Ariana Bianchi. Exactement la personne que j'ai envie d'avoir comme témoin de l'effondrement de ma virilité. Elle porte un pull à capuche rouge vif et un pantalon de yoga noir qui moule ses jambes galbées. Quand nous étions jeunes, elle s'habillait presque toujours de rose des pieds à la tête, ou d'une tenue avec des paillettes. Elle attirait mon regard, avec ses cheveux brun foncé réunis en chignon, alors qu'elle tourbillonnait et virevoltait dans ses tutus de ballerine comme si tout le quartier était sa scène. Tout le monde la surnommait Air, mais je l'appelais Fée de l'Air, parce qu'elle était si girly et ne se salissait jamais, sauf cette unique fois. Ne *pas* penser à ça maintenant.

Je fouille dans mon cerveau éprouvé à la recherche d'une répartie.

— Tu n'es pas trop vieille pour les couettes ? demandé-je en indiquant ses cheveux relevés en une unique couette bien haute d'un signe de la main.

— Ça s'appelle une queue de cheval, et va te faire foutre.

Je fixe sa bouche, surpris par son langage. Dans mes

souvenirs, c'est une fille calme toujours en train de virevolter ou, plus tard, le nez plongé dans un livre. Elle m'a bien insulté une fois, alors que je me dirigeais vers la porte le jour où… non. Je ne penserai pas à ça. Ses lèvres sont de la même teinte rose que son pull, et sa lèvre inférieure est plus pleine. *Sexy.*

Je relève vivement la tête.

— On t'a appris à jurer dans ta fac chic ?

— Ce sont les Rourke qui m'ont appris à jurer. C'est tout ce que j'entendais, chez vous. Des P de M.

— Des P de M, répété-je en riant, ce qui me surprend moi-même.

Une étincelle d'amusement danse dans ses yeux bruns.

— Exactement. P de M.

Nous rions tous les deux. Je crois que je perds la boule.

Elle relève sa cheville derrière elle pour s'étirer.

— Je t'ai vu courir comme si une meute de loups te pour-chassait. Qu'est-ce qui t'a mis le feu aux fesses comme ça ?

Je ris à nouveau.

— Tu étais déjà aussi drôle, quand on était gosses ?

Elle étire son autre jambe.

— Sûrement. Tu étais trop occupé à te moquer de moi pour me parler.

La crampe entre mes côtes commence à s'apaiser.

— Tu avais *envie* de me parler ?

— Non.

Je lève la main dans un geste signifiant « et voilà. »

— Oui, comme toujours, c'était bizarre. Je dois y aller.

Elle s'élance sur la boucle que je viens de parcourir, sa queue de cheval rebondissant dans son dos.

Je regarde vers la maison et songe à la foule réunie là-bas pour célébrer un événement que je ne suis pas prêt à fêter. Puis je tourne à nouveau les yeux vers la distraction en rose, qui vient de me faire rire au beau milieu de cette crise.

Je cours après elle et la rattrape, avant de trottiner à côté d'elle.

— Eh.

Elle me regarde à deux fois.

— Encore toi ? Qu'est-ce qu'il y a ?

— Qu'est-ce que tu fais de retour ici ?

— Je n'ai pas le droit de rendre visite à mes parents ?

— Tu pourrais, mais ce n'est pas eux qui viennent te voir en Californie, d'habitude ?

Une seconde passe, puis elle répond :

— Oui, eh bien, je ne vis plus là-bas.

— Pourquoi ?

Elle pousse un soupir agacé et accélère. Je garde le rythme avec elle.

— Qu'est-ce que ça peut te faire ? demande-t-elle d'un ton agressif.

— Je ne sais pas. Je suis juste curieux.

Elle me chasse d'un geste de la main.

— Va être curieux ailleurs.

— On organise une fête de famille, et je ne suis pas d'humeur à célébrer.

— Pourquoi ? C'est ton anniversaire et tu es déprimé par ton âge ?

Je tire sur sa queue de cheval rebondissante.

— Ça suffit, avec les vannes sur mon âge. Tu n'es plus jeune que de deux ans.

— *Plus jeune,* répète-t-elle en levant un doigt en l'air. C'est le mot clef.

Nous courons en silence pendant quelques instants. Je me sens beaucoup mieux, maintenant que je suis en mouvement.

Elle m'adresse un regard en coin.

— OK, raconte-moi ce qui t'a mis le feu aux fesses pour que tu coures comme un fêlé dans tout Prospect Park.

— Courir comme un fêlé ? C'est une véritable expression ?

— Crache le morceau.

— Mon oncle vient d'annoncer qu'il prenait sa retraite immédiatement, et c'est une énorme surprise pour moi, à qui il vient de céder l'entreprise. Il s'en *va*, en Floride. Mon père aussi. Tout repose sur mes épaules, tous ces emplois dépendent de moi, et j'ai de grandes idées, mais aucune idée de comment les concrétiser, et tout pourrait faire faillite sous ma garde, après quarante années d'affaires florissantes !

Elle arrête de courir et me dévisage.

— C'est la première fois que je t'entends prononcer autant de mots en une fois.

Je me passe une main dans les cheveux.

— Tu as entendu ce que je viens de dire ? Toute l'entreprise, qui tourne avec succès depuis plus de quarante ans, vient soudain d'être lâchée sur mes genoux sans aucune préparation !

Elle roule des yeux et se remet à courir.

Je n'arrive pas à le croire. Je viens de déballer tout ce que j'avais sur le cœur, ce que je ne fais jamais avec personne, et elle roule des yeux ?

— C'est tout ? aboyé-je. Tu n'as rien à répondre à ça ?

Elle lève une main sans cesser de courir à un rythme soutenu.

— Tu n'as pas envie d'entendre ce que j'ai à te dire.

— Si, j'en ai envie, répliqué-je entre mes dents tout en continuant de courir à sa hauteur.

— OK, tu te comportes comme une diva. Tu as tout un groupe de frères pour t'aider à démêler tout ça. Ils ne vont nulle part, eux, n'est-ce pas ?

— Non.

— Alors, vois ça comme l'occasion dont il s'agit, fais-les participer et rends l'entreprise encore plus prospère qu'elle ne l'a jamais été.

— C'est ça, ton conseil ?

Elle hoche une fois la tête.

— C'est mon conseil.

Je réfléchis à cela pendant que nous courons.

— C'est un bon conseil, en fait.

— Tu vois ? Je ne suis pas qu'une beauté époustouflante, dit-elle avec un clin d'œil.

Je me surprends à sourire. Je l'aime bien. Je l'aime *vraiment* bien. Et elle est de retour pour la première fois depuis des années. Toute seule, de ce que je peux en voir.

— Ton mari t'a acheté un truc sympa pour Noël ?

Elle pince ses lèvres roses.

— C'est ta façon de demander si je suis célibataire ?

— Oui.

— Je suis divorcée, tu es content ?

— Tu vas bien ?

— C'était une décision mutuelle. Barre-toi, maintenant, dit-elle avec un geste de la main. Ne songe même pas à me proposer de faire un tour à l'arrière de ta Harley, ou d'aller boire un verre, ou quoi que tu fasses avec tes copines, parce que même si tu étais le dernier homme sur Terre après l'apocalypse – et je veux dire, s'il ne restait plus que toi et moi pour faire perdurer la race humaine – je préférerais encore faire de toi mon dîner plutôt que de coucher encore une fois avec toi.

Je cligne des yeux. Quelle femme féroce. Et dire que je l'appelais Fée de l'Air parce qu'elle était si girly.

— Tu es encore en colère contre moi après cette fois-là ?

Elle arrête de courir, et je l'imite.

— Ne reparle plus *jamais* de ça, espèce d'ordure, dit-elle en enfonçant un doigt dans mon torse.

— C'est toi qui l'as évoqué en premier. Écoute, j'avais vingt ans. Tu ne peux pas te montrer indulgente et mettre ça sur le compte de la jeunesse ?

— Non.

— Pourquoi pas ?

— Parce que moi aussi, j'étais jeune, réplique-t-elle en haussant le menton. Et je n'étais *pas* une ordure.

— C'est parce que je ne t'ai pas tenue dans mes bras après ?

— Pourquoi est-ce que je te parle ? lance-t-elle avec un geste vif du bras. Je suis venue ici pour éliminer mon stress, pas pour en rajouter.

Elle part en courant, et je suis le rythme.

— Adriana, je suis désolé. J'étais une ordure, à l'époque. Pour ma défense…

— Non. Tu n'as aucune défense.

— Je n'aurais pas dû… quoique tu croies que j'ai fait.

Elle s'immobilise brusquement.

— Je ne crois rien. Je sais. Tu le sais aussi, mais tu es trop une ordure pour l'admettre. Maintenant, retourne auprès de ta famille pour régler ton problème pas si gros que ça, pendant que je mets de l'ordre dans ma vie.

— Pourquoi as-tu besoin d'y mettre de l'ordre ?

— Va-t'en, dit-elle en plissant les yeux.

— Si je retourne avec ma famille, tu seras dans la maison juste à côté. Et la curiosité me forcera à passer te voir pour comprendre quel est ton problème.

— Mon père te tuerait.

— Tu sais, je me suis toujours dit qu'il me regardait d'un air mauvais.

Elle plaque une main sur sa hanche galbée.

— Tu t'es déjà demandé ce qu'était devenu le casque que tu avais oublié dans ma chambre ?

— Je me suis dit que tu avais dû le jeter.

— Je l'ai fait. J'ai enfoncé la visière et je l'ai balancé dans la poubelle. Mon père l'a trouvé et l'a reconnu. Tout le monde savait que tu te baladais sur cette Harley.

— Alors il a supposé que j'avais pris la virginité de sa fille ? demandé-je en baissant la voix.

— Ma mère a remarqué les draps manquants, dit-elle, les yeux fixés sur mon torse. Les preuves étaient évidentes, et je ne voulais pas avoir à gérer ça, vu que je partais le lendemain, alors je les ai cachés au fond d'une autre poubelle.

Elle lève les yeux vers les miens et ajoute :

— Ils ont discuté ensemble du casque ainsi que des draps et m'ont confrontée à la situation. J'ai tout avoué.

— Tu as tout *avoué* ? répété-je, incrédule. Pourquoi faire un truc pareil ?

— Parce que j'étais une bonne fille, réplique-t-elle en levant le menton bien haut.

— C'est vrai.

Je ne peux m'empêcher de sourire au souvenir de ce jour, quand elle m'avait demandé de l'aider tout en rougissant comme une écrevisse.

— Tu étais aussi une vilaine fille.

Elle détourne les yeux.

— Tu as ruiné ma vie.

— Quoi ? m'exclamé-je en écarquillant les yeux.

Elle repart en courant sur l'allée, et je reste sans bouger, à regarder son dos rose s'éloigner. J'ai ruiné sa vie ? C'est pour ça qu'elle n'est plus jamais rentrée ?

Mon estomac se tord. J'ai ruiné la vie de l'innocente Fée de l'Air ? Je me sens affreusement mal. Elle était si douce et si mignonne, et maintenant c'est une femme féroce au langage grossier. Et tout part de moi. Je veux dire, je la préfère comme ça, mais elle aurait peut-être tourné différemment, sans moi.

Je me dirige vers l'entrée du parc d'un pas lent.

Attendez une minute. Elle ne peut pas rejeter toute la faute sur moi. Ce n'était qu'un après-midi. Je veux dire, bien sûr, je me suis moqué d'elle quand nous étions enfants, mais c'est ce que font les enfants, n'est-ce pas ?

J'attends devant l'entrée du parc. Dès qu'elle repartira chez elle, je la rejoindrai et lui ferai savoir cette vérité évidente : ce n'est pas ma faute, si elle est devenue une femme grossière et sanguinaire.

~

Ariana

Oups. Pourquoi est-ce que j'ai dit ça ? Je me pousse à courir plus vite. Pourquoi ne pas lui avoir carrément tout dit, pour compléter cette humiliation ? *Personne n'était à la hauteur. Tu as hanté mes rêves érotiques alors que j'aurais dû t'avoir oublié depuis longtemps. Tu t'es toujours attardé dans mon esprit, toujours.* Oh que non !

Je ralentis ma course, la respiration plus forte, et me concentre sur le fait de mettre un pied devant l'autre dans un effort pour revenir à mon état de zénitude habituel quand je cours. Quand je termine ma boucle, je me sens un peu plus moi-même.

Je traverse l'entrée du parc et pousse un glapissement quand un homme à la carrure large approche. Puis je le reconnais et lui donne une tape sur l'épaule.

— Ne surgis pas devant moi comme ça ! J'ai failli t'envoyer du gaz lacrymogène !

Dylan regarde mes mains vides et demande :

— Avec quoi ?

Je tripote maladroitement la fermeture de mon pull à capuche et mes doigts effleurent mon téléphone, un billet de vingt dollars plié en deux et un mouchoir roulé en boule, avant de finalement tirer la bombe lacrymogène pour la lever devant lui.

— Tu vois ?

— Tu vas devoir dégainer un peu plus rapidement, remarque-t-il en se frottant la nuque.

Je range la bombe dans ma poche et remonte la fermeture.

— Pourquoi est-ce que tu m'espionnes ? Tu n'as pas une entreprise à diriger ?

— Réponds juste à une question, et je te laisserai tranquille.

Je lui fais signe de continuer, même si je n'ai vraiment pas envie de répondre à la moindre question. Je suis si stressée, en ce moment, que je me suis mise à faire du sport matin et soir. C'est déjà assez dur d'essayer de me remettre d'un coup dur émotionnel. Ajoutez à cela le fait de vivre avec mes parents pour la première fois depuis mes dix-huit ans, et je nage dans le stress. Je dois me trouver un boulot et un endroit où vivre sans tarder. Et Dylan est la dernière personne à qui je me confierais au sujet de tout ça.

— Comment est-ce que j'ai ruiné ta vie ? demande-t-il doucement.

Oh, bon sang. Je n'aurais jamais dû admettre ça.

Je me dirige vers chez moi, et il marche à ma hauteur.

— Je ne veux pas en parler.

— Ariana, je me sens vraiment mal à l'idée d'avoir ruiné ta vie d'une manière ou d'une autre.

Une chaleur m'envahit à la sincérité de sa voix. Et puis, il y a quelque chose de très agréable dans la manière dont il prononce mon nom. Je décide de lui lâcher un peu la grappe.

— Je n'aurais pas dû dire ça. Tu n'as pas ruiné ma vie, évidemment. J'ai passé de bonnes années durant mon mariage, j'avais un bon job, et cætera, et cætera. Je suis juste un peu grincheuse, j'imagine. Je ne suis pas encore habituée à mon retour à la maison, et j'ai beaucoup de choses à penser.

— Comme quoi ? Dis-moi.

Je referme la bouche.

Nous dépassons M. McLaughlin, vêtu de son éternelle casquette de vendeur de journaux sur ses cheveux blancs. Il nous adresse un signe de tête.

— Bonne année à vous deux.

— Bonne année, répondons-nous, Dylan et moi, à l'unisson.

— J'ai entendu dire que tu avais divorcé, me lance-t-il en fronçant ses sourcils broussailleux. Ce devait être de la faute de ce hippie californien.

— Merci, mais c'était une décision mutuelle, dis-je d'une voix égale.

Je suppose que tout le quartier est au courant. *Merci, Ma !*

M. McLaughlin secoue la tête.

— J'avais bien dit à tes parents de ne pas te laisser partir dans cet endroit misérable, avec tout leur yoga et leurs sornettes New Âge.

— Vous allez chez Dooley ? lui demande Dylan, rappelant sa destination à M. McLaughlin. Dites bonjour à Pete pour moi.

— Dis-lui bonjour toi-même. Au revoir, vous deux. Rentrez avant qu'il fasse noir.

Il s'éloigne ensuite vers son bar préféré, d'un pas plutôt alerte pour un homme de quatre-vingts ans.

Un sourire étire les lèvres de Dylan et ses yeux bleus pétillent.

— Il croit que nous sommes encore des enfants.

— J'ai envie d'avoir des enfants, lâché-je, avant de plaquer une main sur ma bouche.

Qu'est-ce qui ne va pas, chez moi ? C'est peut-être parce que je suis seule pour la première fois depuis des années ? J'ai perdu mes amis californiens avec le divorce, et ceux que j'avais ici ont déménagé en banlieue pour fonder leur propre famille.

Nous marchons vers nos maisons en silence.

Je lève les yeux vers lui. Il est plongé dans ses réflexions. J'aimerais tellement pouvoir reprendre mes dernières paroles. Je n'ai que les bébés en tête.

— Pourquoi est-ce que tu n'as pas eu d'enfant avec ton mari ? demande-t-il.

Je suppose que j'ai désespérément besoin d'une oreille à qui parler, parce que je réponds.

— Il n'en voulait pas. J'étais d'accord, au début, et plus tard, j'ai changé d'avis.

Et puis nous avons divorcé, et maintenant il va avoir un enfant avec Kiersten.

— Je suis revenue vivre à Brooklyn pour être près de mes parents, et qu'ils puissent être présents pour m'aider à élever un bébé.

Il baisse les yeux sur mon ventre et demande :

— Tu es enceinte ?

— Non, mais je le serai bientôt. J'ai déjà choisi le donneur de sperme, et dès que j'aurais trouvé du travail, je prendrais le rendez-vous pour l'insémination. Ma pense que c'est de la folie. Elle ne comprend pas, c'est tout.

Je prends une profonde inspiration, tendue rien qu'en pensant à ma mère. Elle fait campagne pour me marier au plus vite, avant que j'aie pu concrétiser mes projets de bébé. Au début, elle ne faisait que me conseiller avec insistance d'appeler le neveu d'un ami, ou je ne sais quoi, mais cette semaine, elle a pris les choses en main et j'ai eu la surprise (deux fois !) de trouver un homme célibataire d'âge moyen assis dans la cuisine et qui attendait de me rencontrer. Elle ne comprend pas que je ne suis pas prête pour une autre rela-tion. Cela ne fait que deux semaines que j'ai découvert que mon ex allait être père. Ils sont tellement heureux que ça me donne envie de vomir.

— Oh, finit par répondre Dylan.

— Oui, dis-je, soulagée qu'il ne pose pas plus de questions à propos de mon futur enfant.

Je suis fatiguée de défendre mon choix. Les enfants sont

importants pour moi, et je veux ce qui m'a été refusé avant de dépasser ma période de fertilité.

— Je dois trouver un emploi et un endroit où vivre ; ensuite, je passerai à l'étape suivante avec le bébé.

— Tu travaillais dans quelle branche, en Californie ?

— La vente et le marketing, dans une entreprise de développement immobilier.

— Oh.

Il semble à nouveau plongé dans ses réflexions. Je n'offre pas d'autre information. Je n'ai pas envie de repenser au travail que j'effectuais avec mon ex et sa famille. Ils ont tourné la page et se concentrent désormais sur les nouveaux membres de leur famille, et je dois tourner moi aussi la page.

— Tu pourrais en parler à mon père, finit-il par dire. Il est très enthousiaste à l'idée d'obtenir son diplôme d'agent immobilier.

— Et traverser les lignes ennemies ? Ma me tuerait.

Il me donne un coup de coude.

— Tu m'as déjà laissé traverser les lignes ennemies, une fois.

Je m'arrête net sur le trottoir et plaque les mains sur mes hanches.

— Je jure devant Dieu, Dylan, que si tu évoques ça *encore une fois*, je te botterais les fesses !

— Toi ? s'étonne-t-il en riant.

Je le fusille du regard.

— Tu ne fais pas de gros efforts pour rentrer dans mes bonnes grâces.

— Oh, rentrer dans tes *bonnes grâces*, sourit-il. C'est ce que je suis censé faire ?

— Oui.

— Que dis-tu de ça ? dit-il en se rapprochant, d'une voix basse et rauque. Tu es belle, drôle et tu déchires, bien plus aujourd'hui qu'à l'époque.

J'entrouvre les lèvres, le pouls cognant avec force.

— Donc, à l'époque, j'étais moche, ennuyeuse et austère ?

Il baisse les yeux sur mes lèvres, puis ma gorge, avant de les relever vers mes yeux.

— Tu passes à côté de l'essentiel. C'était un compliment.

L'air entre nous se charge soudain d'électricité.

J'avale ma salive. Je ne peux pas m'engager là-dedans.

— Tu essaies de te frayer à nouveau un chemin dans mon lit.

— Écoute, je sais que je n'ai aucune excuse pour la manière dont je me suis comporté à l'époque, mais je t'en prie. Il y a prescription, tu ne crois pas ?

Je me concentre sur le fait qu'il est un porc. Il n'est pas sexy. Il n'est pas sublime au point que j'arrive à peine à penser clairement, quand il est aussi près que ça et que je peux voir ses cils épais qui encadrent ses yeux bleus perçants, ainsi que le menton mal rasé que je me souviens s'être frotté contre moi, quand il m'embrassait jusqu'à me transformer en une flaque de désir.

— Je reste la partie lésée de cette histoire, rappelé-je d'une voix rauque.

Il incline la tête de côté.

— Est-ce que je me suis invité dans ta chambre, ou est-ce que c'est toi qui m'as supplié ?

— J'ai tellement envie de te gifler pour effacer cet air supérieur de ton visage.

Il sourit un peu plus largement.

— Tu vois. Tu n'étais pas complètement innocente, dans cette histoire.

— J'étais innocente jusqu'à ce que…

— Jusqu'à ce que je t'aide à régler ton petit problème.

— On peut arrêter de parler, maintenant, annoncé-je, avant de me diriger vers chez moi d'un pas vif.

— Pourquoi m'avoir choisi, ce jour-là ? demande-t-il.

J'émets un grognement.

— Tu connaissais Sean mieux que moi.

Je balaie cette remarque de la main.

— Sean est comme un frère pour moi. Je le connais depuis la maternelle.

— Alors pourquoi moi ?

— Tu es tellement borné.

— Je le suis quand le sujet est intéressant.

Je garde les yeux fixés droit devant moi.

— Très bien. Si tu tiens à le savoir, c'était parce que tu me paraissais excitant. Un homme plus âgé, expérimenté et qui conduisait une moto.

— J'imagine que deux ans de plus, c'était beaucoup à l'époque.

Je laisse échapper un long soupir, pour qu'il sache bien que je n'apprécie pas ce retour embarrassant dans nos souvenirs.

— Pourquoi est-ce que tu m'adressais toujours des regards noirs ? Je croyais que tu me regardais de haut. Tu m'as vraiment surpris, quand tu m'as fait des avances, ce jour-là.

Je lève les yeux au ciel.

— J'aimerais vraiment que cette conversation se termine.

— Contente-toi de répondre à la question, et je me tairais.

Je le fusille du regard.

— Tes regards noirs étaient beaucoup plus haineux, à l'époque.

Je laisse échapper un soupir.

— Ils n'étaient pas haineux. Je t'adressais des regards noirs parce que tu n'arrêtais pas de parler du ballet, et que j'avais été forcée d'abandonner. Ça me faisait mal que tu me le rappelles. « Où est ton tutu ? » Ma réponse était « enterré avec mes rêves. »

— Pourquoi avoir abandonné, si c'était ton rêve ?

J'arrête de marcher et soulève ma grosse poitrine.

— À cause de ça.

Puis je me donne une tape sur les hanches et me retourne pour gifler mes fesses.

— Et de ça, ajouté-je.

Il m'adresse un sourire lent et sexy.

— J'aime tout ça.

Je le fusille du regard, puis je ris.

— Eh bien, tout ça ne s'accorde pas avec une carrière professionnelle de ballet.

Nous continuons de marcher vers chez nous.

— Tu ne pouvais pas simplement danser pour le plaisir ? demande-t-il.

— Ça a été dur, d'abandonner mon rêve. Je n'arrivais plus à ressentir la joie de danser, après ça.

Nos maisons apparaissent dans notre champ de vision, et nous nous taisons. Ma regarde probablement par la fenêtre en attendant mon retour. Elle aura beaucoup à dire, si elle croit que je suis allé courir pour rejoindre l'un de nos ennemis. Je n'arrive pas à croire à quel point cette querelle entre nos familles dure depuis longtemps. Ne pourrait-on pas oublier cette histoire de cuillère ? Un autre invité est peut-être reparti chez lui avec par erreur !

— Eh, ça te dirait qu'on aille manger ensemble, un de ces jours ? demande-t-il alors que nous arrivons sur le trottoir devant nos maisons.

— Je ne peux pas.

Je ne veux commencer aucune relation, quelle qu'elle soit, pas avant un long moment. Et la dernière chose dont j'ai envie, c'est de coucher à nouveau avec Dylan. Je sais qu'il a parlé de manger, mais je sais aussi qu'il y a une alchimie entre nous, beaucoup, et je sais exactement où cela nous mènerait.

Je jette un œil vers la fenêtre de ma maison, et le rideau retombe. Oui. La police maternelle est en service.

Il baisse la tête pour croiser mon regard.

— Juste un verre, alors.

— Non.

— Tu es trop occupée ? D'accord, je comprends. Tu es sans emploi et tu vis chez tes parents.

Ma gorge se serre et mes yeux deviennent brûlants.

— Va te faire foutre.

Je m'étais juré de m'accorder le temps de guérir, après le choc causé par mon ex, lorsqu'il s'est engagé dans le genre de vie de famille dont il n'a jamais voulu avec moi.

— Est-ce que tu me pardonneras un jour ? demande-t-il.

— Ce n'est pas ça, dis-je d'une voix étranglée. C'est juste que je ne suis pas prête. Je ne veux sortir avec personne, n'avoir aucune relation, ne coucher avec personne, rien.

Il garde le silence.

— Désolée, ajouté-je en fixant le bout de mes baskets noires.

Il me pince le menton pour me faire lever les yeux vers lui.

— Ne sois pas désolée, Ariana.

Il y a une telle tendresse dans le ton de sa voix que cela me fait presque craquer. Je n'ai jamais vu cette facette de lui, et une partie de moi a envie de m'appuyer contre sa force solide. Je ne peux pas m'autoriser à être attirée vers lui.

— Alors, amis ? demandé-je en me forçant à prendre un ton neutre.

Il relâche mon menton et m'effleure la mâchoire du dos de la main, ce qui fait picoter ma peau.

— Oui, amis.

— Super, dis-je en reculant. Salut.

Je m'empresse de grimper les marches menant à la porte d'entrée et trébuche presque en l'entendant ajouter :

— Pour l'instant.

5

____

Dylan

Le lendemain matin, je me suis remis du choc du départ en retraite de mon oncle. Oncle Pat et moi avons discuté longuement, hier soir, durant sa fête de départ en retraite, et il m'a promis de me montrer sa liste de contacts et de me faire un topo de tout ce qu'il y a à savoir cette semaine. Nous avons un rendez-vous en ville avec un avocat ce vendredi, pour nous transmettre l'entreprise, à moi et mes frères. Il part samedi. Son camping-car l'attend dans le New Jersey, avec ses valises déjà à l'intérieur. Il s'est très bien débrouillé pour conserver ses projets secrets. Je ne comprends toujours pas vraiment pourquoi il nous a annoncé ça de but en blanc comme ça. Il croyait peut-être que ce serait une bonne surprise, comme un cadeau, plutôt que la brique sur la tête que ça a été en réalité. Pour moi, en tout cas.

Je vis près de nos bureaux de construction, dans le quartier de Bay Ridge, à Brooklyn, alors je fais le trajet à pied entre les quelques pâtés de maisons pour commencer le boulot. Mes frères et moi, ainsi que l'équipe, partirons de là-bas pour rouler jusqu'à un nouvel immeuble d'appartements dans le

Queens. Nous nous occupons des travaux d'intérieur, et j'en suis soulagé, parce qu'il gèle, dehors.

J'ai réfléchi un peu plus à ce à quoi le futur pourrait ressembler, alors que mes frères et moi serons propriétaires d'une entreprise de construction et nous lancerons dans l'immobilier. Le marché de Brooklyn est florissant, en ce moment, et les arrondissements voisins le seront peut-être aussi bientôt. Si nous pouvions récupérer une part du gâteau – en achetant des propriétés dans des zones délabrées, en les rénovant ou en les démolissant pour reconstruire, avant de revendre à bon prix –, nous aurons franchi une énorme étape. Et nous faisons partie de cette communauté. J'aimerais construire des parcs et des terrains de jeux, pour que cet endroit soit plus qu'une collection d'appartements et de commerces. Nous développerions des *quartiers*, et les rendrions à notre communauté. Je dois faire un peu plus de recherches, mais d'abord, j'ai besoin des fonds suffisants pour investir.

Peu importe ce que dit mon père, je ne me sens pas à l'aise à l'idée de demander un financement à Gabriel, après qu'il m'a remis la couronne et le sceptre de mon père, qui valent une fortune. Et je réalise soudain quelque chose : mon père m'a donné ces objets. Je parie que je pourrais les vendre très cher aux enchères. Pas uniquement pour la valeur des pièces en elles-mêmes, mais aussi pour l'histoire qu'elles représentent. Ça ne peut pas faire de mal de demander à mon père si je peux les mettre en gage. Il lui arrive d'être d'étrange humeur, parfois, et de se sentir nostalgique. Il voudra peut-être les garder juste pour les admirer. Bon sang. Je ne voudrais pas qu'il regrette de s'en être séparé. Je ne sais pas quoi faire.

J'ouvre la porte de notre petit bureau au premier étage. Il comporte deux pièces et une salle de bains. Dans la pièce à l'avant, il y a deux bureaux, pour mon père et mon oncle, trois armoires de rangement et un petit coin-cuisine sur une table. La pièce du fond est une salle de réunion, avec une longue table et des chaises. Rien de particulièrement luxueux, pourtant c'est efficace.

Mon frère Connor, qui a six ans de moins que moi, est appuyé contre le bureau de mon oncle et attend, son café à la main. Il est élancé, mais costaud, et toujours soigné, de sa coiffure coûteuse à sa barbe taillée avec soin. Parfois, je me dis que de nous tous, c'est lui qui aurait dû aller à la fac, plutôt que de rejoindre l'entreprise familiale. Ne vous méprenez pas, il est doué de ses mains, mais c'est aussi quelqu'un de réfléchi. Comme s'il se passait beaucoup de choses, dans son cerveau. Il est le quatrième de notre bande de frères. Mes parents disent toujours que Connor était un tel ange qu'ils ont décidé d'avoir un autre enfant ; et puis ils ont eu Brendan, qui les a stupéfiés tant il était un petit diable facétieux. Je suis presque sûr que Garrett était un accident, parce que mon père s'est fait opérer après lui, et qu'il est le dernier de la lignée. Eh, six enfants, c'est déjà pas mal. C'était drôle, quand j'étais petit, mais quand j'y repense, je n'envie pas ma mère, qui s'est efforcée de tous nous garder dans le droit chemin. Elle a vraiment essayé.

— Bonjour, patron, lance Connor. Je dois aller te chercher un café ?

— Oui, dis-je avec un signe du menton vers lui. Va me chercher aussi du bacon et des œufs, tant que tu y es.

Il sourit.

— C'est bien le style d'oncle Pat, de rendre son départ en retraite aussi théâtral.

Je me sers une tasse du café qu'il a préparé.

— C'est clair. Il ne dit pas un mot, et il nous lâche ça d'un coup. Au fait, l'entreprise est à vous, bonne chance !

La porte s'ouvre et quand je regarde par-dessus mon épaule, je vois oncle Pat.

— On parlait de ta grande déclaration.

Il sourit et étire les bras au-dessus de sa tête.

— Je suis un homme heureux.

— Tu as plutôt intérêt à apprendre à jouer au golf et à la pétanque, lui dit Connor. Tu vas devoir t'intégrer avec les natifs de Floride.

— N'oublie pas le jeu de palets, ajouté-je.

— J'ai surtout envie de me balader partout dans un caddie de golf, répond-il en faisant semblant de tourner un volant. Ce ne serait pas la belle vie, ça ?

Connor et moi échangeons un regard amusé. Ça n'aurait pas été mon premier choix d'amusement, mais pourquoi pas.

— Dylan, viens t'asseoir à mon bureau, reprend oncle Pat. Je vais te donner mon ordinateur pour que tu aies tout ce dont tu as besoin.

Je jette un œil à son vieil ordinateur et me demande déjà comment je vais pouvoir transférer toutes les informations qu'il possède sur son logiciel obsolète sur mon ordinateur portable. J'espère que ce ne sera pas trop difficile.

— Et si on faisait ça à la fin de la journée ? proposé-je. Je dois donner à l'équipe leur liste de tâches pour la journée.

— Fais-le ici, et délègue ensuite la supervision pendant un moment. J'ai des choses à faire, mon grand.

— D'accord.

Lorsque j'ai assigné la liste de tâches à l'équipe, je m'installe à son bureau pendant que tout le monde quitte la pièce. Ce sont les deux heures les plus longues de toute ma vie. D'abord, il faut une éternité à l'ordinateur pour charger les dossiers qu'il veut me montrer. Et il parle tellement avant de cliquer sur la souris que je suis presque dans un état catatonique. Je lui montre comment faire une capture d'écran, pour pouvoir garder une trace de tout ça pour plus tard. Quand nous terminons, j'ai vu son logiciel de comptabilité, dont s'occupe mon père avant de la partager avec lui, et son répertoire de contact, mais je n'ai toujours pas le sentiment de savoir ce que j'ai vraiment besoin de savoir.

— Comment est-ce que je fais pour continuer à faire rentrer de nouveaux contrats ? demandé-je. Je n'ai pas ton réseau. Je veux dire, mis à part cette liste de contacts.

Il recule contre le dossier de sa chaise et croise les mains derrière sa tête.

— Alors, les gens me connaissent de réputation, alors je suis souvent recommandé. On va faire une grande annonce à l'attention de mes contacts, pour leur faire savoir que tu es le nouveau directeur général, dès que le transfert sera officiel, et je suis sûr que les gens viendront vers toi tout aussi facilement.

Devant mon regard sceptique, il ajoute :

— Ne t'en fais pas ! Tu feras marcher le bouche-à-oreille aussi, et bientôt, tu auras ton propre réseau. Tout va bien se passer. Mais tu dois faire un peu de planification préalable. Ne te dis pas juste, oh, j'ai un gros contrat en ce moment, alors c'est bon, je vais arrêter de chercher d'autres travaux. Tu dois *toujours* être à la recherche des prochains projets, d'accord ?

— D'accord.

— Bien, dit-il en me donnant une tape sur l'épaule. J'ai toute confiance en toi. Je te prépare pour ça depuis ces deux dernières années. Pourquoi crois-tu que je t'ai attiré à ce point du côté affaires de l'entreprise ?

— Ouais, mais je n'ai jamais apporté de nouveaux projets. Tu me faisais intervenir une fois que le contrat était signé.

Il incline la tête.

— J'aime rencontrer des gens. Les amis de mes amis deviennent mes amis.

— J'aurais dû être présent à ces réunions.

— Mais j'avais encore besoin de toi pour diriger l'équipe. Je ne pouvais pas t'en écarter trop, ou les projets se seraient effondrés. Tu es prêt, fais-moi confiance.

Prêt ou pas, je vais devoir me lancer.

— Merci.

— Je dois y aller, dit-il en se levant. Ta tante veut que je l'aide à débarrasser notre appartement.

Ils vont mettre leurs affaires dans un entrepôt pendant qu'ils chercheront un endroit où habiter en Floride. Ils comptent vivre dans le camping-car en attendant d'avoir trouvé l'endroit parfait. Il nous a tout raconté hier soir, durant la fête *surprise, je prends ma retraite.*

— Une dernière chose, dis-je. Que dirais-tu d'ajouter une nouvelle branche à l'entreprise ? Rourke Management, pour le futur développement immobilier. Une grande partie de la valeur de l'entreprise est au nom de Byrne Construction, alors je veux le conserver et l'étendre.

Il sourit.

— Je savais que, avec ton idée de retaper des maisons, tu voudrais te lancer dans le développement immobilier. Je trouve que c'est une super idée. Fais ce que tu veux avec l'entreprise, du moment que tu la maintiens à flot.

Il agite un doigt devant moi et ajoute :

— Mais fais attention de ne pas trop t'endetter. Commence petit et bâtis à partir de là. Construis-toi une assurance pour toujours pouvoir payer les salaires.

— Oui, acquiescé-je en redressant le dos.

Tout repose sur mes épaules, maintenant, et je dois m'assurer que mes frères et notre équipe soient payés. Vingt personnes dépendent de moi.

— À plus tard, lance mon oncle d'un ton enjoué, avant de passer la porte.

Je parcours du regard le bureau vide, avant de poser les yeux sur son ordinateur. Je devrais m'envoyer tous ces dossiers par e-mail, ou les mettre sur une clef USB. *S'il vous plaît, dites-moi que ce truc ne marche pas encore avec des disquettes.* Je cherche à l'arrière de la machine et trouve une prise USB ; puis je fouille dans les tiroirs de son bureau à la recherche d'une clef, mais ne trouve rien d'autre que des mini Snickers, des stylos, des crayons et des menus à emporter. Tant pis. Je vais juste tout emmener. J'éteins l'ordinateur, débranche tout et retourne à mon appartement en le portant dans mes bras.

Je le pose sur la table de la salle à manger et descends dans le garage du sous-sol pour rejoindre ma Harley. J'ai raté un trajet jusqu'au travail dans l'une de nos camionnettes, alors je vais devoir m'y rendre par mes propres moyens.

Quand j'arrive à l'immeuble d'appartements du Queens – des logements construits récemment dans une usine de piano réhabilitée – il est plus de onze heures du matin. Je fais le tour des lieux, vérifie que l'équipe va bien et dis à mes frères de venir déjeuner avec moi dans le café au bout de la rue. Les hamburgers sont excellents, là-bas. Ils acceptent tous sans problème sauf Brendan, le petit diable, qui est désormais ce que ma mère appelle « irritable » et ce que moi j'appelle « en besoin d'un bon redressement ». Il a vingt-cinq ans, et il a tellement l'impression de porter toute la misère du monde sur ses épaules que je suis surpris qu'il ne marche pas plié en deux. Ce type a quelque chose à prouver.

— Comme tu veux, patron, dit Brendan quand je lui demande de me retrouver pour le déjeuner.

Il y a une tension dans sa voix qui ne me plaît pas.

— Ça va être un problème pour toi ? demandé-je en croisant les bras. Que je sois le patron à la place d'oncle Pat ?

— Je suis un sous-fifre quoi qu'il en soit, répond-il en écartant les bras.

— Si tu n'aimes pas travailler ici, la porte est juste là, répliqué-je en pointant la porte du pouce.

Il plisse les yeux.

— Je suis copropriétaire, maintenant. Tu ne peux pas me virer.

— Qui a parlé de te virer ? Je te laisse un choix : monter à bord ou te barrer.

Il fixe la porte d'un regard noir, comme s'il envisageait cette option.

— Pourquoi oncle Pat a fait de moi le directeur général, d'après toi ? demandé-je.

Il se tourne à nouveau vers moi.

— Parce que tu es le plus âgé.

— Oui, eh bien, c'est aussi parce que nous travaillons côte à côte depuis que je peux tenir un marteau. J'ai commencé à bosser pour lui quand j'avais seize ans, contrairement au reste d'entre vous qui êtes allés au lycée et qui n'avez jamais eu besoin de chercher un job parce qu'un poste vous attendait ici dès que vous auriez envie de le prendre. Je suis celui qui a investi le plus de temps et de sueur là-dedans.

— Travailler sur les chantiers pendant le lycée était ton choix, et c'était juste du mi-temps, de toute façon.

— Alors, quoi, tu veux me prendre ma place ?

Il hausse le menton et répond :

— Je veux être responsable de quelque chose.

— Comme quoi ?

— Je ne sais pas. *Quelque chose*, répète-t-il, avant de laisser échapper un soupir. J'ai juste besoin de m'activer.

Je me frotte la mâchoire.

— Si tu joues bien tes cartes, j'aurais peut-être quelque chose à te proposer.

Il écarquille les yeux.

— Vraiment ?

— Oui, tant que tu es prêt à accepter de monter dans le train avec moi comme directeur général.

Il rit.

— Combien est-ce qu'il fait d'arrêts ?

— Il va en faire un sur ta tête si tu ne fais pas attention à toi, répliqué-je en le repoussant. On se voit au déjeuner.

Une fois dans le café, j'attends que tout le monde soit servi – nous avons tous pris un hamburger – avant de leur expliquer mon idée. Je me dis que j'ai une fenêtre de cinq minutes pour tout sortir, tant qu'ils ont la bouche pleine.

— OK, je vous ai demandé de venir ici parce que j'ai une idée pour le futur de notre entreprise.

Un élan d'énergie me traverse alors que j'envisage à quel point nous pourrions frapper fort.

— Nous nous diversifions et ajoutons à la construction le développement immobilier. Les coûts immobiliers sont en hausse, dans le coin. Regardez un peu ce qu'il s'est passé avec DUMBO.

C'était une zone industrielle délabrée sous le pont de Manhattan, qui avait été développée jusqu'à devenir une zone de bâtiments résidentiels et commerciaux de luxe. L'endroit est devenu coûteux et tendance, c'est le quartier le plus cher de Brooklyn.

— L'immobilier ? répète Sean, la bouche pleine. Oncle Pat nous a aussi laissé une cagnotte ?

Je secoue la tête. *Si seulement.*

— Nous devrons trouver les fonds, mais à supposer qu'on arrive à obtenir l'argent nécessaire, qu'en dites-vous ? Je veux que nous développions de nouveaux quartiers, que nous ajoutions des parcs et des terrains de jeux, peut-être même un centre communautaire, si on en a les moyens, tout en construisant des espaces commerciaux et résidentiels. Ce pourrait être une énorme opportunité pour nous, qui irait bien au-delà de la rénovation de maisons. Nous donnerions du nôtre tout en construisant de nouveaux quartiers.

Tous les yeux sont rivés sur moi, et les hamburgers sont figés en plein air. Je les regarde tour à tour – Sean, celui vers qui je me tourne quand j'ai besoin de déléguer ; Jack, le plus discret d'entre nous, toujours en train de faire des farces ; Connor, le petit ange ; Brendan, le diable ; et Garrett, le Fauve (grâce à ses gros muscles). J'ai toujours veillé sur mes petits frères, et maintenant, je suis officiellement responsable d'eux. Je veux que nous soyons une équipe. Ils sont intelligents et travaillent dur. Je ne pourrais trouver meilleure équipe.

— J'ai l'impression que ça va être beaucoup de travail, dit Connor. Beaucoup plus que ce que nous pouvons nous permettre avec notre personnel actuel.

Il recommence à manger son hamburger.

— On commencerait petit, expliqué-je. Chaque projet nous aiderait à financer le suivant.

Un autre élan d'énergie me parcourt alors que j'imagine à quel point cela pourrait prendre de l'ampleur peu à peu.

— Papa pourrait être responsable des ventes immobilières, et j'entendrais parler en avance des annonces immobilières.

— C'est sûrement pour ça que papa a choisi de se lancer dans cette direction, dit Sean d'un ton songeur. Il était au courant du départ en retraite d'oncle Pat avant nous. C'est aussi pour ça qu'il nous poussait à demander des fonds à Gabriel.

— Je pense aussi. Je veux trouver un autre moyen, mais qu'est-ce que vous en pensez ?

— Je suis partant, répond Sean.

Mes frères grommellent leur acquiescement et reportent leur attention sur leur repas.

— Est-ce qu'on sait comment développer un quartier entier ? intervient encore Sean. On pourrait faire faillite à la moindre erreur. C'est risqué. Je ne dis pas que je ne suis pas prêt à essayer, mais nous devons savoir ce que nous faisons avant de faire le grand saut.

Je réfléchis à cela depuis ma discussion avec Ariana, hier soir. Je pourrais l'interroger en profitant de son expérience dans une entreprise de développement immobilier. Même si elle n'a pas toutes les réponses, elle pourra nous indiquer la bonne direction à suivre. Si elle se révèle vraiment utile, je pourrais même l'embaucher en tant que consultante.

— Je connais quelqu'un qui a de l'expérience dans le développement immobilier, dis-je. Ariana Bianchi.

Brendan cogne du poing sur la table, mâche et avale.

— Pactiser avec l'ennemi. Est-ce que maman est au courant que tu comptes traverser les lignes ennemies ?

Sean m'adresse un regard entendu.

— Il les a déjà largement traversées, d'après ce que j'ai entendu dire.

Je le regarde en plissant les yeux, l'expression menaçante universelle entre frères lui intimant de la fermer avant que je lui botte les fesses.

— Toi et Ariana ? demande Connor.

Son verre d'eau s'immobilise à mi-chemin de sa bouche.

— Comment j'ai pu manquer ça ? s'étonne-t-il.

— Des ragots de quartier, répliqué-je. Bref, elle est de retour en ville. Je pourrais lui demander quelques conseils au sujet de ce qui se fait dans le développement.

Sean donne une tape sur la table.

— Rien de tout ça ne sera possible sans argent. Où est-ce qu'on va trouver ce genre de somme ?

Je baisse la voix et leur fais signe de se pencher en avant.

— Vous vous souvenez de cette couronne et de ce sceptre ? Ils doivent valoir une fortune. Si papa est d'accord, on pourrait les vendre aux enchères.

Sean se renfrogne.

— Tu ne peux pas vendre ça. C'est le truc royal de papa.

— Qu'il a abandonné de son plein gré, rappelé-je.

— Pour la meilleure femme du monde, lance Garrett.

Avec son âme sensible cachée sous sa carrure massive et

musclée, il dit ce que nous pensons tous. C'est ce que notre père a toujours répété.

— Cela ne me paraît pas honnête, dit Connor. Ça reste un héritage, qui lui a été transmis et qu'il t'a transmis.

— Tout comme cette entreprise, remarqué-je. Et papa aimerait peut-être que la couronne nous aide, plutôt que de rester rangée dans un coffre. Je vais lui en parler.

Tout le monde accepte de nous servir de ces objets si notre père est d'accord.

— Je pourrais être celui qui effectue les repérages dans les nouveaux endroits, propose Brendan. Ce serait dans mes cordes.

— Bien sûr, pourquoi pas.

S'il veut avoir un domaine particulier, il en aura un. Il est aussi expérimenté que nous tous, dans ce projet, autrement dit, pas du tout.

— Quand j'aurai fait un peu plus de recherches, vous pourrez tous vous spécialiser dans un domaine particulier. Mais j'ai encore besoin de vous dans l'équipe, pour l'instant.

Cela semble convenir à tout le monde, alors je m'attaque enfin à mon hamburger. Ça pourrait vraiment marcher, si nous avons un peu d'argent pour nous lancer. Et nous ne nous contenterions pas de reprendre là où oncle Pat en est resté. Nous lancerions quelque chose de nouveau en partant de zéro, quelque chose que mes frères et moi pourrions considérer comme notre contribution au nom des Rourke. Comme l'ont fait mes cousins à Villroy. Ce pourrait être notre royaume, d'une certaine façon, sauf que nous serions une royauté des rues. J'aime cette idée, encore plus que celle de rester assis dans un palais à vivre la belle vie. C'est ici que ma famille était destinée à être depuis le début. Et je ne peux m'empêcher de penser, puisque nous sommes les descendants d'une famille royale, que nous sommes sur le point de créer une nouvelle dynastie ici même qui sera transmise au fil des générations. Je comprends, maintenant, pourquoi mon père tient à ce point à me transmettre quelque chose qui a de la valeur, parce que maintenant, je peux avoir quelque chose de durable à léguer à mes propres enfants. Nous pouvons tous le faire.

La dynastie des Rourke voit le jour maintenant.

Une fois sorti du bureau, et après avoir avalé quelque chose à manger rapidement, je me dirige vers la maison des Bianchi pour proposer un dîner d'affaires à Ariana vendredi soir. D'ici là, l'entreprise sera officiellement à moi, et je saurais où je me situe avec mon père, s'agissant de mon idée de transformer la couronne et le sceptre en quelque chose de plus grande valeur pour moi.

Je trouve un emplacement où me garer dans la rue, à quelques pas de chez elle. Ariana a refusé un dîner normal, mais un dîner professionnel comporte moins de pression. En vérité, j'ai beaucoup repensé à elle après notre séance de jogging dans le parc, hier soir. Cela faisait longtemps qu'une femme n'avait pas capté mon intérêt. Elle est fougueuse, intelligente, et extrêmement sexy. Même avec son diplôme de fac chic et son ancien train de vie californien, au fond, elle est restée une fille de Brooklyn : forte et avec les pieds sur terre. Je la trouvais prétentieuse, autrefois, à m'adresser des regards mauvais comme si elle était meilleure que moi, alors que tout ce temps, elle était simplement blessée parce que mes moqueries lui rappelaient ce qu'elle avait dû abandonner. Si elle me l'avait dit, à l'époque, j'aurais fermé ma bouche à propos de ce stupide tutu.

Mais elle n'a rien dit, et je ne peux plus rien y faire, maintenant.

Une voix dans ma tête me prévient d'être prudent avec elle. Elle se remet encore de son divorce. Le truc, c'est que j'ai envie de quelque chose de réel, après des années de relations superficielles et qui ne voulaient rien dire. Il n'y a eu que deux femmes avec qui je suis resté plus de quelques mois, mais finalement, il n'y avait pas assez entre nous pour nous maintenir ensemble. Je ne peux m'empêcher de penser que l'impatience d'Ariana à fonder une famille est une bonne chose. Ça veut dire qu'elle veut se caser, exactement comme moi. Quand elle sera prête, nous pourrons peut-être faire évoluer notre amitié en quelque chose de plus. Avec un peu de chance, elle ne sera pas déjà enceinte du bébé d'un autre homme, d'ici là. Bon sang, tout est déjà compliqué.

Et puis, il y a le souci de la querelle entre nos parents. OK, d'abord, ce n'était pas la faute de *notre* famille. Tout a commencé par un repas entre voisins chez les Bianchi, il y a des années de ça. J'avais neuf ans, je crois. Notre quartier remonte au dix-neuvième siècle, et a vu passer plusieurs générations d'Irlandais, d'Italiens, de Polonais et d'Allemands, qui se sont installés ici à l'époque et sont restés. Autrement dit, tout le monde est très proche, les gens se saluent dans la rue et ils organisent des repas entre voisins. Les gens sont massivement irlando-américains, comme la famille de ma mère. Les Bianchi sont italiens, ce qui signifie qu'ils vont dans la même église que nous. Bref, après le repas chez les Bianchi, ma mère a remarqué que mon père avait rapporté son saladier, mais sans la cuillère. (Elle avait les mains pleines avec moi et mes frères.) Le lendemain, elle est donc allée frapper à la porte voisine pour demander sa cuillère. Mme Bianchi a affirmé ne jamais l'avoir vue.

Ma mère ne l'a pas traitée de menteuse devant elle – c'est quelqu'un de poli –, mais elle a insisté pour dire qu'elle était ici. Mme Bianchi a affirmé le contraire, et ma mère est rentrée à la maison furieuse en disant que Mme Bianchi était une voleuse et une menteuse. Elle avait clairement vu cette cuillère, puisque ma mère se souvenait distinctement qu'elle avait complimenté les motifs sur la poignée.

Cette bagarre pour une cuillère aurait pu se tasser avec le temps, mais juste après ça, les Bianchi ont adopté un chiot, et n'ont jamais installé de clôture digne de ce nom autour de leur cour de la taille d'un timbre-poste et principalement en ciment. Le chien se sauvait tout le temps à travers un trou dans leur vieille clôture en bois, et préférait venir faire ses crottes sur l'herbe de notre cour. Mon père voulait réparer la clôture, mais ma mère refusait d'en entendre parler. C'était la responsabilité des Bianchi.

Les lignes de front étaient dressées.

Ma mère et Mme Bianchi refusent de se parler et s'ignorent l'une l'autre depuis lors, bien que nos maisons soient mitoyennes et qu'elles aillent dans la même église. Rien ne leur échappe, cependant. Elles s'observent et observent la famille de l'autre avec des yeux d'aigles, toujours prêtes à fondre sur la moindre infraction et à en parler à leurs époux, qui doivent chacun transmettre consciencieusement le message à l'autre mari. La seule raison pour laquelle, à mon avis, ce conflit se perpétue depuis aussi longtemps, c'est parce que ma mère avait trop de temps à sa disposition quand mes frères et moi avons grandi. Elle fait du volontariat à l'école et durant les opérations de distribution de nourriture, mais quand même. Mme Bianchi lui a offert quelque chose sur quoi se concentrer quand elle en avait peut-être besoin.

Je descends de ma moto et remonte la petite allée jusqu'à la porte d'entrée des Bianchi en prenant mon temps. J'ai bien conscience d'être en territoire ennemi, d'abord parce que je vais devoir me retrouver face à M. et Mme Bianchi, qui me regardent d'un air mauvais depuis des années. Je suis prêt à me montrer des plus polis et à leur offrir une proposition de paix. J'ai été bien éduqué et j'ai appris les bonnes manières, même si je ne choisis pas toujours de le montrer.

J'appuie sur la sonnette et garde les yeux rivés droit devant moi. Si ma mère me regarde depuis la porte d'à côté, je ne veux pas voir les éclairs que lancent ses yeux. Ou pire encore, l'entendre me demander en hurlant ce que je fiche ici.

Mme Bianchi ouvre la porte. Elle est menue, a la cinquantaine et des cheveux brun foncé qui lui tombent aux épaules, dépourvus de mèches grises. En fait, ses cheveux sont presque identiques à ceux de ma mère, en couleur et en coiffure, sauf que Mme Bianchi a une frange. Est-ce qu'elles vont chez le même coiffeur ? Ce serait hilarant, de les voir assises côte à côte dans une chaise de coiffeur, s'ignorant l'une l'autre alors qu'elles se font faire la même coiffure. Une étincelle passe dans ses yeux marron foncé, derrière ses lunettes rondes à montures beiges.

Elle pince les lèvres et m'adresse un regard noir.

— Dylan Rourke. Ne viens pas renifler autour de mon Ariana.

— Bonjour, Mme Bianchi. Je vous ai apporté ça, dis-je en sortant un bouquet de roses rouges de derrière mon dos.

Elle écarquille les yeux.

— Oh ! s'exclame-t-elle, avant de pouffer de rire et de plaquer une main sur sa poitrine. Pour moi ?

Elle les prend et les hume.

— Je ne me souviens pas de la dernière fois qu'on m'a offert des roses ! lance-t-elle, avant de lever les yeux sur moi. Entre, entre. Pourquoi restes-tu comme ça dans le froid ?

Le premier pont est traversé. J'entre et découvre un intérieur agencé de manière presque identique à la maison de mes parents, sauf que les Bianchi ont fermé les portes coulissantes qui séparent le salon de la cuisine/salle à manger. Deux fauteuils rembourrés rose pâle et un canapé à motif floral délavé se trouvent face à une télévision suspendue au-dessus d'une cheminée en briques. Clairement, M. Bianchi est en infériorité numérique, dans cette maison, avec une femme et deux filles. Il n'y a que des fleurs et du rose où s'installer. J'espère pour lui qu'il a une garçonnière au sous-sol.

Mme Bianchi me regarde avec curiosité, ses roses toujours serrées dans les mains.

Je me racle la gorge et demande :

— Est-ce qu'Ariana est dans le coin ?

— Oui, elle est ici, répond-elle, puis elle lève les roses. Je dois les mettre dans un vase. Tu as faim ? Suis-moi.

Elle ouvre une porte coulissante et se dirige vers la cuisine, au fond. Mes parents ont inversé la disposition des pièces et ont placé la salle à manger au fond.

— Non merci, dis-je en la suivant. Je n'ai pas faim, madame. J'ai déjà mangé.

Elle sort un vase en verre d'un haut placard et prend tout son temps pour le remplir d'eau à moitié, puis disposer les roses. Finalement, elle pose le vase au centre de la table de cuisine en formica, les admire en souriant, puis semble se souvenir de ma présence.

— Assieds-toi. J'ai des manicotis.

Elle prend un verre dans le placard et le remplit à l'évier, avant de demander par-dessus son épaule :

— Tu aimes les manicotis ?

Elle les dépose sur la table.

Je n'ai vraiment pas envie de m'asseoir à la table de la cuisine pour manger alors que je n'ai pas faim. Je veux voir Ariana.

— En fait, je viens tout juste de manger.

— La cuisine de ta mère ? demande-t-elle en plissant le nez. Ça ne vaut rien. Laisse-moi te trouver un petit quelque chose. Peut-être un morceau de gâteau au citron.

Elle ouvre la porte du réfrigérateur. C'est drôle, qu'elle suppose que je rentre à la maison pour manger. Je vis tout seul depuis des années.

— Est-ce qu'Ariana pourrait se joindre à nous, madame ?

Elle sort le gâteau et le pose sur le comptoir, puis lève la jambe derrière elle pour fermer la porte du frigo d'un coup de pied.

— Dylan, je dois dire que ta politesse fait plaisir à entendre. De nos jours, les jeunes hommes sont si vulgaires et… bref ! Ne parlons pas de ces guignols !

Je ne peux m'empêcher de la titiller un peu :

— Ma mère m'a bien élevé.

— Hum. Assieds-toi.

Elle m'indique d'un geste la chaise en vinyle rouge dont je ne me suis toujours pas approché. Je m'assois juste pour pouvoir faire avancer un peu les choses.

Quelques instants plus tard, j'ai une part de gâteau sous les yeux, ainsi qu'une fourchette posée sur une serviette en papier pliée. Mme Bianchi s'assoit en face de moi à la table rectangulaire et me regarde, l'air d'attendre quelque chose. Je ne suis pas très fan du sucré, mais je mange quand même une bouchée.

— C'est très bon.

Elle se penche en avant et baisse la voix.

— Je veux que tu saches que je suis au courant de ce qu'il s'est passé entre vous deux il y a toutes ces années, et que je n'étais *pas* heureuse de l'apprendre. Et c'est peu de le dire.

C'est votre fille qui me l'a demandé ! Mais je ne peux pas jeter Ariana sous le bus – elle a déjà confessé le crime, et a sûrement entendu ses parents lui signifier leur mécontentement durant tout le long trajet dans un camion de déménagement jusqu'à l'université de Californie – alors je mange une autre bouchée de gâteau et réponds :

— C'est un excellent gâteau au citron.

— C'est du passé, reprend-elle en se frottant les mains comme pour balayer une sale affaire. Elle a grandi. Vous êtes tous les deux célibataires et en âge de vous marier, alors vous avez ma bénédiction pour reprendre là où vous vous étiez arrêtés.

Je manque de m'étrangler avec le morceau de gâteau dans ma bouche, et je prends mon verre pour le vider, les yeux larmoyants.

— Tant que ça ne se passe pas sous mon toit, ajoute-t-elle.

Merci ?

Je repose mon verre d'eau.

— C'est bon à savoir. Je… euh, je vous suis reconnaissant, madame.

Qui aurait cru jusqu'où m'emmènerait ce bouquet de roses ? Jusque dans le lit d'Ariana, avec la bénédiction de sa mère.

Mme Bianchi m'étudie avec intensité. Est-ce que je pourrais voir Ariana un jour ? Je crois que Mme Bianchi veut poser ses conditions avant d'appeler sa fille, où qu'elle puisse se cacher.

Elle croise les mains sur la table devant elle.

— Tu as un bon emploi, à ce que j'ai entendu dire, en tant que directeur général de Byrne Construction.

— C'est Ariana qui vous a dit ça ?

Parce que ce n'est pas encore de notoriété publique. Oncle Pat veut attendre que ce soit officiel avant d'annoncer le changement de propriétaire. Si Ariana a parlé de moi, c'est un bon signe.

Elle agite légèrement la main en l'air et répond :

— C'est juste une rumeur dans le quartier.

Je crois alors comprendre où elle a pu l'apprendre.

— Est-ce que ma mère vous a dit que j'allais devenir directeur général ?

Pour ce que j'en sais, elles ne se sont plus reparlé depuis des années, mais je ne comprends pas qui d'autre aurait pu parler de ça à Mme Bianchi. Mon père ne traverserait jamais les lignes ennemies, et mes frères savent qu'ils doivent garder le silence jusqu'à ce qu'oncle Pat l'ait annoncé.

Elle pousse un soupir contrarié.

— Nous ne nous parlons plus. Je lui ai dit que nous ne nous parlerions plus, et elle était d'accord. Elle l'a juste annoncé alors qu'elle sortait les poubelles en même temps que j'allais chercher le courrier. Ce n'était pas une *conversation*. Juste un échange de potin.

OoooK. Je suppose qu'il est important de se tenir informées l'une l'autre, au sujet du bien-être de leurs enfants respectifs. Une espèce de surenchère étrange.

Elle me fait signe de continuer de manger mon gâteau, alors que mon estomac est déjà plein.

— Est-ce qu'Ariana est à l'étage ? demandé-je.

— ARIANA ! hurle-t-elle en direction du plafond après avoir levé un doigt. Ton chevalier servant est ici !

Je réprime un rire. On ne me l'avait encore jamais faite, celle-là.

Elle m'adresse un sourire serein.

— Elle sera là dans une minute.

Elle m'observe, alors je prends une autre minuscule bouchée de gâteau.

Ariana apparaît quelques secondes plus tard, les sourcils froncés, mais elle se détend en me voyant.

— Oh, c'est toi.

— Tu t'attendais à un autre chevalier servant ? demandé-je avec un sourire.

Elle est mignonne, dans son pull turquoise à rayures noires, son jean délavé et ses pantoufles. Ses cheveux brun foncé sont détachés, joliment ébouriffés et suffisamment longs pour que je puisse m'imaginer les enrouler dans mon poing. Pas de maquillage. Elle n'en a pas besoin. Elle possède une beauté naturelle.

— Tu n'as même pas idée, répond-elle en adressant un regard entendu à sa mère.

— Ariana ! s'exclame sa mère d'un ton enjoué. Dylan m'a apporté un magnifique bouquet de roses rouges, comme un véritable chevalier servant. Montre-lui un peu de gratitude. Ce n'est pas tous les jours qu'on trouve un homme sachant comment faire correctement la cour à une fille.

Faire la cour à une fille ? Mme Bianchi est plus vieux jeu que je ne le pensais. Elle a dû sauter au plafond quand Ariana lui a confessé avoir couché avec moi. *Dans la chambre où elle a grandi.* Je m'en suis bien tiré, en ne recevant que de ses regards mauvais. Et apparemment, j'ai la chance d'être venu ici au bon moment, parce que M. Bianchi n'est pas encore rentré du travail. Je ne crois pas que les roses auraient eu le même effet sur lui. Je ne sais pas trop ce qui aurait pu m'aider, face à lui, mis à part de lui montrer mon humble gratitude pour m'avoir donné la permission de parler à sa fille.

— Ma, nous sommes simplement des amis, dit Ariana d'un ton ferme.

— Ça peut toujours changer, réplique sa mère d'une voix chantante.

Ariana lève les yeux au plafond, puis pose ses grands yeux bruns sur moi.

— Merci d'avoir apporté des roses à ma mère, lâche-t-elle consciencieusement.

Puis, d'une voix qui lui ressemble plus, elle demande :

— Quoi de neuf ?

— Je voulais savoir si tu serais disponible vendredi pour un dîner d'affaires.

— Un dîner d'affaires, répète-t-elle. Nous avons des affaires desquelles discuter ?

— Oui.

— Elle est disponible ! s'exclame sa mère. Elle n'a absolument rien de prévu ! Je n'arrête pas de lui dire de sortir un peu. De s'inscrire sur l'un de ces sites de rencontre, de faire défiler les opportunités, de faire quelque chose, n'importe quoi ! Ou bien d'aller au bingo de l'église. Je veux dire, d'accord, ceux qui participent sont un peu âgés, mais ils ont des petits-fils. Tout ce que tu as à faire, c'est demander.

Je souris à Ariana, qui semble partagée entre l'envie de rouler des yeux et celle de hurler. Apparemment, Mme Bianchi est pressée de voir sa fille remettre le pied à l'étrier.

Sa mère se lève et se dirige vers le gâteau au citron sur le comptoir.

— Viens, assieds-toi, Ariana. Prends un morceau de gâteau avec ton séduisant ami masculin.

Ariana lève une main pour l'interrompre.

— Non merci. Et, Ma, s'il te plaît, je viens tout juste de divorcer. Tu veux bien arrêter tes efforts pour me trouver un homme ?

Sa mère abandonne le gâteau pour s'approcher de moi et me donner un coup de coude, avant de me murmurer en aparté :

— Celle-là. Le divorce date d'il y a six mois, et ils étaient déjà séparés depuis un mois avant ça.

Elle se tourne vers Ariana et ajoute :

— Tu crois que tes ovules vont rester jeunes éternellement ? Oh que non. Tu es née avec ces ovules. Les ovules de trente-et-un ans finissent par arriver à expiration. Tu as tellement envie d'un bébé, et cette éventualité me rend heureuse, crois-moi, mais tu as d'abord besoin d'un homme. Un *mari*, et pas une *photo anonyme* dans un classeur. Ce genre d'homme là pourrait être un psychopathe.

Un classeur ?

— Ma, je t'ai expliqué que tout était digital, maintenant, il n'y a pas de *classeur d'hommes*, réplique Ariana en levant les mains au ciel. Et tu crois qu'il y a quoi, sur ces sites de rencontre ? Des photos d'hommes anonymes.

— Mais ensuite, tu as l'occasion d'apprendre à les connaître, pas comme dans…

Sa mère baisse la voix comme s'il s'agissait de quelque chose d'innommable et termine :

— *Ces classeurs.*

Ariana plaque une main sur sa hanche.

— Je devrais peut-être directement chercher sur un site de papas.

Un site de papas ? Oh, d'accord. Elles doivent se disputer à propos de cette histoire de banque du sperme.

— Ne prends pas ce ton avec moi, Ariana Madalene ! s'exclame sa mère en se hérissant. Ça n'existe pas, les sites de papas. Dieu merci !

— Madalene, articulé-je en direction d'Ariana.

— La ferme, articule-t-elle en retour.

Je me lève.

— Alors, tu es disponible vendredi ?

— Elle est disponible, répond sa mère à sa place.

Ariana pousse un soupir.

— Oui. Allons dîner vendredi, pour *affaires*.

— Et peut-être aussi un peu pour le plaisir, ajoute sa mère.

Je ne peux m'empêcher de rire. J'ai une alliée.

— Ma ! s'exclame Ariana en rougissant.

— Quoi ? réplique sa mère en levant les mains. Il faut dire les choses franchement. Tu n'as pas le temps de tourner autour du pot, pas alors que tes ovules arrivent à expiration.

— Super, dis-je en m'efforçant de réfréner un rire. Je viens te chercher à dix-huit heures.

— D'accord, répond-elle platement.

Je ne sais pas si son manque d'enthousiasme est dû à moi ou à la manière dont sa mère l'a embarrassée.

— Attends ! Tu vas venir la chercher avec ta moto ? demande sa mère d'un ton horrifié. Non, non. Tu peux prendre ma Honda. C'est beaucoup plus sûr. Oh, Dylan, tu n'as pas fini ton gâteau au citron. Attends une seconde. Je vais te l'emballer pour que tu puisses l'emporter dans ton appartement de célibataire.

Elle prend l'assiette et lance par-dessus son épaule :

— Tu dois te sentir seul, là-bas.

J'ignore cette remarque, même si, effectivement, cela devient lassant de vivre seul.

— Merci, Mme Bianchi.

J'attends qu'elle ait fini de préparer mon gâteau à emporter. Ariana a l'air tendue, alors je lui fais un clin d'œil.

Elle secoue la tête.

Sa mère me tend le gâteau enveloppé dans du papier aluminium avec un sourire.

— Et voilà.

Je le range dans la poche de ma veste en cuir.

— Merci, madame, dis-je, puis je ne peux m'empêcher d'ajouter : je dirai bonjour à ma mère de votre part.

Elle se renfrogne.

— Nous ne nous parlons plus.

Nooon. Elles se vantent juste occasionnellement de leurs enfants, dans de grandes annonces générales alors qu'elles sont à portée de voix l'une de l'autre.

— Vous le devriez, dis-je. Vous avez beaucoup de choses en commun. Vous êtes toutes les deux de belles femmes dynamiques.

D'accord, je force un peu la dose, mais ce truc entre Ariana et moi, quoi que ce puisse être, se passera plus facilement si nos mères ne sont plus en guerre.

Sa mère pouffe de rire.

— Oh, arrête ! Tu me flattes, dit-elle en lissant ses cheveux et en souriant.

— On se voit bientôt, lancé-je en me tournant vers Ariana.

Au moment où je sors, sa mère s'exclame d'une voix forte :

— Il ne faut pas blâmer les enfants pour les péchés de leur mère, c'est ce que je dis toujours. Raccompagne cet homme jusqu'à la porte !

— Nous sommes juste amis, répète Ariana. Il peut trouver la sortie tout seul.

— Ce n'est pas ce que dit sa manière de te regarder. Vas-y. Accompagne-le.

Je m'arrête et me retourne, à mi-chemin dans le salon. Mme Bianchi lève énergiquement le pouce dans ma direction et m'adresse un large sourire, avant de pousser Ariana dans ma direction.

Cette dernière grimace et me rejoint.

— Permets-moi de parcourir avec toi les deux mètres jusqu'à la porte.

— Ça me paraît la moindre des choses, pour ton chevalier servant.

— Bon sang… lâche-t-elle en baissant la voix. S'il te plaît, ne l'encourage pas.

— C'est quoi, cette histoire d'homme dans un classeur ? Elle veut parler de la banque du sperme ?

— Laisse tomber. Elle parle trop.

— Dommage que nos mères ne soient pas en bons termes, parce qu'elles pourraient discuter de nous deux, de notre statut de célibataires et du fait que nous ne leur avons donné aucun petit-enfant.

Et fort heureusement, ma mère n'a jamais été aussi intrusive que la tienne, ajouté-je en silence. Même s'il lui arrive de faire des allusions.

— Pas de commentaire.

Je souris. Sa mère est hilarante. C'est drôle, tant que cela arrive à quelqu'un d'autre.

— C'est quoi, cette histoire de dîner d'affaires ? demande-t-elle lorsque nous atteignons la porte.

— Je voulais te poser des questions à propos du développement immobilier. Je songe à me lancer là-dedans avec mon entreprise de construction.

Elle hausse les sourcils et demande :

— Tu as les fonds nécessaires pour ça ?

— J'y travaille. En attendant, nous allons dîner, toi et moi.

Je fais un pas vers elle et elle entrouvre les lèvres.

— J'attends ça avec impatience, ajouté-je.

— J'espère que tu ne t'imagines pas… commence-t-elle en scrutant mon visage.

— Aucune pression. Juste un dîner d'affaires.

Pour l'instant.

Elle jette un œil vers la cuisine, avant de reporter son attention sur moi.

— Ma mère va trop loin. Je ne veux pas que tu te fasses de fausses idées.

— J'apprécie ta mère.

Elle baisse la voix et se penche si près de moi que je sens son délicieux parfum de vanille.

— Je l'apprécie aussi, mais elle me rend folle.

J'ai envie de la goûter, de toucher sa peau à l'air si douce, mais je me réfrène et m'écarte d'un pas.

— Bonne nuit.

— Bonne nuit, Dylan, répond-elle doucement.

Je sors dans la nuit, un sourire sur le visage et un gâteau au citron dans ma poche. Mission accomplie.

6

———

Est-ce que c'est bizarre ? Oui, ça l'est. Je vais dîner avec Dylan Rourke, l'ordure que je comptais éviter pour le restant de ma vie. Je me change pour la troisième fois et j'enfile un pull léger gris pâle au col boule, un jean et des bottines noires. Je me regarde dans le miroir sur pied et balaie une poussière sur mon jean.

— Ce n'est pas un rendez-vous, me rappelé-je alors que mon estomac fait un petit saut périlleux dans mon ventre.

Je ne sais même pas où nous allons dîner. Je n'ai pas son numéro et je ne peux pas lui demander s'il y a un code vestimentaire, et il est hors de question que j'appelle à son bureau pour poser la question. Alors comment est-ce que je m'habille pour un dîner d'affaires avec un type qui porte presque toujours du cuir et du jean ?

Je me détourne du miroir. Ça ira très bien comme ça. Je me prends bien trop la tête pour un simple dîner d'affaires.

Dylan et moi n'avons jamais eu de rencard. On a baisé pendant un après-midi, après nous être fait la guerre pendant des années sans qu'il en ait conscience. J'aurais dû lui dire de la fermer avec l'histoire du ballet quand on était gosses, plutôt que de me sentir blessée et en colère. Comment aurait-il pu savoir qu'il touchait un point sensible ? J'étais une petite fille si sage et timide, à l'époque, que je ne pouvais même pas lui parler. Maintenant, je suis tellement habituée à travailler avec des gens que j'ai visiblement perdu ma timidité. Elle ressort de temps en temps, comme quand je me retrouve soudain à une fête où je ne connais personne, mais la plupart du temps, je suis à l'aise avec moi-même.

Je descends les marches, où mes parents flânent dans le salon de manière suspicieuse, alors qu'ils devraient être en train de manger. Mon père est électricien et rentre toujours à la maison avant dix-huit heures le vendredi pour la soirée-pizza, qu'ils cuisinent ensemble. Ce soir, ils font semblant de regarder une émission de décoration d'intérieur, alors qu'en fait, ils veulent juste voir si mon « chevalier servant » va frapper à la porte. Dylan gagnera beaucoup de points, s'il entre pour les saluer plutôt que de se garer contre le trottoir avant de klaxonner ou de m'envoyer un message pour m'indiquer de sortir. Ne me demandez pas comment je sais ça. Mes parents sont à l'affût et attendent de voir s'il va passer le test. Je dois *vraiment* me trouver un appartement.

— Tu vas porter ça ? demande ma mère en étudiant mon jean. Monte avec moi. J'ai une jolie jupe qui devrait t'aller.

Ce serait génial, si j'avais envie de m'habiller comme ma mère à la messe du dimanche.

— Ça ira, Ma, merci, dis-je en levant une main.

— Elle est très bien, intervient mon père.

Ma mère le fusille du regard.

— Elle doit être mieux que bien, Tony ! Combien d'hommes en âge de se marier viennent frapper à notre porte ?

— Un seul ? propose mon père en gardant un air impassible.

Ma mère hoche la tête.

— Exactement, un seul. Et Ariana veut un bébé, et je veux qu'elle ait d'abord un mari.

— Alors on aime bien Dylan, maintenant ? me demande mon père.

— Nous sommes amis.

— Il est lucide, je peux te le dire, ajoute ma mère. Il est poli, il a du respect pour ses aînés et, malgré ce dont sa mère est coupable, il ne peut être tenu responsable.

Dieu merci, Dylan n'a jamais accusé injustement ma mère d'avoir volé une cuillère ! Il n'aurait jamais été autorisé à s'approcher de moi. Sachant à quel point mes parents étaient choqués par l'incident à propos de ma virginité, ils ont changé d'avis assez rapidement. J'imagine qu'il est encore préférable à un homme anonyme dans un classeur. Peut-être que n'importe quel homme du quartier qu'ils connaissent conviendrait. La barre est plutôt basse s'agissant de me marier avant que j'aie engendré leur petit-enfant tant attendu. Apparemment, le fait que j'essaie encore de me remettre du choc causé par la découverte que mon ex fondait une famille sans moi si tôt après notre divorce n'a aucune importance pour eux. Je sais que je ne suis pas prête à risquer mon cœur auprès de n'importe quel homme.

Le rugissement caractéristique d'une Harley nous fait tous tourner les yeux vers la fenêtre.

Ma mère bondit de sa chaise et se tord les mains.

— Il est là ! Vite, Ariana, va te changer. Je vais gagner du temps.

— Je vais ouvrir la porte, lance mon père.

Il se lève de sa chaise et rentre son tee-shirt bleu clair dans la ceinture de son jean.

— Il faut qu'on parle d'homme à homme, lui et moi.

Je réfrène un grognement. On croirait que j'ai à nouveau seize ans.

— Papa, s'il te plaît, ce n'est pas nécessaire.

Il lisse ses cheveux brun foncé clairsemés sur son crâne chauve.

— Si, ça l'est.

Ma mère m'appelle depuis l'arrière de la maison. Elle a bougé très vite.

— Ariana, si tu ne veux pas te changer, tu veux bien m'aider avec quelque chose dans la cuisine ?

Je baisse la tête. Elle essaie de m'écarter du passage pour

que mon père puisse avoir sa discussion d'homme à homme avec Dylan. C'est tellement embarrassant. Mais ça le serait encore plus d'être témoin de cette discussion, alors j'emprunte la voie de repli la plus simple.

— J'arrive, Ma.

Je me dirige vers la cuisine, où ma mère est en train de sortir la pâte à pizza du réfrigérateur.

— Pourquoi est-ce qu'il a besoin de discuter d'homme à homme avec Dylan ?

Ma mère émet un son impatient.

— Ton père a eu la même discussion avec Mark, et regarde un peu, maintenant, il a épousé Rosalie et ils ont trois filles magnifiques.

C'est ma sœur, et je doute sérieusement que Mark ait eu besoin d'être convaincu de s'engager. Il était fou de Rosalie dès le premier jour de leur rencontre.

Elle me tend ses clefs de voiture.

— Tu peux laisser Dylan conduire si tu veux, ça ne me dérange pas. Mais je serais plus rassurée si tu ne montais pas à l'arrière de cet engin de mort.

— Je suis sûre qu'il conduit très bien. Il conduit des motos depuis qu'il a dix-sept ans.

— Pas avec ma fille à l'arrière, rétorque-t-elle.

Elle plaque les mains sur les hanches et m'étudie soigneusement de la tête aux pieds.

— Tu es sûre que tu ne veux pas envisager de mettre une jupe, maintenant que tu sais que tu ne monteras pas sur cette machine infernale ?

— Je suis sûre. Ce n'est pas un rencard, vraiment. Il veut me poser des questions sur mon travail.

— Bien sûr, bien sûr, dit-elle en me faisant signe de retourner dans le salon. Vas-y, maintenant. S'il passe trop de temps avec ton père, il risque de l'inviter à rester pour le dîner. Moi, je comprends que les jeunes couples ont besoin de passer du temps seul à seul pour laisser percoler les choses.

Je ravale une remarque cinglante. Elle ne comprend pas que je ne cherche pas d'homme. Je sais qu'elle m'aime. C'est juste un tout petit peu étouffant, parfois.

— On se voit plus tard.

— Tu peux rentrer aussi tard que tu veux, répond-elle avec un geste large du bras. Tu peux même passer la nuit, si vous avez besoin de plus de temps pour apprendre à vous connaître. On ne t'attendra pas.

Je n'arrive pas à croire qu'elle me donne sa bénédiction pour coucher avec Dylan lors de notre premier non-rencard. Cette même femme qui m'a fait un sermon à propos des hommes qui n'achètent pas une vache quand ils peuvent bénéficier gratuitement de son lait.

— C'est un dîner d'affaires, Ma.

Elle m'embrasse sur la joue.

— Bonne chance avec tes affaires, ma chérie !

— Merci, dis-je en réfrénant un grognement.

Je retourne au salon et découvre mon père et Dylan, debout au milieu de la pièce. La tête de Dylan est inclinée de côté alors qu'il écoute mon père parler d'une voix basse de conspirateur.

— OK, je suis prête, lancé-je en levant la clef de la Honda et en la secouant. Et j'ai notre voiture.

Dylan se redresse et m'adresse un sourire lent et sexy qui me fait rougir malgré moi. Une chaleur remonte le long de mon cou et se répand sur ma poitrine. Il est vêtu de manière décontractée, mais plus élégante que d'habitude, avec une chemise en coton, un jean sombre et de belles chaussures en cuir. Ses cheveux brun foncé épais sont un peu longs, coiffés en arrière et encore humides après sa douche. Sa mâchoire carrée est couverte d'un léger début de barbe.

Ce n'est pas un rendez-vous, me rappelé-je. C'est un dîner d'affaires.

Mon père donne une tape dans le dos de Dylan.

— C'était un plaisir de te revoir, Dylan.

— Pareil pour moi, M. Bianchi, répond Dylan.

Il me fait signe de passer devant lui et nous sortons. Il a mis de l'eau de Cologne, une odeur piquante et masculine qui me donne envie de me pencher vers lui pour le sentir. Bon sang. Ce n'est pas bon. Je ne peux pas risquer de m'impliquer, surtout alors que je planifie de devenir mère toute seule très bientôt. Quel genre d'homme aurait envie de s'engager dans ce genre de scénario ? Moi, enceinte d'un autre homme. Je ne ferai *rien* pour satisfaire ce désir incommode. Et je ne songerai *pas* à quel point c'était bon, la dernière fois. C'était sûrement dû à l'aspect nouveau de tout cela, pour moi, à l'alchimie entre nous et à mes attentes faibles. Oui. L'alchimie et mes attentes virginales faibles. Tiens-t'en au plan. Première étape, trouver un autre endroit où vivre avant que mes parents me rendent folle. Je ne suis rentrée que depuis trois semaines, et je ne sais pas combien de temps je pourrais supporter leur harcèlement pour me pousser à trouver un homme.

J'attends que nous soyons sur le trottoir avant de dire :

— S'il te plaît, ignore tout ce que mon père a pu dire sur moi. Il est surprotecteur.

Il redresse un coin de sa bouche.

— Il voulait s'assurer que je sache que tu es quelqu'un de spécial. Pas une personne qu'on peut traiter avec légèreté avant de l'abandonner.

J'émets un grognement.

— C'est sa manière subtile de te faire savoir qu'il sait ce qu'il s'est passé, à l'époque.

Il regarde des deux côtés de la rue, probablement pour vérifier qu'il n'y a aucun voisin curieux dans le coin, avant de demander :

— Alors tu as raconté le moindre détail sordide à tes parents ?

— Eh bien, j'essayais d'éviter une guerre entre nos familles. J'ai dit que tu étais un dégonflé, que tu avais fui juste après qu'on l'avait fait et que j'espérais ne plus jamais te revoir.

Il laisse échapper un soupir.

— Je sais. Je me suis comporté comme un crétin. J'ai mûri, depuis, et je suis content que tu acceptes de reprendre contact avec moi.

— C'était *presque* une excuse.

Il prend mes deux mains dans les siennes, enveloppant mes doigts dans son étreinte chaude et ferme.

— Je suis désolé, dit-il, ses yeux bleus plongés dans les miens.

Je le crois.

— C'est bon. Je te pardonne.

— Bien.

— Notre voiture est juste en bas de la rue, dis-je.

Puis je descends à quelques maisons de là, jusqu'à la Honda Accord noire de ma mère. Je lui tends les clefs.

— Je te laisse conduire le carrosse.

Il m'ouvre la portière du côté passager et attend que je sois montée avant de la refermer. Waouh. Je ne savais pas qu'il avait d'aussi bonnes manières. Je ravale une remarque sarcastique à propos du fait que cela ruine sa réputation de rebelle alors qu'il monte derrière le volant. Mais en réalité, c'est vraiment une qualité inhabituelle, chez un homme. Il est peut-être plus que ce que je croyais.

Il m'emmène dans un restaurant à l'ambiance chaleureuse de Cobble Hill, avec un bar et une rangée de tables pour deux et quatre. Des lampes blanches sont suspendues au-dessus du bar et des rangées de bougies blanches posées sur chaque table diffusent une lueur chaude contre les teintes sombres des tables en bois de cerisier, du lambris et du plancher de bois brillant. J'irais jusqu'à dire que l'ambiance est intime, peut-être même romantique.

Et nous sommes là pour un dîner d'affaires, et c'est tout ce que je veux ou ce dont j'ai besoin à cette période de ma vie.

Il commande une bière de Brooklyn et je demande un vin pétillant à l'orange, juste parce que ça a l'air amusant.

Quand les boissons arrivent, il lève sa bouteille vers moi. Je soulève mon verre et le fais tinter contre sa bouteille.

— Santé, dit-il.

— À ton succès, dis-je en même temps.

Une étincelle passe dans ses yeux bleus alors qu'il incline le goulot de la bouteille vers sa bouche. Mon regard se pose sur sa gorge lorsqu'il déglutit. Pourquoi est-ce aussi sexy ? Il est juste trop masculin, avec ses épaules larges, son cou aux tendons bien visibles et son torse ciselé qui étire le tissu de sa chemise. Mon ex était plutôt un homme grand et fin, du genre à travailler dans un bureau. D'accord, il était toujours impeccable, avec ses cheveux soigneusement coiffés avec la raie au milieu et sa mâchoire rasée de près. À peu près l'opposé d'un homme robuste qui travaille de ses mains. Mon regard se pose à l'endroit où la chemise de Dylan est déboutonnée, révélant un torse ferme et bronzé. Mon pouls accélère.

Je lève les yeux vers les siens et il m'adresse un regard entendu. Grillée ! Je bois une gorgée de mon vin pétillant à l'orange et m'étrangle immédiatement. Mes joues sont brûlantes et je me mets à tousser jusqu'à retourner en territoire « ado en plein rencard ».

— Ça va ? demande-t-il.

Je hoche la tête, les yeux larmoyants. Finalement, quand je parviens à nouveau à respirer normalement, je bois une gorgée d'eau et repose le verre.

— Alors, quel genre de questions est-ce que tu voulais me poser ?

— Je te les poserai quand on aura commandé. Comment vas-tu ?

— Moi ? Euh, je vais bien.

— Tu t'ennuies ?

Énormément.

— Je me tiens occupée en cherchant un job.

— Tu as des pistes ?

— Non. Je suis peut-être trop difficile. Je veux quelque chose d'agréable, qui me ferait me lever le matin avec enthousiasme pour me mettre au travail.

— C'est un travail, pas un parc d'attractions.

— Je sais. J'imagine qu'en repartant à zéro, je cherchais quelque chose qui m'attire vraiment.

Je couine de surprise quand il se penche vivement par-dessus la table pour m'attraper le bras.

Il rit et me relâche.

Je secoue la tête, le cœur battant la chamade. Je ne suis pas habituée à ce que quelqu'un soit aussi tactile avec moi, et il m'a prise par surprise.

— Eh bien, ça m'a réveillée. Alors, comment vas-tu ?

— Super bien. Je viens de signer les papiers ce matin,

Byrne Construction est tout à moi. Et à mes frères. Nous avons aussi ajouté une nouvelle branche destinée au développement immobilier, Rourke Management. Autant tenter le coup, hein ? Même si nous sommes encore exclusivement dans la construction pour l'instant, mais je veux pouvoir englober plus de domaines.

Ses yeux pétillent alors qu'il ajoute :

— Je veux construire un empire.

Je me surprends à avoir des frissons. C'est le genre d'excitation que j'ai envie de ressentir dans ma carrière.

— C'est génial.

— Merci, répond-il en souriant.

Le serveur s'arrête à notre table pour prendre notre commande – un steak pour lui, du poulet rôti pour moi – et Dylan passe aux choses sérieuses.

— Dis-moi tout ce que tu sais à propos de la manière de gérer une entreprise de développement immobilier.

— Euh, ça risque de prendre un moment. Je travaillais dans la vente et le marketing. Mon mari, *ex*-mari, repérait les propriétés. C'était une entreprise familiale, il y avait donc souvent des réunions durant lesquelles j'entendais parler de ce qu'il se passait dans tous les départements. Je n'étais pas très impliquée dans la branche de construction.

— Je peux gérer cette partie-là. Continue.

Et c'est ce que je fais, en commençant par la façon de trouver les propriétés jusqu'à leur développement, en travaillant avec la communauté locale pour s'assurer de faire les bons choix et qu'il n'y aura aucun retard causé par des intervenants locaux. Nous nous occupions principalement de propriétés commerciales, et occasionnellement d'immeubles d'appartements. Mon travail était surtout de trouver des locataires pour les bâtiments.

Notre nourriture arrive et Dylan lève une main pour m'arrêter.

— Profite de ton repas. Je te poserai d'autres questions quand nous aurons fini de manger.

— Oh. Ça ne me dérange pas de parler en mangeant.

— Ça peut attendre qu'on ait fini, répond-il en coupant

son steak.

La nuit risque d'être longue. Je ne suis pas habituée à un rythme aussi lent, mais je m'aperçois que ça ne me dérange pas tant que ça. Il renvoie une impression de force tranquille qui parvient à me détendre. Je me concentre sur ma nourriture. Tout est délicieux, du poulet juteux aux tranches de pommes de terre fines et croustillantes, en passant par les pousses d'épinards.

— C'est vraiment bon, lui dis-je.

— Tu apprécies la bonne nourriture, comme moi, remarque-t-il. Tu fais la cuisine ?

— Je connais les bases. Mais je n'ai jamais vraiment eu l'occasion de cuisiner, j'imagine. Ça me semble toujours être une corvée.

— Je fais la cuisine, moi.

Je ne peux dissimuler ma surprise.

— Vraiment ?

— Oui. J'ai appris tout seul. Ça me détend.

— Quels plats est-ce que tu sais faire ?

— Un tas de trucs. Du risotto, des lasagnes, des enchiladas, du cordon bleu au poulet. J'essaie des trucs et, si j'aime bien, je conserve la recette.

Il boit une gorgée de bière, les yeux rivés sur moi.

— Peut-être qu'un jour, tu auras l'occasion de goûter à ma cuisine.

Je déglutis avec difficulté et tourne les yeux vers le bar. Il est intéressé par moi au-delà du domaine professionnel. Je dois rester forte et protéger mon cœur, peu importe à quel point il me surprend par ses bonnes manières, ses qualités physiques ou ses talents de cuisinier. Est-ce que je le connaissais vraiment ?

Je me tourne à nouveau vers lui et le regarde couper un autre morceau de steak, tout en essayant de l'observer d'un regard neuf, comme l'homme qu'il est aujourd'hui ; et pas comme le tourmenteur diabolique de ma jeunesse ni comme le jeune homme aux mains calleuses qui m'a abandonnée. Il est aussi sublime que jamais, avec ses traits ciselés et son corps musclé, mais c'est aussi un homme qui sait ce qu'il veut. Un homme bon, je crois. Il s'est montré vraiment gentil avec moi et il s'est même excusé sincèrement pour sa maladresse, à l'époque.

— Tu veux goûter mon steak ? propose-t-il en me proposant une bouchée.

— D'accord.

Il me surprend en approchant sa fourchette de ma bouche, et nos regards se rivent l'un à l'autre avec une intensité qui provoque un élan de chaleur dans tout mon corps. Une fois que j'ai avalé la bouchée de steak, je garde les yeux fixés sur mon assiette.

— Très bon. Tu voulais goûter le mien ?

— Non merci.

Nous mangeons en silence pendant quelques minutes. Je lui lance un regard à la dérobée, et il semble satisfait de simplement manger sans rien dire. Je me sens étonnamment détendue, mis à part les bouffées de chaleur occasionnelles. Habituellement, je suis une boule de tension, durant un premier rendez-vous. Je ne peux m'empêcher d'avoir le sentiment que c'en est un. Nous sommes tous les deux, dans un restaurant à l'ambiance intime, à partager un repas et à faire la conversation.

— Est-ce que c'est un rendez-vous ? demandé-je.

Sa fourchette s'immobilise en l'air.

— C'est ce dont tu as envie.

— Qu'est-ce que tu veux, toi ?

Il repose sa fourchette.

— J'ai vraiment besoin de le dire ?

— Ce serait sympa, dis-je en serrant les doigts autour de la serviette sur mes genoux.

— Je t'apprécie, dit-il en se penchant en avant. Et ça n'a rien à voir avec ton apparence, même si tu es belle et sexy. J'aime encore plus le reste.

Ma respiration se bloque dans ma gorge.

— C'est quoi, le reste ?

Il sourit.

— Tu es une femme grossière et féroce. J'apprécie ce genre de tempérament. C'est authentique et honnête.

Je suis prise de court par ces paroles.

— Je ne suis pas une femme grossière et féroce.

Il arque un sourcil.

— Tu m'as dit que s'il y avait une apocalypse, tu me mangerais.

Je le regarde, bouche bée.

— Et c'est ce qui t'a fait m'apprécier ?

— J'apprécie les femmes fortes. J'ai envie d'une partenaire, quelqu'une qui partage le bon comme le mauvais et qui rendra mes responsabilités moins lourdes à porter.

J'avale ma salive.

— Tu parles comme si tu cherchais une épouse.

— Pas tout à fait. J'en ai assez des relations sans lendemain. Je cherche quelque chose d'authentique.

— Oh, pas moi.

Il étire les lèvres.

— Non, tu cherches juste du sperme.

— Chut ! Mange ton assiette.

Je recommence à manger et lui adresse un regard entendu. Il sourit et prend une bouchée de steak. Bizarre. La plupart des hommes seraient un peu effrayés à l'idée que la femme qu'ils ont emmenée dîner cherche à fonder une famille au plus tôt.

Nous terminons notre repas en silence, mais je peux sentir son regard qui m'étudie. Il attend autre chose de moi, et je ne suis pas prête pour ça. Je me remets encore d'un choc émotionnel sévère. Mon ex voulait des enfants, mais pas avec moi. Il mène la vie dont j'avais envie, *avec elle*. Ce salopard.

La voix grave de Dylan interrompt les sombres pensées.

— Pourquoi serais-tu prête à avoir un enfant, mais pas la famille qui va avec ? Tu ne sais pas à quel point un père peut être important pour un enfant ? Mon père nous a tant appris, à mes frères et moi. Les garçons ont besoin de leur papa. Et les filles aussi. Ma mère dit que son père lui a montré l'exemple de ce qu'était un vrai homme, et que c'est pour ça qu'elle a su aussitôt, quand elle a rencontré mon père, qu'elle avait trouvé son âme sœur. Tu aimes ton père, n'est-ce pas ?

Je n'avais jamais envisagé les choses sous cet angle.

— Oui, bien sûr. Beaucoup.

Mon père est une présence solide et constante dans ma vie. Il est toujours la voix de la raison quand je suis perdue, et j'ai toujours su qu'il m'aimait.

— Et voilà.

Je l'étudie un long moment. Il est le plus âgé de six frères, ce qui signifie qu'il a de l'expérience avec les jeunes enfants, et je l'ai toujours vu veiller sur eux. Il est séduisant, fort et en bonne santé. Je crois qu'il est aussi assez intelligent. Je ne dis pas ça seulement à cause de sa manière de parler. Une fois, à l'école, on nous a fait passer des tests de QI, et son frère Sean a eu le score le plus élevé de la classe. Je parie que tous les Rourke ont le même gène de l'intelligence. Ils ont choisi de ne pas aller à la fac, parce qu'ils ont préféré travailler dans un emploi différent, dans l'entreprise familiale. Il est un spécimen idéal.

Le rythme de mon cœur accélère à cette pensée, que je n'ose pas exprimer à voix haute. Est-ce que je pourrais bénéficier de la partie paternelle sans la partie mari ? Il pourrait être mon donneur de sperme, et s'impliquer quand même dans la vie de l'enfant. Est-ce que c'est trop fou ?

Oui. C'est fou.

Peut-être simplement une donation discrète à la banque du sperme, alors ? Au moins, je pourrais confirmer qu'il n'est pas un psychopathe, pour ceux que ce genre de question inquiète. *Ma mère.*

Je devrais lui offrir quelque chose en échange. Peut-être pourrais-je proposer des conseils professionnels gratuits chaque fois qu'il en aura besoin ? Je devrais définir des termes précis, un genre de contrat en béton.

— Tu me regardes de manière très étrange, remarque-t-il.

Je balaie cette remarque de la main alors que mon esprit fait toujours défiler à toute vitesse le genre d'arrangement dont nous pourrions tous les deux bénéficier.

— Désolée, je suis juste fatiguée.

— Il n'est qu'un peu plus de dix-neuf heures.

Je me force à me concentrer sur la conversation.

— Je me lève à l'aube tous les jours pour faire du sport.

Et c'est la vérité. J'ai besoin de ce moment de tranquillité seule avec moi-même, et l'exercice m'aide à éliminer le stress.

— Ah, oui ? Moi aussi.

Le serveur arrive avec le menu des desserts. Je commande un cake au citron et Dylan un gâteau aux carottes.

— Je ne suis pas porté sur les desserts, mais leur gâteau aux carottes est le meilleur que j'aie jamais mangé, dit-il.

— J'ai un faible pour le citron. C'est pour ça qu'on avait un gâteau au citron à la maison. C'est moi qui l'ai fait, en fait. Je préfère la pâtisserie à la cuisine.

Il m'adresse un sourire chaleureux, et je me surprends à le lui rendre.

— Ah oui ? Il était très bon. Dis-m'en plus sur la façon dont fonctionne l'entreprise de développement immobilier.

Déterminée à lui prouver ma valeur en tant que future consultante professionnelle, je lui raconte tout ce qu'il y a à savoir sur l'entreprise où j'ai travaillé. L'un des trucs cool qu'ils faisaient, c'était d'incorporer des œuvres d'art dans la zone qu'ils développaient, généralement une sculpture ou une fresque sur un bâtiment. Ils voulaient rendre le quartier à la communauté.

Ses yeux s'illuminent à cette dernière information.

— J'aime vraiment cette idée de bâtir une communauté en construisant. J'avais à peu près la même idée, mais au lieu d'œuvres d'art, je pensais construire un parc avec un terrain de jeux, où les enfants pourraient courir un peu. Je sais que mes frères et moi adorions ça, quand nous étions enfants. Quand je repense à cette époque, je me demande comment a fait ma mère, avec six garçons surexcités qui couraient dans tous les sens dans la maison en permanence.

Mes ovaires font une petite danse de la joie. Dylan comprend. Le truc paternel. Le truc des enfants. Maintenant, quand je le regarde, je ne peux m'empêcher de penser au mot « papa ». Je sais que c'est dingue. Mais qui d'autre m'a jamais emmenée dans un restaurant pour me parler de famille et de paternité ? Il essaie peut-être de me laisser entendre que c'est ce qu'il veut aussi. Ou peut-être que je suis juste obsédée par les bébés.

Calme-toi, Ariana ! D'abord un boulot, un endroit où vivre, et ensuite le bébé.

Nos desserts arrivent. Je mords dans mon cake au citron, et le trouve trop acide. J'arrache plutôt une partie des miettes du nappage pour les manger, puis je regarde Dylan manger son gâteau.

Au bout de quelques instants, il remarque que je l'observe sans rien avaler.

— Tu n'aimes pas ton dessert ?

— Il est pas mal.

Il fait glisser son dessert vers moi.

— On va partager, propose-t-il.

Je prends une bouchée, et c'est vraiment délicieux. Il mange de manière très polie, contrairement à mon ex, qui aurait mangé et mangé pendant que je savourais mes bouchées, jusqu'à me retrouver à seulement avaler quelques minuscules morceaux. Dylan mange un bout de gâteau, puis attend que j'en aie pris un aussi avant d'en manger un autre. Finalement, il ne reste plus qu'un morceau du cake succulent, et c'est son tour, mais il pose sa fourchette.

— Tu peux l'avoir, dit-il.

Je mange la dernière délicieuse bouchée, l'estomac satisfait, les ovaires tourbillonnants et le cœur comblé.

— Tu es un homme assez merveilleux, en fait.

Il sourit et montre du doigt l'assiette à dessert vide.

— Il a suffi d'un gâteau aux carottes pour me trouver à nouveau dans tes bonnes grâces.

— Tu pourrais être mon papa, lâché-je soudain.

Je retiens mon souffle, une partie de moi espère et l'autre est consternée rien qu'à l'idée de ce que je viens de suggérer. On se connaît à peine en tant qu'adultes. Ce n'est pas comme ça qu'on est censé faire. Je n'arrive même pas à trouver les mots pour expliquer ce qu'il obtiendrait en retour.

Je n'arrive pas à croire que j'ai dit ça !

Il se penche en avant et une étincelle qui ressemble presque à du triomphe passe dans ses yeux.

Était-ce ce qu'il voulait depuis le début ?

— J'ai quelques conditions à poser.

7

———

Dylan

La philosophie de la famille Rourke, c'est d'avoir de l'audace et prendre des risques, parce qu'on n'a qu'une vie. Je suis en train de la suivre à cet instant. De grands changements se profilent dans l'entreprise, et maintenant, d'autres s'annoncent dans ma vie personnelle. Au fond, Ariana et moi voulons la même chose : nous caser et avoir une famille. Je l'ai connue toute ma vie. C'est quelqu'un de bien.

Est-ce le meilleur moment pour que je fonde une famille ? Sûrement pas, pourtant ce n'est pas non plus le pire moment. Je veux dire, d'accord, j'ai besoin de fonds pour me lancer dans l'immobilier, mais le côté construction de l'entreprise est solide. Et Ariana serait un atout dans notre affaire immobilière. En plus, j'ai cinq frères qui sont investis pour obtenir une issue positive, puisqu'ils sont tous copropriétaires. Et je suis propriétaire d'une copropriété de trois chambres. Pour moi, ce sont des bases suffisamment solides. Il n'y aura jamais un moment *idéal*. La vie continue d'avancer, et on ne peut que suivre le mouvement.

Elle me regarde à nouveau d'un air étrange. Son expression est quelque part entre la méfiance et la joie. Je propose de lui donner le bébé dont elle a tellement envie qu'elle a préféré divorcer plutôt que de ne jamais avoir l'occasion d'en avoir un. Ce type est tellement idiot. Ariana ferait une excellente mère, stricte, mais douce, et je me suis toujours vu devenir père, un jour. Soudain, c'est là, à portée de main, et ça me convient, tant que notre relation est solide, à tous les deux.

Je commence par poser mes conditions :

— Voilà ce que tu dois faire. Laisse tomber ton donneur de sperme parfait à la banque du sperme. Retire ton nom de la liste, ou je ne sais quoi. Tu vas mettre tout ça en attente jusqu'à ce qu'on voie comment se passent les choses entre nous.

— Entre nous ? répète-t-elle d'une voix aiguë et flûtée.

Je sais qu'elle n'est pas prête pour une relation. Mais la dernière chose dont j'ai envie, c'est d'être un donneur de sperme. Je veux un truc authentique, avec une vraie famille. Elle est échaudée après son divorce. C'était il y a six mois, ce qui paraît suffisamment long pour qu'elle recommence à voir quelqu'un. Je devrais être plus affolé devant cette situation. Je veux dire, je visais un dîner avec elle, ou un verre. Le début de quelque chose. Mais elle en est là, et cela ne m'effraie pas du tout. J'ai trente-trois ans, je suis le directeur général de mon entreprise, je suis propriétaire. Je suis prêt à fonder une famille.

— Tu détestes vivre chez tes parents, remarqué-je. Toute cette pression à trouver un homme, hein ? Emménage avec moi, et tout ça disparaîtra.

— Pendant combien de temps ?

Ma mâchoire s'ouvre en grand. De toutes les choses que je m'attendais à entendre sortir de sa bouche – merci ! Vraiment ? Tu es sûr ? – cette question n'en faisait pas partie. C'est la première fois que je propose à une femme de vivre avec moi, et elle cherche déjà une issue. J'ai été témoin de toute la folie de sa vie chez ses parents. J'ai une maison de trois chambres, avec largement assez de place. Non pas que je propose qu'on soit colocataires, à moins qu'elle ait besoin de temps pour s'habituer à l'idée de partager mon lit. Je ne mentionnerai pas les chambres supplémentaires ; pour voir où ça mène.

— Comment ça, pour combien de temps ? répliqué-je en laissant s'exprimer mon irritation.

Elle se penche en avant.

— Dylan, dit-elle d'une voix douce. Je sais que tu ne m'aimes pas, et je ne t'aime pas non plus. Ce serait juste, tu sais, pour qu'on puisse connaître l'expérience de la parentalité. Évidemment, tu serais impliqué dans la vie du bébé. Je sais que tu ferais un excellent père.

— Merci.

Mon esprit cherche frénétiquement la bonne solution. Il y a de l'alchimie entre nous, c'est indéniable. La séduction n'est même pas nécessaire, étant donné qu'elle est si impatiente de récupérer mon sperme. Ah ! C'est bien la première fois qu'un truc pareil arrive ! Je songe soudain qu'elle ne m'a peut-être pas tout dit concernant la manière dont son mariage s'est terminé. Les divorces peuvent être une expérience affreuse. J'ai déjà vu ça lorsque certains de mes amis ont divorcé.

— Ton divorce a eu lieu il y a six mois, dis-je à voix basse. Alors pourquoi n'es-tu rentrée chez tes parents que maintenant ?

Son visage se ferme et elle laisse retomber ses mains sur ses genoux.

— Je t'ai dit que c'était un divorce à l'amiable. J'avais un bon emploi dans l'entreprise de sa famille, et tout allait bien.

— Tu dois être honnête avec moi, si nous devons nous engager dans cette histoire de famille ensemble. Qu'est-ce qui t'a fait fuir jusqu'à la maison ?

— Je n'ai pas fui, répond-elle d'une voix tendue. J'ai pris une décision consciente, parce que je pensais qu'il était temps que j'aille de l'avant dans ma vie.

J'insiste, parce que je veux qu'elle soit honnête avec moi.

— Et tu vas de l'avant en devenant sans emploi et en laissant Maman et Papa s'occuper de toi ?

— Va te faire voir, réplique-t-elle sèchement, ses yeux lançant des éclairs. Tu n'as aucune idée de ce que c'est, de traverser ce que j'ai traversé.

— Tu t'es mariée jeune. Tu ne l'es plus, maintenant.

— Trente-et-un an, c'est encore jeune.

— Pas avec tes ovules périmés.

Elle me fusille du regard.

— Il t'a volé ta jeunesse et t'a refusé ce que tu voulais le plus. Quoi d'autre ? Qu'est-ce qui t'a fait fuir jusqu'ici ? Est-ce qu'il a exhibé devant toi sa nouvelle petite amie sexy ? Ou plus d'une, peut-être ?

— Je n'ai pas fui ! J'ai pris une décision consciente et décidé qu'il était temps d'aller de l'avant.

Je fais signe au serveur pour qu'on m'apporte la note.

— D'accord.

Elle devient silencieuse et se mordille la lèvre inférieure comme si elle hésitait à me dire la vérité quant à ce qu'il s'est passé.

Je paie pour le repas et, quelques minutes plus tard, nous sommes de retour dans la voiture. Elle ne parle toujours pas. Je garde le silence aussi, dans l'espoir qu'elle se confie à moi. Ça ne marchera pas, si elle ne me fait pas assez confiance pour me partager ce genre de choses.

Je démarre la voiture, et elle pose la main sur mon bras.

— Oui ?

Allez, allez, sois honnête avec moi.

— Mon ex a exhibé sa nouvelle petite amie sexy, commence-t-elle d'une voix rauque. Et elle était enceinte de huit mois. Il était excité à l'idée de devenir père, et ils comptent se marier bientôt.

— Tu te fiches de moi ? aboyé-je. Il est heureux de devenir père avec elle, mais pas…

Je referme brusquement la bouche. Bon sang, ça a dû faire mal. Et il a mis cette autre femme enceinte avant leur divorce. Quel connard ! Pas étonnant qu'elle soit si méfiante.

— Pas avec moi. Exactement, dit-elle en essuyant ses yeux humides. Qu'est-ce qui cloche chez moi ?

Sa voix se brise, et ma poitrine se comprime de compassion.

Je passe un bras autour de ses épaules et l'attire contre moi.

— Rien ne cloche avec toi. Ce type est un crétin, qui ne sait pas reconnaître la valeur de ce qu'il a.

Elle pose sa tête contre mon torse et répond :

— Je ne sais pas pourquoi tu es si gentil avec moi.

— Je suis quelqu'un de gentil.

Elle rit un peu et lève les yeux vers moi.

— Cet aspect de toi m'a manqué.

— Écoute, dis-je en lui pinçant le menton, je suis prêt à me caser, et tu conviendras très bien.

Elle cligne plusieurs fois des yeux. Je vois bien que je l'ai surprise, avec cette déclaration audacieuse. Ce n'est pas souvent qu'un homme vous propose de vous engager dès le premier rendez-vous.

— Waouh, finit-elle par dire.

— Ouais.

Je retire mon bras de ses épaules, passe une vitesse et m'engage sur la route.

— Tu es la première femme qui attire mon intérêt depuis très longtemps.

— Waouh, répète-t-elle.

Je ris.

— OK, j'accepte ce double waouh.

Elle se racle la gorge.

— Bon, je te suis vraiment reconnaissante, tu sais, mais oublie ce que j'ai dit tout à l'heure. La vérité, c'est que tu mérites d'avoir quelqu'un dans ta vie qui pourrait, euh, *vraiment* apprécier ce que tu as à offrir.

La façon dont elle a dit ça me laisse entendre qu'elle croit que j'ai quelque chose qui vaut la peine d'être offert. Ce n'est qu'une question de temps, je dois faire en sorte qu'elle soit plus à l'aise avec moi. C'est comme quand, au travail, nous avons obtenu ce gros contrat à la vieille brasserie, et avons pratiquement construit un nouveau bâtiment en partant de rien. Cela semblait être une tâche tellement insurmontable, de tout terminer à temps et sans dépasser le budget. Alors qu'est-ce qu'on a fait ? On a étudié les paramètres du projet et on a travaillé à l'envers, en décomposant ça en plusieurs étapes. De petits objectifs, des délais courts. En rayant des éléments de notre liste de tâches jusqu'à ce que le projet commence à prendre forme sous nos yeux. Le truc, c'est de diviser le gros objectif en petites étapes. Des pas de bébés, pour Ariana. Je souris tout seul à cette référence aux bébés. Un objectif de bébé requiert des pas de bébés.

— C'est vrai que ta famille a toujours eu le sens du dramatique, dit-elle avec un sourire en secouant la tête.

Comme si ce n'était pas elle, qui avait lancé qu'elle voulait mon sperme. Mais je ne le lui dis pas, parce que je la suspecte d'en avoir encore envie, elle doit simplement se faire un peu à cette idée. Je n'essaie pas de nous précipiter dans un mariage et un bébé, mais j'ai besoin qu'il se passe quelque chose entre nous avant qu'elle devienne enceinte de je ne sais quel psychopathe. Oui, je suis dans le camp de Mme Bianchi, sur ce point.

— Comment ça, le sens dramatique ? demandé-je en feignant d'être offensé. À cause de la querelle ? Parce que ce n'était pas *notre* faute.

— Eh bien, ma mère n'avait aucune raison de voler une cuillère. Nous avons deux services d'argenterie complets, un pour le quotidien et un pour les fêtes. Non, je parlais de toute cette histoire de royauté. Tellement dramatique. Je suis sûre que c'était juste une rumeur que vous avez répandue pour attirer les filles.

— En fait, c'est la vérité.

Elle émet un rire moqueur.

— C'est ça.

— Mon père serait devenu roi s'il n'avait pas abdiqué le trône. Je suis le prince héritier, ce qui signifie que j'étais voué à devenir roi après lui.

— Sois un peu sérieux. Ton père travaille dans le domaine de la construction.

— Tu as un peu de temps ? Je pourrais te montrer la preuve de ce que j'affirme au bureau.

— D'accord, pourquoi pas ? Montre-moi ta preuve. Et il y a intérêt à ce qu'il ne s'agisse pas d'un costume d'Halloween de Prince Charmant ringard.

Je m'engage dans la circulation.

— Comme si je pouvais me faire passer pour un Prince Charmant.

— N'est-ce pas ?

— Tu n'étais pas obligé d'acquiescer aussi vite, souris-je. Le bureau n'est pas loin, il est dans le quartier de Bay Ridge.

— Je ne suis pas pressée de rentrer. Je suis sûre que mes parents suivent leur routine de soirée en tête à tête.

— Qu'est-ce que c'est ?

Elle pousse un soupir.

— Ils préparent une pizza ensemble, regardent un vieux film datant de l'époque où ils sortaient ensemble en se blottissant l'un contre l'autre sur le canapé, puis ils montent à l'étage et finissent ce qu'ils ont commencé.

— À en croire le ton de ta voix, ce n'est pas le film qu'ils finissent.

— Exact. J'ai appris à rester au rez-de-chaussée et à monter le volume de la télé à fond. Ils ne sont pas si bruyants que ça, mais tu sais, le sommier. Parfois, la tête de lit cogne contre le mur, et il y a parfois quelques – elle tousse – bruits.

— J'ai connu pire que ça.

— Vraiment ?

— Oh, oui. Un jour, je suis entré dans la maison de mes parents en me servant de ma clef – c'était après mon déménagement, alors je devais avoir vingt-et-un an – et ils étaient là, tous nus dans le salon. La première chose que j'ai vue, ce sont les fesses de mon père. Il l'avait pliée en deux sur le canapé et ils étaient en pleine action. Je peux te dire qu'il y a des scènes qu'on ne peut jamais oublier.

— Beurk ! Dylan ! Tu étais obligé de donner autant de détails ? Je l'imagine très bien, maintenant. Je crois que je ne regarderai plus jamais tes parents de la même manière.

— J'ai eu envie de vomir. J'aurais dû comprendre en voyant les rideaux fermés dans le salon, mais je ne m'attendais pas du tout à trouver ça.

— Est-ce qu'ils ont vu que tu les avais surpris ?

— Oui. Ma mère a dit « Dylan ! » puis mon père s'est retourné et m'a pointé la porte du doigt. Il n'avait aucune intention de s'arrêter. Et il n'était pas embarrassé du tout non plus. Je le dérangeais, et il voulait que je m'en aille. Ce n'était pas comme si j'avais envie de rester pour regarder. J'étais juste paralysé par le choc. Je suis parti si vite que je me suis presque tué en trébuchant sur les marches du porche. Et je ne suis plus jamais entré là-bas en me servant de ma clef. Je sonne toujours à la porte, puis j'attends le temps qu'il leur faut pour se rendre présentables.

Elle pouffe de rire.

— Ils devaient déjà être mariés depuis plus de vingt ans, à l'époque. Tant mieux pour eux.

— Oui, tant mieux pour eux, et dommage pour mes rétines brûlées.

— Tu savais qu'ils avaient dû coucher ensemble au moins six fois, pour vous avoir.

— Je n'avais pas envie d'y penser, et encore moins de le voir.

— Ça se comprend.

Je me détends. Nous sommes revenus sur les bons rails. La conversation est décontractée, et nous pouvons rire ensemble.

— Alors, c'est quoi, ta preuve que vous faites partie de la royauté ? demande-t-elle. Est-ce que tu caches un trône dans ton bureau de construction ? Tu sais, c'est ce que mon père appelle des toilettes.

— Tu verras. Je ne veux pas gâcher la surprise.

Je m'arrête à un feu rouge, sors mon téléphone et ouvre mon application de photos, avant de le lui tendre.

— Voilà déjà quelques preuves. Je suis allé au mariage de mon cousin, sur l'île de Villroy. C'est mon royaume, et voici le palais.

Elle secoue la tête.

— Cette photo est prise de loin, n'importe quel touriste pourrait avoir la même.

J'émets un petit rire et range mon téléphone dans ma poche.

— Ne fait pas semblant de ne pas être captivée par cette histoire de royauté. Je me souviens distinctement du jour où tu m'as approché pour que je t'aide à perdre ta virginité parce que tu avais entendu dire que j'étais un prince.

— C'était juste une phrase d'accroche, et tu m'as répondu que ce n'était pas vrai.

— C'était une phrase d'accroche ?

— Oui. Tu étais censé répondre « Oui, c'est vrai. » Ensuite, j'aurais dit « J'ai toujours voulu être avec un prince. »

Je regarde le feu de signalisation et appuie sur l'accélérateur.

— Tu avais tout prévu, hein ?

— Je préparais ça depuis des semaines.

— Avec moi ?

— J'avais réduit la liste jusqu'à ce qu'il ne reste que toi.

— Qui d'autre était en lice ?

Elle agite une main dans l'air.

— Personne qui vaille la peine qu'on y songe durant plus de quelques minutes.

— Sean ?

— Je t'ai dit qu'il était comme un frère pour moi. Je ne peux pas envisager le garçon qui a mangé une crotte de nez à l'école primaire comme amant potentiel.

Je ris.

— Pendant combien de temps est-ce que tu m'as eu en ligne de mire ?

— Je ne sais pas. Une semaine ? Deux ?

— Alors tu as des vues sur moi depuis longtemps, maintenant. Je crois que le truc de royauté va sceller le marché, maintenant que je sais que tu voulais secrètement être avec un prince.

Je donne une tape sur le volant et ajoute :

— Bon sang, j'aurais dû utiliser cet angle d'attaque plus souvent. Pourquoi est-ce que je l'ai gardé secret ?

Elle rit.

— Plus sérieusement, si tu es vraiment un membre de la royauté, alors comment se fait-il que tu ne sois pas riche ?

— Parce que mon père a été exilé pour avoir épousé une roturière. Il a dû repartir de zéro ici, à Brooklyn. Tu n'as jamais remarqué son accent ? Il n'est pas comme le nôtre.

— Je ne crois pas l'avoir jamais entendu me dire autre

chose que bonjour. Parfois, je l'entendais aboyer des ordres à toi ou tes frères, quand vous étiez dehors.

— Oui. D'un ton autoritaire, parce qu'il est habitué à ce que les gens accourent pour exécuter ses ordres. Et crois-moi, nous écoutions.

— Maintenant que j'y réfléchis, il semble effectivement avoir un anglais très propre.

— Oui, il tient ça de son éducation à Villroy, même s'il essaie de le cacher et d'y mêler un peu d'argot.

— Je crois que je commence à te croire, dit-elle en me dévisageant.

— Bien.

Je m'engage sur le terrain derrière notre bureau, me gare et me tourne vers elle.

— Prépare-toi à me baiser les pieds.

Elle rit et secoue la tête.

— Ça n'est pas près d'arriver, Rourke.

— C'est Prince Héritier Dylan Rourke, pour toi. Ou tu pourrais juste m'appeler Votre Altesse.

— Ah !

Je contourne le bâtiment avec elle en direction de l'entrée, où j'entre le code de sécurité pour désactiver le système d'alarme.

Une fois à l'intérieur, j'allume.

— La preuve est dans le coffre-fort.

Je me dirige vers le placard de stockage au fond de la pièce et écarte quelques vestes du passage pour révéler un grand coffre encastré dans le mur. Oncle Pat proposait autrefois une remise aux clients qui payaient en liquide, raison pour laquelle il a installé ce coffre. Mon père a mis fin à cette pratique, parce qu'elle ne laissait pas de trace écrite, et que ce n'était pas tout à fait accepté par le fisc.

J'entre la combinaison et sort la boîte. Je me retourne et découvre Ariana assise au bord d'un bureau, les jambes croisées et une jambe se balançant. Elle se redresse lorsque j'approche et décroise les jambes, les yeux écarquillés.

Je pose la boîte sur le bureau à côté d'elle et ouvre les loquets de métal.

— Vas-y, soulève le couvercle.

Elle saute du bureau et se place devant la boîte.

— Je te jure que si un tas de faux serpents bondit de cette boîte, je t'étrangle.

— Revoilà cette facette féroce que j'aime tellement.

— Tu es dingue.

— Ouvre-la.

Elle soulève lentement le couvercle et grimace, scrutant l'intérieur en fermant un œil. Puis elle se détend et fixe ce qui se trouve à l'intérieur, bouche bée.

— Oh, mon Dieu, tu es un prince ! Je peux toucher ?

— Tu peux toucher tout ce qui me concerne, dis-je d'une voix rauque.

Elle est trop subjuguée pour mordre à l'hameçon. Elle soulève prudemment la couronne et l'admire sous tous les angles.

— C'est époustouflant !

— J'envisageais de vendre le tout aux enchères pour obtenir assez d'argent pour acheter des propriétés.

J'en ai parlé à mon père, et il m'a répondu qu'il avait besoin de temps pour y réfléchir, même s'il comprenait mes arguments quant à l'éventualité d'en obtenir quelque chose. Il y a une forte probabilité pour que je puisse les utiliser.

— Oh, Dylan, tu ne peux pas faire ça ! Ces objets sont magnifiques. Leur place est dans un musée.

Elle replace soigneusement la couronne dans la boîte et sort le sceptre, suivant du doigt la croix tout en haut avec une expression émerveillée sur le visage. Ces objets sont sublimes, c'est vrai, mais à quoi me servent-ils, rangés dans un coffre-fort, au fond d'un placard de stockage ?

— Ils m'appartiennent. Je peux en faire ce que je veux.

Elle arrache son regard du sceptre pour me regarder.

— Ils appartiennent à la famille royale. Tu es censé transmettre ce genre d'héritage.

Je hausse une épaule.

— La lignée s'est arrêtée avec mon père. Il a abdiqué du trône, et cela a tranché notre portion de la famille.

— Tu as dit que c'était à toi. Il te l'a transmis.

— Seulement parce qu'il se sentait coupable que je n'aie jamais pu vivre dans la royauté.

Elle repose le sceptre dans la boîte et se tourne vers moi.

— Tu es censé donner ça à ton premier-né.

— Ce sera peut-être notre premier-né. Tu es partante ?

Elle déglutit visiblement et se passe une main tremblante dans les cheveux. Elle a peur. Elle veut le bébé sans l'homme dans sa vie, mais ça ne fonctionnera pas pour moi. Et puis, je suis sûr qu'elle finira par se faire à l'idée d'une relation entre nous.

— Je t'épouserai tout de suite, lui dis-je pour la rassurer. On commencera par tâter le terrain. Tu vas emménager avec moi.

— Oh, mon Dieu. C'est complètement dingue.

— Quelle partie ?

Elle lève les mains au ciel.

— Tout !

Je lui relève le menton, et mon regard est attiré par une veine sur son cou, qui bat rapidement.

— Alors tu ne veux de moi qu'en tant que papa, et rien d'autre ?

Je me penche et embrasse son pouls battant tout en glissant la main sous ses longs cheveux. Je pose la paume sur sa nuque et dépose des baisers le long du côté de son cou. Sa peau se réchauffe, son parfum est si doux ; je frotte mon nez contre sa gorge et hume son odeur.

— Dylan, dit-elle dans un souffle. Est-ce que tu veux vraiment m'épouser ? Tu ne m'avais pas l'air si excité que ça à cette idée. Tu m'as dit que je conviendrais très bien, ce n'est pas vraiment romantique, ou…

Elle s'interrompt quand je frotte ma mâchoire mal rasée contre son cou, avant de lui mordiller le lobe d'oreille et de tirer dessus. Ses mains se referment sur ma chemise. Des pas de bébés dans la bonne direction : elle me rend mon étreinte.

Je lève la tête pour croiser son regard et souris.

— J'ai connu pire, comme éventualité.

— Mince, quelle charmante proposition.

J'enroule ses longs cheveux dans mon poing, comme j'en ai envie depuis que je les ai vus.

— Nous pourrions vraiment bien nous accorder, tous les deux, Ariana, si seulement tu nous

donnes une chance. Je voulais d'un dîner ou d'un verre. Tu veux mon bébé. Tu me dis que c'est la meilleure manière d'aller de l'avant.

— Faisons plus simple. Tu fais un don à la banque du sperme. En échange, je serai ta consultante gratuitement chaque fois que tu auras besoin de moi.

— Ce n'est pas simple. C'est artificiel. Je veux quelque chose de réel.

Elle fixe ma bouche, et je sais ce qu'elle veut. Ce que nous voulons tous les deux.

— Tu finiras par m'apprécier, dis-je, avant de poser mes lèvres sur les siennes.

Ses lèvres sont douces et souples, exactement ce qu'il faut. J'approfondis le baiser, la goûte, et une décharge de désir me traverse de part en part. Elle enroule ses bras autour de mon cou et me rend mon baiser sans retenue. C'est sexy, urgent, et incroyable. Ses mains errent le long de mon dos et de mes fesses pour m'attirer plus près. *Putain, oui.* Je savais que ce serait comme ça. Elle a envie de moi, et je suis dur comme la pierre.

Je romps le baiser quand un gémissement s'échappe du fond de sa gorge.

— Tu vas emménager avec moi.

Sa respiration est plus rapide, et son regard scrute mon visage. Elle s'écarte et je la laisse partir pour lui accorder un moment.

Elle pose les doigts sur ses lèvres et me dévisage ; je soutiens son regard.

Puis elle se retourne et se met à faire les cent pas. Elle réfléchit encore.

Je récupère la boîte avec la couronne et le sceptre et rejoins le coffre pour la ranger. Quand je me retourne, elle est complètement immobile et a les yeux fermés.

— Ariana, dis-je, avant de l'attirer dans mes bras.

Elle pose les mains sur ma taille et me retient fermement. Elle se lèche les lèvres et ses yeux sont fixés sur mon torse.

— Je viens de mettre fin à mon mariage. Tu crois que j'ai envie de m'engager dans une autre relation aussi tôt ?

— Je t'ai dit que je voulais quelque chose de réel.

Elle regarde mon cou. Se rapproche de mes yeux.

— Est-ce que je peux y réfléchir pendant quelques jours ?

— Bien sûr, tant que tu rentres chez moi tout de suite.

Elle lève vivement les yeux vers moi et les plisse d'un air suspicieux.

— Pour quoi faire ?

Je lui adresse un sourire lent et sexy.

— Pour qu'on puisse apprendre à se connaître un peu mieux. Je te le dis, tu vas finir par t'attacher à moi.

Elle sourit.

— Comme à une mycose.

Je l'attrape par les épaules, et elle émet un couinement.

— Exactement. Je serais bientôt partout sur toi.

Je glisse rapidement les mains le long de son visage, ses épaules et ses bras, en prenant garde d'éviter les zones érogènes.

— D'accord, pourquoi pas ? répond-elle.

— Eh bien, c'était sacrément enthousiaste, comme acquiescement, remarqué-je d'un ton sarcastique.

— Ça vaut toujours mieux que d'essayer de ne pas entendre mes parents en pleine action.

Je lui prends la main et sors avec elle.

— Exactement ce qu'un homme a envie d'entendre. Passer du temps avec moi est préférable à écouter tes parents baiser dans la pièce d'à côté.

Elle rit.

Je m'arrête devant la porte pour rentrer le code de sécurité.

— Je n'arrive pas à croire que tu proposes sérieusement de m'offrir un bébé, dit-elle dans mon dos.

Je me retourne.

— Je n'arrive pas à croire que tu refuses de sortir avec moi, mais que tu veuilles mon bébé.

— Ça me paraît juste plus simple. Un genre de transaction. J'ai envisagé de te proposer mes conseils professionnels en échange de ton sperme, au dîner, avant de rejeter cette idée en la considérant comme une fièvre des bébés démente.

Elle marque une pause, puis reprend :

— Mais j'ai quand même exprimé cette idée de bébé. Je ne sais pas pourquoi je n'arrête pas d'exprimer tout ce que je pense face à toi.

— Parce que je suis génial et qu'au fond de toi, tu le sens.

Elle ne rit même pas ; au lieu de ça, elle prend un air songeur alors que je retourne avec elle vers la voiture garée sur le parking à l'arrière. Je la déverrouille, ouvre sa portière pour elle et la referme une fois qu'elle est montée.

Quand je monte derrière le volant, elle demande :

— Est-ce que tu as déjà vécu avec une femme par le passé ?

— Non.

Je démarre la voiture et m'engage sur la route. Le trajet jusque chez moi est très court.

— Est-ce que tu as déjà eu une relation sérieuse ?

— Quelques-unes.

— C'est combien, ça ?

— Deux.

— C'est peu.

— Oh, d'accord. J'imagine qu'il est important d'être très clair là-dessus. J'ai eu peu de relations. Ça n'a pas fonctionné.

— Combien de temps êtes-vous restés ensemble ?

— Quelle importance ?

— Je dois savoir si tu es doué pour les relations.

— Est-ce que ça ne dépend pas de l'autre personne impliquée ?

— Non. Une relation requiert une bonne communication et de la confiance. Je suis douée pour ça. Et toi ?

— Écoute, dis-je pour la rassurer. Tu peux parler autant que tu le voudras. Je t'écouterai. Et je ne te tromperai jamais. Je ne vois pas l'intérêt de s'engager si on n'a pas l'intention d'honorer cet engagement.

— Eh bien, c'est bon à savoir, mais ce n'est pas ce que je

voulais dire. Je parlais, tu sais, d'intimité, du fait de s'ouvrir l'un à l'autre et de vraiment apprendre à connaître l'autre de l'intérieur.

Je ravale les pensées cochonnes qui me viennent à l'esprit. Mais j'aimerais assurément la connaître de l'intérieur. J'opte plutôt pour une remarque neutre :

— Je suis prêt à tout.

— Et si tu ne pouvais pas me mettre enceinte ?

— J'essaierais jusqu'à la mort, souris-je.

— Je suis sérieuse ! Que se passera-t-il alors ?

— On pourrait adopter. L'important, c'est d'avoir un enfant, n'est-ce pas ?

— Oui, répond-elle doucement.

— Mais nous n'aurons pas d'enfant tout de suite. Il est important de construire un foyer stable et aimant. Pour commencer, on va juste apprendre à se connaître. Intimement.

Elle laisse échapper un soupir bien audible.

— Oh.

Une seconde passe, puis elle demande :

— Qu'est-ce que tu entends par intimement ?

— La même chose que toi.

— Le fait de s'échanger des confidences ?

— Bien sûr. Entre autres choses.

Je m'engage dans le garage souterrain et me gare à mon emplacement. Elle sort de la voiture avant que j'aie pu lui ouvrir la portière. Je verrouille la voiture, lui prends la main et la guide vers l'ascenseur.

— Je suis nerveuse, dit-elle.

Je lui étreins la main.

— Ne le sois pas. C'est comme le vélo. Tu es tombée, mais tu vas te souvenir de tout dès que tu remonteras en selle.

Les portes de l'ascenseur s'ouvrent et nous entrons. J'appuie sur le bouton du huitième étage.

Elle m'adresse un regard curieux, les sourcils froncés.

— Je n'arrive pas à décider si tu dis des trucs cochons ou si tu fais juste la conversation.

Je secoue la tête.

— Crois-moi, quand je dirai des trucs cochons, tu le

sauras. Détends-toi, on va juste faire ce truc d'intimité que tu voulais.

— Tu vois, même ça, ça semble suggestif, quand tu le dis.

— Alors, dis-le toi-même.

Elle se lèche les lèvres.

— Nous allons devenir intimes et apprendre à nous connaître de l'intérieur. Beurk ! Ça paraît suggestif aussi quand c'est moi qui le dis !

— C'est ce que j'apprécie le plus chez toi, Ariana. Tu dis ce que tu penses, et tu penses ce que tu dis.

Je dépose un baiser rapide sur ses lèvres. Elle reste sans voix. C'est l'attirance sexuelle, j'ai compris, et je sais comment m'en servir.

Cette histoire de bébé est un peut-être. Ariana est un peut-être. Mais je ne peux m'empêcher de penser que nous allons dans la bonne direction.

8

Ariana

Mon cœur rugit dans mes oreilles et mon estomac se serre alors que l'ascenseur grimpe au huitième étage. Suis-je sur le point de coucher avec lui après notre premier rendez-vous ? Plus alarmant encore, est-ce qu'on va vraiment se marier et avoir un bébé dans un futur proche ? Est-ce qu'on vient de décider ça dès notre premier rendez-vous ?

Je respire fort et je suis *si proche* d'appuyer sur le bouton qui me ramènera dans le lobby. Puis j'ai le souffle coupé quand Dylan se tourne brusquement, me faisant reculer contre le mur. Il me coince contre lui et tend les mains de chaque côté de mes épaules, son visage à quelques milli- mètres du mien. De près, ses yeux bleus brillent d'une telle intensité que je ne peux même pas cligner des yeux.

— Détends-toi. Tu es en sécurité avec moi, dit-il.

Puis il dépose un baiser sur mes lèvres, si léger que j'agrippe sa chemise pour m'assurer d'en avoir plus. Il m'em- brasse à nouveau brièvement, et je pousse un soupir, fermant les yeux en signe de capitulation. Il dépose un autre baiser au coin de ma bouche, puis l'autre. Je suis le mouvement et en demande plus. Ses grandes mains calleuses glissent le long de ma gorge, et il passe le pouce sur le point sensible juste sous ma mâchoire, avant de recourber les doigts autour de mon cou.

J'attends, haletante, mon pouls battant de manière irrégulière alors que toutes mes terminaisons nerveuses s'éveillent. Finalement, il s'empare de mes lèvres en un baiser profond et captivant, et c'est exactement ce dont j'ai besoin. Mon esprit s'embrume et toutes mes pensées paniquées s'évanouissent. Le désir s'accumule dans mon bas-ventre, mes membres s'alourdissent alors qu'il se presse tout contre moi et passe une jambe entre les miennes, son corps dur me clouant contre le mur. Mon corps pulse et m'élance, et un seul mot résonne dans ma tête : « plus. »

Il rompt le baiser et fait courir son pouce juste sous ma mâchoire.

— Ton cœur bat la chamade, Ariana.

— Je sais.

— De peur ou d'excitation ?

— Les deux ?

Il m'adresse un sourire narquois.

— Tu ne sais pas ? Je vais devoir faire mieux que ça.

L'ascenseur sonne pour annoncer le huitième étage, et il s'écarte, me prend la main et me guide jusque dans le couloir. Mes jambes tremblent. Je n'arrive pas à croire que je suis à ce point excitée à l'idée d'aller chez lui. Je veux dire, clairement, si je veux son sperme, je vais devoir me rapprocher de lui. Il m'a déjà dit qu'il n'accepterait pas de faire une donation. Et ce n'est pas comme si nous n'avions encore jamais couché ensemble. Nous ne l'avons simplement jamais fait avec d'aussi gros enjeux. La dernière fois, je savais que je partais le lendemain. Cette fois, je vais peut-être rester liée à lui pour toujours.

— Ta mère m'approuvera plus qu'un psychopathe, tu ne crois pas ? demande-t-il.

J'éclate de rire.

— Je ne sais pas pourquoi elle est persuadée qu'il y a des classeurs d'hommes psychopathes dans les banques du sperme. Ça doit venir d'une histoire bizarre qu'une amie lui a racontée.

Il s'arrête juste avant de se pencher et d'embrasser mon cou sur le point sensible juste sous ma mâchoire.

— Tu es en train de te calmer. Tout ce que j'ai à faire, c'est te faire rire.

— Tu m'as embrassée pour vérifier mon pouls ?

— Entre autres choses, répond-il avec un clin d'œil.

Il sourit et pose une main au bas de mon dos, pour me diriger vers son appartement. Quand il a déverrouillé la porte, il me fait signe d'entrer en premier.

J'entre dans la cuisine et fixe la pièce des yeux, sous le choc. Je m'attendais à une garçonnière, avec un banc de musculation, des haltères ou je ne sais quoi. En fait, c'est un endroit très sympa, et je m'imagine complètement vivre ici. La cuisine est moderne, avec un équipement en acier inoxydable et un îlot beige au comptoir de granit. De l'autre côté de l'îlot, il y a une salle à manger composée d'une table en bois clair autour de laquelle peuvent s'asseoir huit personnes, et un plancher de bois. Il y a même un joli buffet, avec un miroir en bois couleur miel accroché au-dessus. Les briques exposées autour des fenêtres du mur adjacent donnent un aspect original au bâtiment. Ce conducteur de Harley ouvrier de construction a des goûts raffinés. Évidemment, puisque c'est un prince. J'essaie encore de digérer cette information.

— Ça te plaît ? demande-t-il.

Je me tourne vers lui.

— Oui, c'est vraiment sympa ! Tu t'es occupé de la déco toi-même ?

— Oui, pratiquement. J'ai juste récupéré des trucs ici et là.

— Je m'attendais à une garçonnière.

— Tu dois savoir que je vois beaucoup de design d'intérieur, quand je travaille sur des bâtiments résidentiels. On finit par capter le truc. J'aime les lignes épurées et les matériaux naturels.

— Moi aussi.

Il sourit, et ses yeux bleus pétillent.

— Bien.

Il me prend la main et m'attire jusque dans le salon adjacent, qui a l'air confortable, avec son canapé beige et sa méridienne dans le coin. Une télévision est accrochée au mur, avec une commode au-dessous, juste en face du canapé. Il a même des plantes. Combien d'hommes célibataires ont des plantes ?

Je le regarde alors qu'il s'avance vers la fenêtre et baisse les stores vénitiens. Il est responsable. Il veille sur ses plus jeunes frères et sur ses plantes. Son charme en tant que père vient de grimper en flèche ! Il y a *quatre* sortes de plantes différentes. Je n'ai aucune idée de leur nom, mais elles sont vertes et florissantes. Et tout est si propre ! Rien ne traîne nulle part. Il y a juste deux télécommandes sur une table basse, à côté d'une lampe.

Il ouvre le placard sous la télévision et, quelques instants plus tard, de la musique s'élève. Elle est suave et discrète. Je ne reconnais pas le groupe. Je parie que c'est sa playlist de séduction.

Il se tourne vers moi.

— Il y a aussi trois chambres, mais je ne voulais pas que tu croies que je te faisais des avances en te les faisant visiter. Viens par ici, Fée de l'Air.

— Ne m'appelle pas comme ça.

— Ariana, viens ici, rectifie-t-il en tendant les mains vers moi.

Il y a une pointe d'autorité dans sa voix, à laquelle je réponds instinctivement ; je laisse tomber mon sac à mains et me dirige vers lui.

Je place mes mains dans les siennes, et il me surprend en levant ma main par-dessus ma tête pour me faire tourbillonner. Puis il me fait pivoter dans l'autre sens et m'attire contre lui.

— Comment c'était ? demande-t-il.

— Sympa.

— Je me souviens surtout de toi en train de tourbillonner, une expression de pure joie sur le visage. Tu devrais te remettre à danser. Vas-y.

Il recule et me regarde. Je rougis.

— On pourrait juste, tu sais, danser un slow ensemble.

— Essaie. Juste un peu de cette danse de ballet que tu aimais tant que tu ne pouvais t'arrêter.

Je laisse échapper un soupir.

— Je ne peux pas. Ça fait trop longtemps, et ça me fait bizarre que tu me regardes.

Il réduit la distance, place une main chaude au creux de mon dos et étreint la mienne de l'autre.

— OK, alors nous allons danser ensemble.

Je pose la main sur son épaule, un peu nerveuse, parce que tout ça m'a l'air beaucoup plus romantique que je ne m'y attendais venant de lui. Il m'attire encore plus près, et son odeur chaude et piquante m'enveloppe. Je pose ma joue contre son torse et écoute les battements fermes de son cœur. Nous sommes en train de danser, très doucement, nous balançant simplement tandis qu'il m'étreint.

Quelques instants plus tard, toute tension disparaît en moi. Le rythme simple qu'il impose, la musique douce, sa chaleur et sa force – c'est exactement ce dont j'ai besoin. Et cela fait si longtemps qu'on ne m'a plus enlacée.

Sa voix vibre dans sa poitrine quand il reprend la parole :

— Tu pourrais danser quand tu es seule, et retrouver ta légèreté de Fée de l'Air.

Je lève la tête.

— J'ai toujours détesté ce surnom.

Il me caresse les cheveux et m'adresse un regard tendre.

— C'est comme ça que j'ai ruiné ta vie ? En me moquant trop de toi, avant d'accepter ta proposition ?

Je pince les lèvres. Je déteste avoir à admettre la vérité, mais en même temps, ce que j'ai dit l'ennuie visiblement toujours.

Il passe son pouce sur ma lèvre inférieure, laissant derrière lui un picotement qui me fait entrouvrir les lèvres.

— Tu veux que je t'embrasse à nouveau, Ariana ?

Sa voix est aussi douce que du velours, et tout se met à fondre en moi.

— Oui.

Je me mets sur la pointe des pieds, mais de manière frustrante, il garde les lèvres hors de ma portée. Au lieu de ça, il glisse la main le long de mon dos, laissant une chaleur dans son sillage, avant d'immobiliser sa paume sur la courbe de mes fesses. Ma respiration se bloque dans ma gorge alors que la chaleur de sa main me brûle à travers mon jean et que tout mon corps se réchauffe en réponse.

Ses yeux se rivent aux miens et sa main descend plus bas, se referme autour de moi, et ses doigts se pressent fermement entre mes jambes. Je ne m'attendais pas à ce contact si intime, et pourtant je ne me dérobe pas. C'est si agréable. Il me caresse, d'avant en arrière. Mes mains s'agrippent à ses épaules puissantes et mes genoux fléchissent. Je suis en train de fondre de l'intérieur en une flaque de chaleur liquide, alors qu'un élancement pesant grandit en moi.

Ses yeux brûlants plongent dans les miens alors qu'il continue de me caresser intimement.

— Dis-moi comment j'ai gâché ta vie, et je te donnerai ce dont tu as besoin.

Je n'ai aucun doute qu'il sait exactement ce dont j'ai besoin.

— Tu ne joues pas réglo, répliqué-je alors même que mes hanches se balancent sans relâche contre lui à la recherche de plus de contact.

— Non, c'est vrai, répond-il, avant de m'attraper les hanches pour m'immobiliser. Dis-moi.

J'émets un son contrarié.

— Personne n'était à ta hauteur, OK ? Tu as ruiné ma vie parce qu'aucun autre homme ne pouvait me satisfaire comme tu l'as fait, voilà la fin de cette phrase embarrassante.

Il me dévisage, et je continue de balbutier, parce que je suis déjà arrivée jusque-là et que je suis une boule de désir grésillante. Cela fait si longtemps, et il est si doué pour me faire me sentir bien.

— Tous les hommes étaient décevants. Pas un seul d'entre eux n'a pris son temps avec moi comme tu l'as fait, pas jusqu'à ce que je rencontre mon mari, et c'est sûrement la raison pour laquelle je me suis mariée jeune. Je ne croyais pas pouvoir retrouver ça.

Il recourbe les lèvres un instant, avant de froncer les

sourcils.

— Alors pourquoi est-ce que tu l'as dit comme ça ? Que j'avais ruiné ta vie.

— Je ne sais pas, j'ai juste lâché ça comme ça. Tu m'as prise par surprise, ce soir-là, et j'étais déjà sur les nerfs à cause de ma mère qui se faisait tant de soucis pour mon futur.

Le simple fait de songer à ma mère me fait me raidir.

— Embrasse-moi encore, vite.

Il recourbe la main autour de ma nuque, m'attire contre lui et me mordille la lèvre inférieure, provoquant une décharge d'électricité et de désir dans tout mon corps.

— Je prends mon temps avec tout ce que je fais, tu sais. Que ce soit pour le travail ou pour le plaisir. Je veux faire les choses bien, pas à la va-vite.

Je lui prends les fesses et l'attire contre moi.

— Ça me plaît.

Il prend ma mâchoire et son pouce caresse ma joue.

— Tu ne m'as pas empêchée d'apprécier les autres femmes.

Mon visage se décompose et je laisse retomber mes bras.

— Charmant. Exactement ce que je voulais entendre.

Il prend mon visage entre ses mains et ajoute :

— Mais je ne t'ai jamais oubliée.

— Oh, lâché-je, l'impression d'avoir cessé de respirer.

Il laisse tomber ses mains sur mes épaules, les fait descendre le long de mes bras et jusqu'à mes mains, qu'il étreint fermement.

— Ça a été un coup dur, d'apprendre que tu étais mariée, et que je n'aurais jamais d'autre occasion d'être avec toi, pour voir ce qui aurait pu se passer. Et pourtant, tu es là.

— Je suis là.

Il sourit contre mes lèvres.

— Tu veux que je ruine à nouveau ta vie ?

— Oui, dis-je en passant mes bras autour de son cou. J'ai envie de toi.

Il marmonne un juron, puis sa bouche se plaque contre la mienne. Son baiser est brûlant et exigeant, et le monde entier s'efface alors que le désir grandit en moi. Ses doigts s'enfoncent dans mes cheveux alors que son autre main se referme sur mes fesses pour me presser tout contre lui. Je veux juste me rapprocher encore. J'ai envie de fusionner avec lui. Je sors sa chemise de son jean et glisse les mains le long de son dos large, désirant sentir ma peau contre sa peau. Le mouvement de ses muscles durs me donne envie de le caresser plus, d'en voir plus, d'en goûter plus.

Il rompt le baiser et enroule mes cheveux dans son poing, avant de tirer pour exposer mon cou. Je vibre presque d'impatience alors qu'il penche la tête et que ses lèvres effleurent délicatement ma gorge ; puis il ouvre la bouche et ses dents se frottent contre moi. Je frissonne. Il y a quelque chose, dans sa manière de manipuler mon corps, que je n'ai jamais oublié. Il est assuré et autoritaire, il me consume, mais avec un pouvoir restreint, qui me laisse savoir qu'il se montre aussi délicat que possible avec moi. Qu'il me chérit.

— Tu es prête pour cette intimité ? demande-t-il d'une voix tendue.

— Seigneur, oui.

Il me prend la main et me guide jusqu'au canapé. Bizarre Je croyais que nous irions dans l'une de ses trois chambres. Un appartement de trois chambres, c'est parfait pour une famille.

Il s'assoit, et je m'installe sur lui, chevauchant ses genoux. Il me soulève aussitôt par la taille pour me déposer sur le canapé à côté de lui.

Je reste là, complètement perdue. Qu'est-ce qu'il vient de se passer ?

— Dis-moi tout ce qu'il y a à savoir sur toi, ordonne-t-il.

— Qu'est-ce qui est arrivé à ta promesse de ruiner ma vie ?

— Il y a des priorités. Concentre-toi, Ariana. Dépêche-toi de tout me dire.

Je baisse les yeux sur son jean, qui est tendu autour de son énorme érection. Il raie toutes les conditions de la liste, comme je lui ai dit que je le voulais : nous devons d'abord apprendre à nous connaître. Pourquoi est-ce que j'ai dit ça ? Je veux juste qu'il me fasse grimper aux rideaux. Est-ce que je peux dire ça sans avoir l'air d'une fille en manque et excitée ? Bon sang, je suis en manque et excitée. Le fait que je n'ai plus été avec un homme depuis mon ex, il y a plus de sept mois, n'arrange rien.

— Je sens que tu n'es pas complètement embarquée dans cette histoire d'intimité, remarque-t-il d'un ton emprunt d'un calme et d'une patience absolus. C'était *ton* idée.

Je prends sa main et la pose en haut de ma cuisse.

— La première chose que tu dois savoir à mon sujet, c'est que je n'ai plus été avec un homme depuis plus de sept mois.

J'écarte les jambes et regarde droit devant moi, en espérant qu'il comprendra le message.

— Ça fait trois mois, pour moi, répondit-il en écartant lui aussi les jambes.

J'hésite entre rire et hurler de frustration. Clairement, il essaie de partager lui aussi des confidences pour m'imiter, et c'est digne d'éloges. Mais d'un autre côté… je fais remonter sa main le long de l'intérieur de ma cuisse.

— Est-ce que tu pourrais juste…

— Quoi ?

— Je ressens cet élancement.

Il hausse un sourcil.

— Et ?

Mes joues se réchauffent.

— Et est-ce que tu pourrais, euh, me donner un coup de main, s'il te plaît ?

— Si je peux te donner un coup de main ? répète-t-il en prenant un air perplexe.

Oui ! Caresse-moi !

Je suis assez désespérée pour m'expliquer plus en détail :

— Oui, tu sais… ah !

Je me retrouve soudain étendue sur le dos, parce qu'il vient de me tacler. Il se dresse au-dessus de moi et sourit.

— Tu es excitée, vilaine fille.

Ses lèvres se posent sur les miennes et il se place entre mes jambes ; l'érection sous son jean frotte exactement où j'en ai besoin. Un gémissement m'échappe, mes ongles s'enfoncent dans ses épaules et je lève les hanches pour en obtenir plus. Il ne donne aucun signe de vouloir nous déshabiller, lui ou moi ; au lieu de ça, il m'embrasse avidement, baisse la main pour prendre mon sein et me caresse à travers mon tee-shirt, avant de passer au-dessous. Ses doigts se glissent sous mon soutien-gorge et pincent mon téton durci. Il se frotte contre moi et je vois des étoiles. Puis il n'y a plus rien d'autre que sa bouche qui dévore la mienne et ses hanches qui se frottent contre moi alors que mon ventre devient brûlant et se contracte étroitement. Je suis si près.

Il écarte les hanches des miennes et je suis sur le point de protester, quand il défait rapidement le bouton et la braguette de mon jean, le baisse, retire mes chaussures puis mon jean, et reviens finalement vers moi tout en glissant une main dans ma culotte. J'émets un grognement bruyant à cette caresse intime dont j'avais tellement besoin.

— Tu es tellement mouillée, dit-il tout en enfonçant les doigts en moi.

J'étouffe un petit cri, puis je me mets à haleter alors qu'il va et vient en moi. Le désir se contracte en moi, de plus en plus brûlant. Il se déplace, et le talon de sa main applique exactement la pression suffisante, frottant lentement alors que ses doigts me caressent de l'intérieur. Soudain, je vacille tout au bord du précipice.

— S'il te plaît, s'il te plaît, gémis-je alors que le désir me submerge.

Il presse les lèvres contre mon cou. Des baisers brûlants, la bouche ouverte, remontant jusqu'à mon oreille alors que ses doigts s'activent avec expertise, selon un rythme de plus en plus rapide. Je gémis doucement et mes doigts de pieds se crispent alors que tout mon corps se contracte autour de ses doigts.

— Lâche prise, m'ordonne-t-il avant d'enfoncer ses dents dans mon cou pour me mordre brutalement.

Tout mon corps sursaute et j'explose, un plaisir chauffé à blanc affluant en moi et crépitant jusque dans mes doigts de pied. Il ralentit ses caresses et me murmure des compliments alors que je savoure l'orgasme le plus délicieux de ma vie. Je m'écroule sur le canapé, à bout de forces.

Sa main s'écarte et il m'embrasse la mâchoire, la joue, les lèvres.

— Magnifique.

— J'avais tellement besoin de ça, annoncé-je.

— Je crois que je commence à comprendre comment partager une intimité avec toi.

Je lui prends la tête et embrasse sa bouche souriante. Il me soulève et me porte jusqu'à sa chambre. Je pose la main sur son biceps au muscle ferme, dans une hébétude rêveuse. Il me pose sur mes pieds à côté de son lit et fait passer mon pull à col boule par-dessus ma tête.

Il laisse échapper une respiration sifflante alors qu'il m'examine.

— Sexy, dit-il, avant de poser la bouche sur la mienne.

Il glisse ses mains de mes hanches à mes flancs et jusqu'à mes seins. Mes doigts s'activent maladroitement sur les boutons de sa chemise. J'ai besoin de le sentir contre moi peau contre peau. Il rompt le baiser, écarte ma main et déboutonne sa chemise, son regard brûlant ne quittant jamais le mien.

Je porte les mains vers son jean, le déboutonne et descends sa braguette pour libérer son érection épaisse. Puis je tombe à genoux et l'embrasse à travers son caleçon. Il pousse un grognement. Je baisse son jean et son caleçon, et il m'aide en ôtant ses chaussures, avant de finir de se déshabiller. Finalement, il est exactement comme je le veux, et j'enroule fermement ma main autour de lui pour le caresser de haut en bas. Ses doigts s'accrochent fermement à mes cheveux. Je me lèche les lèvres, avant de le prendre entièrement dans ma bouche. Il grogne à nouveau. Je continue, savourant son goût et le son de son plaisir. Je le regarde rejeter la tête en arrière et fermer les yeux.

Quelques minutes plus tard, il tire vivement sur mes cheveux.

— Ariana.

Je lève les yeux vers lui, et son regard se rive au mien.

— Oui ?

Il laisse échapper un grognement étranglé, puis me hisse sur mes pieds et colle sa bouche contre la mienne. En quelques secondes, mon soutien-gorge et ma culotte ont disparu, et il jette mon tee-shirt de côté avant de me pousser sur le matelas.

— Je ne te mettrai pas enceinte tant que tu ne seras pas à moi, dit-il avant de récupérer un préservatif dans la table de chevet.

Une étincelle de joie pure s'allume en moi en entendant qu'il est aussi ouvert à l'idée d'avoir un bébé, même s'il veut attendre, à raison. Il veut une famille et au fond de moi, aussi effrayée que je sois à l'idée de risquer mon cœur, c'est ce que j'aimerais aussi. Je suis sûre que quand les effets de l'orgasme se dissiperont, je trouverai l'idée de notre engagement futur alarmante, mais à cet instant, je sus exactement là où je veux être.

— Écarte les jambes, bébé, dit-il d'une voix rocailleuse.

J'ouvre les jambes et il émet un grognement alors qu'il m'examine. Un instant plus tard, il me recouvre de son corps, et la sensation de sa peau contre la mienne me fait pousser un soupir de soulagement, aussitôt suivi d'un soupir quand il s'enfonce entièrement en moi. Il lève la tête et m'observe tout en se retirant lentement et presque entièrement, avant de me pénétrer à nouveau brutalement. Nous émettons tous les deux un grognement.

— Encore, dis-je en levant les hanches.

Il agrippe fermement ma hanche d'une main tout en s'enfonçant, et l'intensité grandit en moi alors qu'il accélère le rythme. J'entends son souffle rauque dans mon oreille.

— C'est si bon d'être avec toi.

Je frémis.

— Pour moi aussi.

Il se retire brusquement et se déplace pour venir s'agenouiller entre mes jambes et lever ma cheville sur son épaule. Il marque une pause le temps de déposer un baiser sur mon mollet, puis soulève mon autre cheville sur son autre épaule. Il agrippe fermement mes hanches et me pénètre profondément, me coupant le souffle.

— Oh Seigneur, lâché-je d'une voix râpeuse.

Puis je perds les mots alors qu'il s'enfonce profondément

encore et encore. Un plaisir intense se répand dans tout mon corps alors qu'il touche précisément le bon endroit. Mes yeux roulent dans mes orbites et mes doigts agrippent les draps.

— Regarde-moi.

Je fais un gros effort pour me concentrer sur lui. Son corps large et musclé me surplombe, et je sens toute sa puissance et sa force lorsqu'il s'enfonce à nouveau profondément ; je n'ai jamais rien ressenti de tel. Un élancement et une pression incroyables. m'envahissent, avec une intensité grandissante qui me donne envie de me rapprocher encore. Mais je ne peux pas bouger, prise dans son étreinte. Proche. Je suis si proche.

Il me pilonne profondément encore et encore, et la pression grandit à chaque coup de reins. C'est trop. *J'ai besoin, j'ai besoin de plus.* Je ne peux articuler le moindre mot. Ma respiration est saccadée et haletante. Nos corps sont couverts d'une pellicule de sueur. Ses yeux sont rivés aux miens, et les tendons de son cou sont contractés de retenue alors qu'il glisse les doigts entre mes jambes et me caresse. Je rejette la tête en arrière et un léger son plaintif s'échappe de ma gorge alors que mon corps se raidit sous lui.

Sa voix grave et rauque m'encourage alors qu'il me pilonne et que ses doigts me caressent de plus en plus vite.

— Ouvre les yeux, Ariana. Tu sens à quel point ton corps m'appartient, à cet instant ?

— O… oui, dis-je en me forçant à ouvrir les yeux.

Il adoucit ses caresses et je tremble. Il s'enfonce profondément et s'immobilise tout en me caressant légèrement avec ses doigts.

— Tu aimes ça.

Ce n'est pas une question. Je suis brûlante, je frissonne, j'éprouve une douleur lancinante et j'arrive à peine à réfléchir.

Ses doigts s'immobilisent et je hurle presque.

— Dylan.

Je voulais prendre un ton de protestation, mais cela ressemble plus à un gémissement.

— Tu veux jouir maintenant ?

— Oui.

— Regarde ce que je te fais.

Je baisse les yeux et vois l'endroit où nous sommes liés, au moment où son sexe épais s'enfonce profondément et où ses doigts me caressent avec expertise. Un son bas grandit du fond de ma gorge alors que je me mets à trembler de désir.

Des gouttes de sueur se forment sur son front, et je vois que cela lui coûte de garder le contrôle.

— Fais-le, le supplié-je presque.

Il s'immobilise à nouveau, enfoncé au plus profond de moi, et lève une main pour prendre mon sein ; son pouce frotte le téton durci d'avant en arrière. Je baisse une main pour me caresser, dans un besoin désespéré de soulagement, et il m'attrape le poignet.

— Je suis le seul à pouvoir te toucher.

Je croise son regard rivé aux miens et un gémissement plaintif m'échappe. Je le sens grossir et durcir en moi. J'entrouvre les lèvres quand il glisse à nouveau les doigts sur moi pour soulager l'élancement.

— Oh Seigneur, oui.

Je reconnais à peine ma propre voix désespérément excitée.

Il pousse un grognement et s'enfonce brutalement. Un éclair passe devant mes yeux. Il me martèle de toutes ses forces et je perds l'esprit, je perds tout contrôle. De légers cris s'échappent de ma gorge et tout en moi se contracte à mesure qu'il m'écarte de plus en plus de ses profonds coups de reins.

Je cède en hurlant, et des frémissements secouent mon corps alors qu'une vague de plaisir infinie me submerge.

— Ouiii, siffle-t-il.

Puis il agrippe mes hanches à deux mains et s'enfonce par à-coups brusques et vifs. Le plaisir explose en moi à chaque coup de reins, puis il lâche prise avec un long grognement bas.

J'essaie de reprendre mon souffle et ferme les yeux, épuisée et tremblante.

Il retire délicatement mes chevilles de ses épaules et se retire. Mes jambes sont tremblantes et je reste étendue, sans force. Le matelas remue lorsqu'il descend du lit. Quelques instants plus tard, il est de retour, et se glisse sous les couvertures. Il m'attire vers lui pour que nous soyons couchés côte à côte, poitrine contre poitrine. Je me blottis contre sa chaleur et passe un bras et une jambe sur lui.

— Comment te sens-tu ? demande-t-il en repoussant mes cheveux de mon visage.

— Merveilleusement bien.

Il émet un petit rire.

— Bien. Nous sommes adaptés l'un à l'autre.

— À peine.

Il me relève le menton, une étincelle d'amusement dans les yeux.

— Tu essaies de me dire que je suis monté comme un cheval ?

— C'est peut-être juste parce que ça faisait longtemps, pour moi.

— Sûrement les deux, répond-il en me mordillant la lèvre inférieure.

— Je ne m'en plaindrais pas.

J'aplatis ma paume sur son torse, savourant le jeu de muscles durs.

— C'était déjà intense la première fois, il y a si longtemps, et ça l'est encore plus maintenant. Tu crois que ça grandira en intensité à chaque fois ?

— C'est intense parce que nous allons bien ensemble. Tant que ce sera le cas, évidemment que ce sera intense. C'est pour ça que j'ai fui la première fois. Je n'avais jamais rien ressenti de tel.

Je m'immobilise.

— Vraiment ? C'est pour ça que tu as fui ? Je croyais que tu étais parti parce que tu avais eu ce que tu voulais.

— C'est *toi* qui as eu ce que tu voulais, et j'ai souffert d'une crise de manque sévère pendant des mois, après ça. Qu'est-ce que j'étais censé faire, te suivre dans ta fac en Californie ?

— Oui !

Il m'embrasse le front, le nez, puis les lèvres.

— Ce n'était pas le bon moment. Je savais que tu devais te

concentrer sur tes études, et que je ne ferais que te retenir. Je n'aurais jamais pensé que tu te marierais aussitôt sortie de la fac, et que tu resterais là-bas.

— Je ne peux pas dire que je regrette mes choix. Ils me convenaient parfaitement, à l'époque.

Je me blottis contre son torse et pousse un soupir.

— Mais les choses n'ont pas tourné comme je le croyais, et parfois, la vie peut être cruelle.

— C'est vrai, répond-il en resserrant ses bras autour de moi. Reste ici pour la nuit.

Je souris.

— J'ai un peu l'impression de ne pas avoir le choix, étant donné comment tu me serres contre toi.

Il relâche son étreinte, recourbe la main autour de ma nuque et m'embrasse tendrement.

— Je voulais prendre mon temps avec toi. Reste pour la nuit, et je te montrerai comme je peux être lent et minutieux.

Je ris, un son étourdi et heureux.

— Je ne crois pas que j'y survivrai. C'était déjà bien assez lent et minutieux. Tu m'as fait perdre la tête.

Il ne me rend pas mon sourire, et arbore une expression intense.

— Est-ce que tu perdais la tête avec ton ex ?

— Jamais.

Sa main me caresse le dos, avant de prendre mes fesses.

— Bonne réponse.

— C'est la vérité.

— Je n'avais pas l'intention de nous amener là aussi vite. Je croyais qu'on allait discuter un moment.

— C'est dur, de lutter contre l'alchimie. Je suis heureuse qu'on se soit simplement lancés. Je ne me suis plus sentie aussi bien depuis très longtemps.

Il garde le silence, alors que sa main me caresse le dos de haut en bas. Je ne sais comment, cela me détend et m'excite en même temps. Tout est lié à cette drôle de dynamique entre nous, et au fait de nous connaître sans vraiment nous connaître. D'être familiers l'un de l'autre, tout en ressentant la nouveauté entre nous.

— Nous savons que nous sommes compatibles au lit, dit-il.

— Ouais.

— La prochaine étape est de voir si nous sommes compatibles concernant le fait de vivre ensemble.

Je me hisse sur un coude.

— Tu veux vraiment que j'emménage ici ?

— Ça me paraît la prochaine étape logique, avant le mariage et le bébé. Dans environ deux mois, nous devrions savoir si ça colle.

La réalité me rattrape sournoisement, faisant battre mon cœur et tourbillonner mes pensées. Soudain, tout me paraît différent, maintenant. Réel. Comme une relation. Attendez.

— Ce n'est pas le développement naturel d'une relation amoureuse ?

Il esquisse un sourire en coin.

— Le développement naturel, ce serait de boire un verre, de dîner ensemble, de sortir ensemble de coucher ensemble, d'emménager dans la même maison, de se marier et d'avoir des enfants. Tu as commencé par les enfants, et j'ai dû nous faire aller à reculons à partir de là.

Il me donne une légère tape sur les fesses, et j'émets un couinement.

Je me concentre à nouveau sur la rapidité alarmante à laquelle cette relation évolue.

— Mais tu brûles les étapes.

Une étincelle brille dans ses yeux bleus.

— Eh bien, tes ovules ne rajeunissent pas.

Je lui donne une tape sur l'épaule et il sourit, avant de rouler sur moi pour enfouir son nez dans mon cou. Je pousse un soupir et enroule mes bras autour de lui. Je ne suis pas habituée à tant de contact physique, mais je commence à apprécier ça. Il remonte le long de mon cou en me mordillant et en m'embrassant, et je frémis. Je sens son sourire contre mon cou, puis il dépose des baisers brûlants et profonds jusqu'à mon oreille.

Je joue avec les cheveux doux et épais sur sa nuque alors

que le désir s'éveille en moi. Comment réussit-il à faire ça aussi facilement ?

Il lève la tête.

— Amène toutes les affaires que tu veux. Fais comme chez toi. On verra comment on s'en sort, hein ?

Je me fige. Je suis certaine de vouloir un bébé sans tarder. Mais je ne suis pas sûre d'être prête pour ce genre d'engagement, pas aussi tôt.

— Je serai loin de te rendre aussi folle que tes parents, dit-il.

Puis il m'embrasse pendant si longtemps que je fonds contre le matelas. Il se déplace, dépose des baisers le long de ma clavicule, puis plus bas ; sa grande main se referme autour de mon sein et le porte à sa bouche. J'arrête de respirer quand son regard croise le mien, tandis que ses lèvres effleurent mon téton durci et douloureux.

— Je n'ai jamais vécu avec une femme jusqu'alors, dit-il, et ses paroles provoquent un souffle chaud sur ma peau. Je fais une exception avec toi, parce que tu es si sexy.

Je tire sur ses cheveux et m'arque en arrière, parce que j'ai besoin de sentir sa bouche sur moi.

— Ariana, dis-moi à quoi tu penses en ce moment.

— J'ai tellement besoin de toi. J'ai besoin de sentir ta bouche sur moi, tes mains sur ma peau, ton sexe au plus profond de moi.

— Putain. J'ai besoin de ça aussi, bébé.

Il remonte et se soulève sur les avant-bras au-dessus de moi.

— Mais j'ai besoin de savoir ce que tu ressens à l'idée d'emménager ici.

Je scrute son visage, et il me paraît parfaitement calme. Il est prêt à se caser. Je déglutis avec difficulté et laisse retomber mes mains.

— J'ai peur. Ça me paraît rapide.

— C'est rapide, et ça ne l'est pas. Nous nous connaissons depuis longtemps. J'ai raté ma chance avec toi une fois, et je ne veux pas la rater encore. Je veux faire partie de cette famille que tu veux fonder.

— Comment pourrais-tu vouloir ça ?

— C'est ce que je veux, c'est tout.

L'adrénaline me parcourt les veines, et mon regard dévie derrière son épaule alors qu'un tourbillon d'émotions me submerge. J'ai envie de lui. J'ai envie d'un bébé. J'ai envie de prendre le risque, parce que ça pourrait en valoir la peine. Je suis la seule à blâmer pour cette course vers une relation hors de contrôle, parce que c'est moi qui ai évoqué la possibilité qu'il soit le père de mon bébé. Je n'arrive plus à séparer les deux dans ma tête, maintenant. Mon envie de bébé, et de Dylan en tant que père. J'ai juste besoin de me décider à me lancer. De risquer mon cœur encore convalescent. Il n'y aura pas de bébé tant que je ne me serais pas engagée envers lui, de toute façon. Il me l'a indiqué clairement. Oh Seigneur. Ma bouche devient sèche.

Je pourrais toujours garder un pied dehors.

Je pourrais m'en aller, même maintenant. Je ne suis pas obligée de passer la nuit avec lui. Si je le repoussai, il me laisserait faire. Sauf que c'est trop agréable de l'avoir là pour que je le repousse.

Sa grande main me prend la mâchoire pour me faire reporter mon regard sur lui, et je suis fascinée par l'intensité de son expression, une ardeur qui me coupe le souffle.

— Je t'ai déjà dit que je veillerai sur toi, et je le pensais, dit-il d'une voix réduite à un grognement rauque. Tu n'as pas à avoir peur. Je te protégerai quoiqu'il en coûte, même de moi-même.

Je cligne des yeux, et la tension que je ressentais s'apaise un peu à ce farouche sentiment protecteur qu'il exprime.

— Oh, lâché-je, parce que c'est tout ce que je peux articuler.

— Enroule tes bras autour de moi si tu es partante.

Mes bras obéissent avant que mon esprit ait eu l'occasion de protester. Puis il pose sa bouche sur la mienne, et je suis perdue, je me noie dans les sensations. Il prend à nouveau le contrôle, et mon corps accepte ce que ne peut admettre mon cœur. Je suis à lui.

9

———————

Ariana

Quand je rentre à la maison le lendemain matin, je remplis une petite valise. Cela suffira à me faire tenir une semaine. Je me dis que ce sera comme des vacances. Une semaine sur la terre étrangère de Dylan, et ensuite, je pourrais revenir. Maintenant, il est temps de passer à la partie la plus difficile : annoncer la nouvelle à mes parents. Ils sont d'avis que les gens ne devraient pas vivre ensemble avant le mariage, parce que pour eux, cela revient à « jouer à la dînette » et à faire étalage du sexe avant le mariage, qui ne s'accorde pas à notre religion. C'est dur, de suivre ce qui est un péché ou non, ici. Je veux dire, ils m'ont donné leur feu vert pour que je découche, après tout. Non pas que j'aie besoin de leur permission.

Nous sommes samedi en fin de matinée, ce qui signifie que ma mère a préparé un petit-déjeuner complet, et qu'ils le mangent ensemble. Leur exemple me donne de l'espoir. Ils apprécient la compagnie l'un de l'autre. Ma mère est fougueuse et pleine d'énergie ; mon père est doux et décontracté.

Ça fonctionne.

Je pose ma valise devant la porte d'entrée et retourne dans la cuisine.

— Bonjour.

— Bonjour, répond mon père.

— Je suppose que tu as passé un bon moment avec Dylan, lance ma mère avec un grand sourire.

Je m'efforce de ne pas rougir.

— Très bon, merci.

Je prends une assiette et me sers quelques pancakes aux myrtilles, des œufs brouillés et du bacon. J'adore le petit-déjeuner du samedi matin.

Je m'assois à la table et j'attaque mon assiette. J'aborderai le sujet de mon départ chez Dylan pendant une semaine quand j'aurai fini de manger. Je ne m'attends pas à ce que ce soit une conversation facile.

Je sens leurs regards sur moi.

Je me lève d'un bond et me sers une tasse de café, ainsi qu'un grand verre d'eau. Dès que je me suis rassise, ma mère prend la parole.

— Donc, apparemment, ce n'était pas qu'un dîner d'affaires. Tu ne regrettes pas de ne pas avoir porté une jupe, maintenant ?

Je mâche et avale.

— C'était un dîner d'affaires, mais on s'est mis à discuter et, tu sais, à se remémorer le bon vieux temps.

Mes parents échangent un regard entendu. Oups. J'avais oublié qu'ils savaient ce qu'il s'était passé au bon vieux temps.

Je bois une gorgée de café, puis annonce :

— Je vais être consultante pour son entreprise. Il est directeur général, maintenant, et il veut se diversifier de la construction pour se tourner vers le développement immobilier.

— Tu as trouvé un travail ! s'exclame mon père. Félicitations !

Ma mère lui adresse un regard noir.

— Elle a compliqué les choses. Elle ne peut pas travailler pour lui et sortir avec lui.

Elle se tourne à nouveau vers moi et me demande :

— Pourquoi avoir semé la confusion comme ça ? Je croyais que ton objectif était d'avoir un bébé, et donc un mari.

— Il me l'a demandé, dis-je en recommençant à manger.

Je ne mentionne pas que je vais travailler gratuitement, en échange de sa coopération dans d'autres domaines. Ma mère est une bombe à retardement, et j'aimerais profiter de ce dernier repas fait maison avant qu'elle n'explose.

— C'est une bonne nouvelle, Donna, dit mon père à ma mère. Elle a bénéficié d'un enseignement remarquable. Elle doit s'en servir.

— Je sais qu'elle a un cerveau, répond ma mère. C'est une fille intelligente, mais maintenant, tout est plus compliqué. Il y a des règles, sur le lieu de travail. Tu n'as pas entendu parler du mouvement « hashtag me too » ?

Je relève vivement la tête. Ma mère est au courant de ça ? Je ne savais même pas qu'elle connaissait les hashtags. Elle doit sentir ma surprise, parce qu'elle se tourne vers moi.

— Oui, ta mère vit avec son temps. Tu crois que votre génération est la seule à être entrée dans l'ère digitale ? Je suis branchée.

Je lève une main en l'air.

— C'est génial, Ma.

Elle a la cinquantaine, mais elle est tellement vieux jeu que je ne pensais pas qu'elle appréciait internet. Elle croit plus en l'importance de l'église, du volontariat dans la section enfant de la bibliothèque et du fait de siéger au conseil de l'école.

Elle émet un bruit offusqué et le lève pour aller nettoyer ses couverts à l'évier. Mon père sirote son café sans rien dire.

Je termine mon repas pendant que ma mère nettoie la cuisine avec son efficacité habituelle. Mon père l'aide en essuyant les assiettes avant de les ranger. Ils ont leur routine.

Je me lève pour laver mon assiette et mes couverts. Ma mère me les prend avant que j'aie pu les rincer, pour s'en occuper elle-même. Je m'appuie contre le comptoir, prends une grande inspiration et crache le morceau :

— Alors, j'ai une bonne nouvelle. En plus d'avoir décroché un poste de consultante, je vais emménager chez

Dylan. On va juste faire un essai, vous savez, pour voir si nous sommes compatibles.

Devant le regard surpris identique de mes parents – yeux arrondis et mâchoire tombante –, je continue sans reprendre mon souffle :

— Il est prêt à se caser, et je suis prête à tenter le coup.

— Quand ? demande mon père.

— Aujourd'hui.

— Faire un essai ? s'exclame ma mère en agitant frénétiquement les mains en l'air. Tu étais censée lancer l'hameçon, pas te jeter dans le filet !

Je ne sais même pas comment répondre à ça.

— Elle va vivre dans le péché ! lance-t-elle à mon père.

Il tourne les yeux vers moi, avant de les reporter sur elle, l'air de ne pas trop savoir dans quel camp être.

— Ce n'est pas un péché, Ma.

— Oh, si c'en est un.

Elle tend vivement la main vers mon père et ajoute :

— Ton père et moi n'avons jamais vécu ensemble. Il m'a courtisée, et puis on s'est mariés. C'est comme ça que c'est censé se passer. N'est-ce pas, Tony ?

— Le temps ont chan… commence mon père.

— Dis ça au père Richards, le coupe-t-elle.

— Je suis désolée que tu voies les choses comme ça, commencé-je d'une voix égale. Mais…

Elle lève un doigt pour m'interrompre.

— Je parie que la mère de Dylan ne sera pas *du tout* contente de cette nouvelle, et je vais le lui dire ! lance-t-elle, avant de sortir de la cuisine à grands pas.

— Ma ! Attends ! m'exclamé-je en courant après elle.

Je suis surprise de la voir monter à l'étage, alors je la suis. Elle va dans la salle de bains, repousse ses cheveux de son visage et met du rouge à lèvres. Elle m'a appris à ne jamais quitter la maison sans rouge à lèvres.

Je croise son regard dans le miroir.

— Tu vas vraiment parler à Mme Rourke pour la première fois depuis des années pour ça ?

— Tu comprendras quand tu seras mère, répond-elle en se

détournant du miroir. Et j'espère que tu auras une fille qui te ressemble.

Elle dit ça comme si elle me lançait une malédiction.

— Moi aussi.

— Superbe, grommelle-t-elle avant de redescendre les marches.

Je la suis.

— Qu'est-ce que tu comptes dire à sa mère, exactement ?

— L'horrible vérité.

— Je viens avec toi.

— Fais-toi plaisir.

Je ressens l'envie de vérifier l'état de ma coiffure et de mon maquillage, mais je n'ai pas le temps. Je n'ai plus revu Mme Rourke en face à face depuis que j'étais petite, et maintenant, elle va peut-être devenir ma belle-mère très bientôt. J'ai envie de faire bonne impression. Mais je crois que je perdrai tout espoir de faire ça à l'arrivée de ma mère.

Cette dernière sonne à la porte d'à côté et attend, le menton levé et ses lèvres peintes en rouge pressées en une ligne fine.

C'est M. Rourke qui ouvre la porte. Une image de lui et Mme Rourke en pleine action sur le canapé passe brièvement devant mes yeux au souvenir de l'histoire détaillée de Dylan, mais je la repousse rapidement dans les recoins les plus sombres de mon esprit. Je me concentre plutôt sur le fait que Dylan lui ressemble beaucoup, sauf que son père a les tempes grisonnantes, qu'il a des rides autour des yeux et que ses iris sont d'une couleur aigue-marine saisissante. Mais il se tient de manière majestueuse, les épaules en arrière et la tête levée bien haut de manière fière et digne. Je l'imagine parfaitement en membre de la royauté, maintenant. Mes attentes quant à son identité, basées sur sa profession, ont biaisé mon point de vue. Évidemment, la dernière fois que je l'ai vue, j'étais une gamine. Il n'était pas le père de la maison d'à côté, qui travaillait dans un cabinet de construction. Il n'était pas si différent de n'importe quel autre voisin de la classe ouvrière.

Il fronce les sourcils.

— Bonjour. Est-ce que tout va bien ?

Ma mère secoue la tête.

— Malheureusement, non. Est-ce que Tara est là ?

— Vous voulez parler à Tara ? demande-t-il sans cacher sa surprise, avant de faire aussitôt un pas en arrière. Entrez, entrez. Je vais la chercher. Elle est en haut, en train de se préparer.

Il nous invite à nous asseoir dans le salon, mais ma mère refuse. Au lieu de ça, elle reste debout dans le vestibule. J'accepte l'invitation et m'installe sur un canapé moelleux et bleu foncé.

— Ça fait plaisir de te revoir, Ariana, dit M. Rourke. J'avais entendu dire que tu étais de retour.

— Merci, ça me fait plaisir aussi.

Il marque une pause, comme s'il voulait me poser une question. Probablement, qu'est-ce qui cloche chez ta mère ? Mais il semble changer d'avis et finit par monter à l'étage.

Quelques minutes plus tard, j'entends monsieur et madame Rourke descendre, et je rejoins tout le monde dans le petit hall d'entrée.

— Est-ce que quelque chose ne va pas avec Tony ? demande aussitôt Mme Rourke.

C'est mon père.

— Non, il va bien, répond ma mère d'une voix pincée.

Mme Rourke se tourne vers moi.

— Bonjour, Ariana. Je suis contente de te voir.

Dylan a hérité de ses yeux bleus perçants. Elle est assez jolie, avec ses cheveux brun foncé lisses et qui lui tombent sur les épaules, sa peau lisse et pâle et ces yeux remarquables. Elle est pleine d'une vitalité qui la fait paraître plus jeune que ses cinquante ans. Sa manière de s'habiller, avec un pull au col en V et à l'air doux et un jean noir serré, y est sûrement pour quelque chose. J'espère que j'aurais aussi bonne allure après avoir eu des enfants. Et elle en a eu six !

— Moi aussi, dis-je en souriant.

Elle se tourne à nouveau vers ma mère et fronce les sourcils. Cette dernière vibre presque de tension.

— Je peux vous offrir quelque chose à boire ?

— Non merci, répond sèchement ma mère. Il faut qu'on parle.

— D'accord. Et si nous nous mettions à l'aise au salon, propose-t-elle.

Elle adresse un regard entendu à M. Rourke, qui se joint à nous.

Ma mère s'assoit au milieu du canapé, et je m'assois à côté d'elle. M. et Mme Rourke s'installent sur la causeuse face à nous.

— Ça faisait longtemps, dit Mme Rourke. Comment allez-vous, vous et votre famille ?

C'est un gros euphémisme, et c'est très courtois de sa part d'ignorer la tension qui irradie de ma mère. Elle essaie d'arrondir les angles.

Ma mère se penche en avant et lance :

— Est-ce que vous êtes au courant de ce qu'il se passe avec nos enfants ? Dylan et Ariana comptent jouer à la dînette.

Mme Rourke hausse les sourcils.

— Je suis désolée, je ne comprends pas.

— Ils vivent dans le péché ! s'exclame ma mère en levant les mains au ciel. Chez lui ! Laissez-moi vous demander une chose : comment est-elle censée se trouver un mari comme ça ? Il ne l'épousera jamais. Pourquoi le ferait-il, alors qu'il a déjà tout ce qui l'intéresse, si vous voyez ce que je veux dire.

Mme Rourke écarquille les yeux.

— C'est la première fois que j'entends parler de ça. Je ne savais même pas qu'ils sortaient ensemble.

Elle se tourne vers M. Rourke et demande :

— Tu le savais, toi ?

— Je viens de l'apprendre, répond-il.

— Comment est-ce possible ? demande Mme Rourke. Ariana, tu n'es rentrée qu'à Noël, non ? Ça me semble un peu rapide. Tu n'es ici que depuis, quoi, trois semaines ?

— Nous vivons juste ensemble pour tester notre compati-bilité, expliqué-je. Ça ne fonctionnera peut-être pas. Mieux vaut ne pas perdre de temps et le savoir tout de suite. Nous nous montrons pragmatiques.

Tout le monde a les yeux fixés sur moi, alors je continue :

— Il y a un passif entre Dylan et moi. On se connaît déjà un peu.

— Un peu ? répètent ma mère et Mme Rourke à l'unisson.

— C'est mal, dit ma mère à Mme Rourke. Ils vivent dans le péché, et rien de bon ne pourra en sortir.

Mme Rourke m'étudie un instant.

— Tu ne viens pas de divorcer ?

— Il y a six mois ! s'exclame ma mère. Et ils étaient déjà séparés avant ça. Elle est prête à fonder une famille. Vous comprenez pourquoi je suis contrariée. Comment pouvons-nous nous attendre à avoir un petit-enfant s'ils se contentent de batifoler ? C'est mal, mal, mal. Il faut faire la cour, se marier, et ensuite avoir les petits-enfants.

Elles me scrutent toutes les deux, et soudain, je regrette que Dylan ne soit pas là pour s'expliquer. C'était *son* idée, de tester notre compatibilité en vivant ensemble. Je me serais contentée d'une donation de sperme. Mais nooon, Dylan ne veut pas entendre parler de ça. Il veut quelque chose d'au-thentique. C'est lui qui m'a invitée à venir chez lui et… mon esprit part à la dérive. La nuit dernière était très, très agréable. Sa chaleur et son poids merveilleux, ses grandes mains qui m'étreignaient, ses yeux bleus pétillants alors qu'il me souriait. Il a un très beau sourire. Je ne l'avais jamais beau-coup vu, jusqu'alors. Je l'ai rendu heureux. Ma poitrine se gonfle de fierté. J'aime vraiment l'idée de l'avoir rendu heureux. M. Rourke prend la parole, la voix pleine d'autorité.

— Ils sont adultes, dit-il.

Mme Rourke se lève pour venir s'asseoir sur le canapé, de l'autre côté de ma mère.

— Je comprends votre inquiétude, Donna. C'est trop rapide.

Ma mère hoche la tête.

— C'est un mauvais démarrage, et c'est voué à l'échec. Rien de bon ne pourra en sortir, et mon Ariana veut un bébé. C'est la raison même de son divorce. Son idiot d'ex ne voulait pas d'enfants. Il lui a volé sa jeunesse, je vous le dis ! Mainte-nant, elle a trente-et-un ans, ses ovules sont poussiéreux et elle est tellement désespérée qu'elle regarde des classeurs d'hommes anonymes ! Vous croyez que j'ai envie d'avoir les gènes d'un psychopathe dans ma famille ?

Mme Rourke cligne plusieurs fois des yeux et m'adresse un regard.

Je lève les mains en l'air.

— J'envisageais une banque du sperme.

Et j'avais déjà choisi le donneur parfait.

— Et maintenant, tu envisages Dylan ? demande Mme Rourke, abordant directement une vérité que je ne suis pas prête à partager.

— J'ai mis la banque du sperme en attente, pour voir comment ça va se passer avec Dylan, dis-je, et c'est la vérité.

Mme Rourke se tourne à nouveau vers ma mère.

— Je suis encore un peu sous le choc. Dylan ne s'est jamais engagé de cette manière.

— Quel engagement ? rétorque ma mère. Il obtient le lait gratuitement, et ma fille est sacrifiée à sa convenance comme une vache !

— Ma, je ne suis pas une vache !

— Ariana, cette conversation est entre moi et Mme Rourke, dit-elle, avant de se tourner à nouveau vers sa nouvelle alliée. Je veux des petits-enfants, et je suis sûre que vous aussi.

Le regard de Mme Rourke s'adoucit.

— C'est vrai.

Puis elle se penche vers moi et me dit en baissant la voix :

— Les hommes de la famille Rourke sont très fertiles. J'ai été mise enceinte six fois successivement, et bim bam boom, j'ai eu six garçons.

M. Rourke se lève et sort de la pièce en secouant la tête. Les mères ne remarquent même pas son absence et se mettent à parler à voix basse de l'âge et de la fertilité, et pourquoi est-ce que les jeunes attendent aussi longtemps, de nos jours ?

Je me racle la gorge.

— Ravie d'avoir pu discuter. Ma, on devrait y aller.

Elle m'ignore, et dit à Mme Rourke :

— Nous allons peut-être devoir aider à faire avancer les choses, pour atteindre notre objectif commun.

Mme Rourke étreint le bras de ma mère.

— Je suis parfaitement d'accord.

Je les regarde, assises l'une à côté de l'autre, unies pour la cause des petits-enfants. La guerre est-elle terminée ?

Tout ce qu'il leur fallait, c'était un objectif commun ? Incroyable !

Mme Rourke se penche derrière ma mère et me lance :

— Ariana, nous adorerions vous inviter à dîner, toi et Dylan.

— Oh, mer…

— Je veux qu'ils viennent dîner chez moi, réplique ma mère.

Mme Rourke hoche la tête.

— Vous les inviterez le samedi soir, et nous le dimanche.

Ma mère se hérisse.

— Le dimanche est la meilleure soirée pour les repas de famille. Tout le monde sait ça.

— Et si nous sortions tous ensemble au restaurant dimanche soir ? Propose Mme Rourke.

Ma mère balaie cette offre d'un geste de la main.

— Ce sera trop difficile d'obtenir une table pour tant de personnes.

— Juste nous six.

— Vous ne croyez pas que vous devriez inviter toute la famille ? demande ma mère.

Puis elle baisse la voix, mais je capte tout de même le mot « intervention. »

— Et si vous veniez tous dîner chez Dylan dimanche soir ? intervins-je.

Mme Rourke m'adresse un sourire encourageant.

— Tu veux dire chez *nous*, n'est-ce pas ?

C'est un essai. Je plaque un sourire sur mon visage.

Ma mère se détend et se tourne vers moi.

— Ce n'est pas une mauvaise idée. Qu'est-ce que je devrais apporter ? Je pourrais préparer ma salade aux trois poivres.

— Dylan aime beaucoup ma salade grecque, intervient Mme Rourke.

— Grecque ! s'exclame ma mère. Bah ! Qu'est-ce que vous y connaissez en nourriture grecque, une Irlandaise catholique comme vous ? Non, je vais préparer ma…

— Je m'occupe de faire la cuisine ! lâché-je.

Les deux femmes me dévisagent. Finalement, ma mère rompt le silence :

— Tu as appris à faire la cuisine en Californie, et tu as négligé d'aider ta mère une fois de retour à New York ?

— Je savais que ta cuisine serait meilleure, alors je me suis contentée d'en profiter, dis-je.

Ma mère se pavane, lisse ses cheveux et sourit d'un air hautain.

— OK, faisons comme ça, dis-je en me levant.

Ma mère se lève aussi, et je m'effondre presque de soulagement. Cette réunion affreusement embarrassante est enfin terminée.

— J'apporterai le dessert, dit ma mère.

— Je m'en occupe, insisté-je. Apporte juste ton sourire.

— Quelle gentille fille, remarque Mme Rourke en me souriant.

— Je sais, répond ma mère. Elle tient de son père pour ça.

Elle hoche une fois la tête et reprend :

— Tara, merci de m'avoir accueillie chez vous. On se voit demain soir pour notre objectif commun.

Oh. Je ne parlais pas de ce dimanche. Eh bien. Autant en finir au plus vite.

Mme Rourke m'adresse un sourire chaleureux.

— Je suis impatiente d'y être.

Ma mère se dirige vers la porte. Je dis rapidement au revoir et la suis. Je suppose que ça aurait pu être pire. Elle aurait pu livrer bataille à Mme Rourke, plutôt que de joindre ses forces avec elle. Ou elles auraient pu appeler le prêtre. Elles vont à la même église.

Juste au moment où je pense que nous sommes hors de danger, ma mère lance quelque chose à la sienne par-dessus son épaule :

— Ariana entendra raison. Je l'ai bien élevée.

Je grimace. Le sous-entendu « vous n'avez pas bien élevé votre fils » est bien perceptible dans cette remarque.

— Pareil avec Dylan, répond courtoisement Mme Rourke. Ce n'était pas son idée. Il n'a jamais vécu avec une femme jusqu'alors.

Ma mère se raidit.

— Allons-y, Ma, la pressé-je à voix basse.

Elle m'ignore et fait vivement volte-face.

— Votre fils a pris la virginité de ma fille. Chez moi ! Ne me dites pas que ce n'était pas son idée. Il a eu un avant-goût du lait et maintenant, il veut le reste gratuitement. Pas tant que je vivrai !

Mme Rourke écarquille les yeux.

— Quoi ? Quand est-ce que c'est arrivé ?

— Vous voyez, lance ma mère d'un ton suffisant, les fils sont comme ça. Ils vous cachent tout. Les filles vous disent tout. Discutez avec votre fils, Tara. Vous verrez ce qu'il en est.

Elle passe la porte à grands pas, l'air satisfaite d'avoir eu le dernier mot. Je n'ose pas regarder Mme Rourke derrière moi. Personne ne peut m'embarrasser autant que lorsque j'étais adolescente aussi bien que ma mère.

— Au revoir, Ariana, lance Mme Rourke. J'espère vraiment que ça marchera. Dylan est un homme bien, même s'il peut paraître un peu bourru, parfois.

— Je sais, dis-je en me tournant vers elle. Merci.

Puis, à ma grande surprise, elle s'élance en avant et me serre dans ses bras.

— Je ne pense pas que ce soit un péché, me murmure-t-elle à l'oreille. Je crois que c'est un pas dans la bonne direction. Je veux qu'il se case avec une gentille fille. Ne répète pas à ta mère que je t'ai dit ça.

Je ris, et elle me sourit, une lueur d'amusement dansant dans les yeux.

Quand je me dirige vers la porte, je me sens beaucoup mieux. Maintenant, je vais juste devoir dire à Dylan de se préparer pour l'invasion.

10

Dylan

Je retrouve Ariana sur le trottoir devant mon immeuble en m'attendant à trouver une voiture remplie de ses affaires, que nous devrons monter jusqu'à l'appartement. Au lieu de ça, elle sort vivement de la voiture, ouvre le coffre et en sort une valise à roulettes rouge. Du genre que vous emporteriez pour une sortie d'un week-end.

— C'est tout ? m'étonné-je. Tu as fait rentrer deux mois d'affaires là-dedans ?

— Je peux faire des lessives.

Bizarre. Selon mon expérience, les femmes ont beaucoup d'affaires, même lors d'un simple week-end de vacances. L'une de mes ex emportait tout un tas de tenues et de paires de chaussures, quand elle sortait, rien que pour avoir des « options ». Je me demande alors si Ariana n'a pas laissé toutes ses affaires en Californie, avec son ancienne vie. Je n'en parlerai pas, vu que je sais que son divorce est un sujet sensible. Mais égoïstement, je suis heureux que ce soit arrivé. Je croyais que je n'aurais jamais plus l'opportunité d'être avec elle.

Je prends sa valise, passe ma clef de sécurité et lui ouvre la porte.

— On ira te récupérer une clef lundi, quand le bureau sera ouvert.

Elle hoche la tête, l'air tendue. Est-ce qu'elle a des doutes ?

J'attends que nous ne soyons plus que tous les deux dans l'ascenseur, et que les deux personnes avec nous soient sorties au sixième étage, avant de demander :

— Comment tes parents ont-ils pris la nouvelle, quand tu leur as annoncé que tu déménageais ?

Elle grimace.

— Ils n'auraient pu être plus heureux, répond-elle d'un ton neutre.

— C'est parce qu'ils m'ont pardonné mon, euh, incartade passée ?

Elle presse une main sur son front.

— Ma mère a dit que nous vivions dans le péché.

— Elle est vieux jeu, hein ?

— Oui, répond-elle en laissant retomber ses mains.

— Quel est le problème ? Elle sait que nous l'avons déjà fait, grâce à ta confession de fille de dix-huit ans. Quelle différence ça fait ?

— Je ne prétends pas comprendre comment fonctionne son esprit. Tout ce que je sais, c'est qu'elle est certaine qu'on fait tout de travers en vivant ensemble, et elle s'est précipitée jusqu'à la porte d'à côté pour le dire à ta mère.

Je hausse les sourcils de stupéfaction.

— Elle a parlé avec ma mère ?

— Oui ! Nos méfaits les ont finalement réunies autour de la même cause.

Les portes de l'ascenseur s'ouvrent et je lui fais signe de passer en premier, avant de la suivre jusqu'à ma porte.

— Et c'est quoi, au juste ? Faire en sorte que nous ne vivions plus ensemble ? Qu'est-ce qu'elles peuvent bien faire ?

— Si tu sous-estimes ma mère, c'est à tes risques et périls, réplique-t-elle en me pointant du doigt.

Je la laisse entrer et dépose sa valise dans ma chambre.

Elle ne me suit pas, alors je fais demi-tour et la trouve dans la cuisine, par où nous sommes entrés, les mains serrées l'une contre l'autre. Son expression est tendue et son corps crispé. Je lui écarte les mains et les garde dans les miennes.

— Détends-toi. Nous sommes des adultes. Nous pouvons faire ce que nous voulons.

— Nos deux familles vont venir ici dimanche soir pour le dîner, annonce-t-elle d'un air lugubre. Et je parle de *demain* soir.

Je me fige.

— Pourquoi ?

— Parce qu'elles croient que nous sommes condamnés, si nous vivons ensemble aussi tôt, et qu'elles doivent arranger la situation si elles veulent avoir des petits-enfants un jour.

— Ma mère a vraiment dit ça ?

— En fait, ta mère m'a confié juste avant que je sorte que pour elle, le fait que nous vivions ensemble était un pas dans la bonne direction. C'était sympa de sa part. Elle a aussi dit que j'étais gentille.

Je passe les bras autour de sa taille avec un sourire.

— Clairement, elle ne te connaît pas très bien.

— Je suis gentille, réplique-t-elle en boudant.

Je penche la tête et l'embrasse jusqu'à ce qu'elle se détende contre moi, les doigts serrés sur mon tee-shirt. J'aspire sa lèvre inférieure dans ma bouche. Sa forme pleine me tente tout le temps.

— Tu ressembles à une gentille fille, mais au fond, tu es une femme épineuse et féroce.

— Épineuse, répète-t-elle.

— Oui, du genre à mordre sans aboyer pour prévenir.

Un éclair passe dans son regard brun et elle s'écarte.

— D'abord, ma mère me traite de vache, et maintenant tu me compares à un chien ?

— Oh, allez, c'est bien pire d'être comparé à une vache. Quel rapport entre toi et une vache ?

— Parce qu'on n'achète pas la vache quand on peut avoir le lait gratuitement ! s'exclame-t-elle avec un geste vif.

Devant mon regard confus, elle continue :

— C'est une métaphore sexuelle. Pourquoi est-ce que tu m'épouserais alors que tu peux m'avoir chez toi, où je t'offre du sexe chaque fois que tu en as envie ?

— Du sexe ? répété-je en riant.

— Oui ! C'est comme ça qu'elle pense ! Ah ! Je parle comme ma mère, maintenant. Je jure que je serai une mère tellement détendue. Elle m'a dit qu'elle espérait que j'aurais une fille comme moi, et je l'espère aussi.

— Elle t'a vraiment contrariée.

— Elle semble avoir cet effet sur moi, oui ! s'exclame-t-elle en levant les mains au ciel.

Je lui prends la main et l'attire à nouveau contre moi.

— Je ne crois vraiment pas que tu sois une vache ni un chien. Tu es une lionne, féroce et forte.

— Oh, lâche-t-elle, se détendant et levant les yeux vers moi. Ça me plaît assez.

J'enroule ses cheveux dans mon poing et tire pour exposer sa gorge. Je marque une pause suffisamment longue pour voir son pouls accélérer sur son cou, et je dépose des baisers le long de sa gorge. Puis je relâche ma poigne et lui murmure à l'oreille :

— J'adore avoir une lionne dans mon lit.

— Dylan, lâche-t-elle dans un souffle.

Je lui prends la mâchoire et caresse sa joue avec mon pouce.

— Oui ?

Elle se lèche les lèvres, le regard brûlant et la peau rougie.

— Nous étions censés tester notre compatibilité en vivant ensemble, pas seulement notre compatibilité au lit.

— Qu'est-ce que tu penses de la cuisine ?

Je la soulève sur l'îlot central, lui fais écarter les jambes et me rapproche, avant de plonger ma main dans ses cheveux. Elle entrouvre les lèvres, son pouls accélère de manière révélatrice sous la peau de son cou. Je place mon pouce à cet endroit, et recourbe les doigts autour de sa gorge. Je la tiens, maintenant.

Je l'embrasse brutalement, et elle émet un gémissement venu du fond de sa gorge. J'en veux toujours plus, et je réalise qu'elle m'a rendu complètement accro. Tout ce que je peux faire, c'est profiter du voyage, aussi longtemps que ça durera.

~

Ariana

C'est Dylan qui dit qu'on devrait se faciliter la vie et commander de la nourriture, pour le grand dîner/intervention familiale complètement dingue de dimanche. Mais c'est moi qui ai invité tout le monde, alors j'ai le sentiment de devoir faire un effort. Nous sommes les hôtes. Le problème, c'est que tout ce que je sais cuisiner, c'est des raviolis et de la sauce. Nous sommes dimanche matin, et nous revenons tout juste du supermarché du bout de la rue. Je laisse tomber mon sac à main dans le salon pendant qu'il transporte les courses dans la cuisine tout seul, et les dépose sur le comptoir. C'est un vrai M. Muscle, et il aime prendre les choses en main. Quelque chose, tout au fond de moi, sous mon indépendance naturelle, apprécie vraiment la façon dont il prend les commandes avec efficacité. C'est un leader naturel. Mes instincts primaires doivent parler, parce que j'aime ça beaucoup plus que je ne l'aurais cru.

— Alors, tu crois vraiment que trois paquets de ravioli congelés, c'est mieux que de commander ? demande-t-il.

— C'est la seule chose que je sais faire.

Je commence à vider les sacs, en rangeant la nourriture congelée en premier. Il secoue la tête en souriant.

— Quand tu as dit que tu savais faire des raviolis, je croyais que tu parlais de raviolis faits maison.

— Je les fais cuire. Ils sont congelés, et je les laisse tomber dans l'eau bouillante. Douze à quinze minutes plus tard, ils sont cuits.

Je ferme la porte du congélateur et me tourne vers les aliments à mettre au frigo.

— OK, ne le prends pas mal, mais… commence-t-il en sortant son téléphone. Je vais commander un sandwich géant et un peu de salade. Je ne peux pas simplement donner des raviolis congelés à mes frères.

Oui, nos mères ont invité *tout le monde*, même la famille de ma sœur, dans le New Jersey, mais ils n'ont pas pu venir, vu qu'ils devaient assister au championnat de basketball de ma nièce la plus âgée. De façon surprenante, tous les frères de Dylan ont promis d'être présents. Je crois qu'ils veulent être témoins de notre embarras. Sean a vu ma mère en action en tant que chaperon durant les voyages avec l'école, et il sait comment elle est.

Je pose une main sur ma hanche.

— Tes frères vont dédaigner des raviolis en sachet ?

— Non, ils vont les dévorer et ils auront encore faim après.

Il parle au téléphone et donne la commande, qui sera livrée plus tard, avant de raccrocher.

— Je ne comprends toujours pas très bien pourquoi ils ont été invités. La présence de nos parents n'est-elle pas amplement suffisante ?

Comme j'ai fini de ranger les aliments réfrigérés, je m'assois sur un tabouret de l'îlot et le regarde ranger le reste dans un petit placard.

— Oh, tu ne savais pas ? Ma mère considère ça comme un genre d'intervention. Toute la famille doit être présente, pour ça.

Il me fait un clin d'œil.

— Ne t'en fais pas, je m'occupe d'elle.

— Ah ! Tu crois ça, mais ça ne marchera jamais. Elle va te faire tourner en bourrique.

— Je suis un expert sur la manière de prendre les femmes en main, quel que soit leur âge.

J'ouvre la bouche, puis la referme. Sa manière de me prendre en main me laisse à bout de souffle. Je ne peux m'empêcher de repenser à hier, quand nous étions juste ici, sur cet îlot, et que j'ai perdu la tête ainsi que toutes les inhibitions que je pouvais avoir. *Seigneur*. Il me fait tellement d'effet.

Il pose la main sur ma nuque et m'embrasse.

— Tu ne peux pas dire le contraire, n'est-ce pas ?

— Tu ne pourras pas prendre ma mère en main comme tu le fais avec moi.

— J'ai de bonnes manières. C'est tout ce dont elle a besoin pour me manger dans la main. Contrairement à toi, vilaine fille.

Je suis trop bouleversée par l'imminence de ce soir pour sourire de sa taquinerie. Au lieu de ça, je pose les coudes sur l'îlot et laisse tomber ma tête dans mes mains. Il me frotte le dos.

— Je n'arrive pas à croire que nous devions nous justifier devant toute notre famille. Je veux dire, oui, c'est rapide, mais ils ne peuvent pas simplement nous laisser voir tous seuls comment ça va se passer ?

Je ne peux pas vraiment défendre notre relation, mis à part en expliquant que Dylan m'a promis une voie directe vers une famille, et que je suis prête à lui donner une chance, parce que je l'apprécie. Beaucoup. Il ferait un excellent père, il a de très bons gènes (royaux, en plus !) et il est bon avec moi. Pas seulement au lit. Enfin, nous avons passé la plupart de notre temps tout nu, mais même alors, il prend soin de moi comme si j'étais spéciale.

Je me redresse brusquement, alarmée. *Est-ce que je suis déjà en train de tomber amoureuse de lui ?*

Avant que j'aie eu le temps de paniquer, il se tourne vers moi et m'embrasse.

— Je suis un peu en pleine crise, là, dis-je en m'écartant. Tu peux m'accorder une seconde ?

— Bien sûr.

Il m'observe avec attention, et je me sens soudain stupide, à rester assise là, perdue dans mes pensées affolées. Je me lève.

— Faisons un truc divertissant, aujourd'hui, avant l'intervention.

— C'est exactement ce que je me disais.

— Je vais chercher mon sac à main.

Je me dirige vers la salle de bains, et pousse un cri de surprise quand il m'attrape par la taille et me jette sur son épaule. Tout l'air est expulsé de mes poumons. Il caresse mon derrière et une vague de chaleur me submerge, puis je me ramollis contre lui, parce que je sais qu'il me tient, et qu'il n'y a rien que je puisse faire ou penser à cet instant.

— Regarde ça, roucoule-t-il. Tu te détends déjà.

— C'est vrai.

Cela ne me dérange pas de l'admettre, parce que j'aime quand il me porte. J'aime même les fois où il me prend par surprise par ses étreintes et ses caresses affectueuses, parce que ça me vide la tête, et qu'elle est parfois pleine de pensées stressantes.

Il me porte jusqu'à la chambre et me dépose délicatement au centre de son lit king-size.

J'ouvre les bras pour lui. Il retire ses chaussures et me rejoint, puis tend les mains vers mes épaules. J'émets un couinement lorsqu'il me retourne sur le ventre, me prenant à nouveau par surprise. Il passe les mains le long de mon dos, me pince les fesses à deux mains, puis m'écarte les jambes et glisse une main chaude entre elles. Je ferme les yeux alors que l'élan de plaisir me laisse sans voix.

Il se déplace pour me soulever les cheveux et embrasser tendrement ma nuque. Je soupire et m'affaisse contre le matelas. Ses grandes mains s'attellent ensuite à me masser du cou jusqu'aux doigts de pied. Je suis si reconnaissante que je lâche presque « je veux avoir tes enfants ! » Mais cela rappelle trop notre futur potentiel, alors au lieu de ça, je pousse un gémissement de pur bonheur contre l'oreiller.

Quand il termine le massage, je suis si détendue que je me sens grisée. Il me fait rouler sur le dos et me fait asseoir ; je me contente de lui adresser un sourire qui doit être complètement stupide. Il me retire mes vêtements sans que je l'aide, puis se met à m'embrasser et me toucher des pieds à la tête. Il ne me chatouille même pas les doigts de pied. Chaque endroit qu'il touche enflamme ma peau.

Il remonte le long de mon corps et tient ma mâchoire dans sa grande main.

— Tu sais ce que j'aime, chez toi ?

— Quoi ?

— Ton complet abandon. Tu te contentes de te détendre et de lâcher prise.

— Seulement avec toi, dis-je doucement.

— Pourquoi ?

Il enfouit son nez contre mon cou, et j'incline la tête pour lui donner un meilleur accès.

— Parce que… je ne sais pas.

Il lève la tête.

— Dis-moi.

— Tu es fort, alors je ne crains pas que tu me fasses tomber, et je me sens en sécurité avec toi, alors je n'ai pas peur de ce que tu vas faire.

Il émet un grognement d'approbation à cette déclaration. Il m'a dit que j'étais en sécurité avec lui plusieurs fois, maintenant, alors je sais que c'est important pour lui. Un élan d'affection me submerge, parce qu'il est parvenu à réaliser l'impossible, et à rendre cette intimité possible pour moi.

— Je sais que quoi que tu fasses, j'adorerais ça.

Il prend ma joue sous sa paume.

— Tu es *vraiment* gentille. Comment ai-je pu rater ça ?

— Je t'avais dit que j'étais gentille. Déshabille-toi, maintenant.

Une chaleur s'allume dans ses yeux.

— Je veux que tu m'attendes à quatre pattes. Je vais tout te faire oublier à part mon nom.

Ma respiration s'accélère, et mon cœur pulse dans mes veines.

— J'ai envie de ça.

Un sourire lent et sexy apparaît sur son visage.

— Je le sais.

Il s'écarte de moi et se lève pour se déshabiller à côté du lit. Je commence à regarder, mais il m'adresse un signe du menton. Je me mets en position comme il me l'a demandé.

— Magnifique, dit-il d'une voix rauque. Écarte un peu plus les jambes. Je veux voir à quel point tu es prête pour moi.

J'entends le froissement du préservatif et fais ce qu'il me demande. Il marmonne un juron et, soudain, il est juste là, il me recouvre et se guide en position. Je soulève les hanches en une invitation silencieuse et suis rapidement récompensée lorsqu'il me pénètre brutalement. Il m'embrasse l'épaule, puis s'enfonce à nouveau. Je pousse contre lui, parce que j'en veux plus. Je veux l'oubli. Le néant de plaisir obscur qu'il m'apporte.

— Tu aimes quand je te baise fort, hein, vilaine fille ? dit-il d'une voix rocailleuse.

Il s'enfonce à nouveau brutalement, et j'articule un « oui. »

— Tu sais ce que j'aime ? me murmure-t-il à l'oreille tout en glissant la main vers le cœur de mon plaisir.

— Moi ?

— Oui, Ariana, toi, qui frémit contre moi et qui perd le contrôle. Tu veux que je t'emmène jusque-là ? Que je te fasse perdre la tête au point de me supplier ?

Il roule lentement des hanches, et un élan de plaisir remonte le long de ma colonne vertébrale, puis il me donne une bonne tape sur les fesses, qui fait sursauter tout mon corps.

— Oui, murmuré-je. Prends-moi.

Il étreint ma nuque tout en allant et venant lentement en moi. Je me baisse jusqu'à poser la joue sur l'oreiller et pousse un soupir tremblant.

Il prend encore et encore, et je donne avec un abandon total, tremblant sous lui alors qu'il s'enfonce brutalement et profondément et que ses doigts vicieux me rapprochent de plus en plus du précipice. Ma vision s'assombrit, et le plaisir est si vif que je halète, trempée de sueur. Il enroule son poing dans mes cheveux et me redresse de manière à ce que mon dos touche son torse alors qu'il me pilonne. Je me retiens à la tête de lit pour garder l'équilibre. Il enfonce ses dents dans mon épaule. Plus fort, plus vite, jusqu'à des sommets vertigineux. Je pousse un cri lorsque l'orgasme explose dans mon corps. Il pousse un juron tout en s'enfonçant violemment en moi ; ses doigts se referment sur mes tétons et il me pince vivement, me faisant basculer à nouveau avec une décharge d'intensité. Il s'immobilise et ses mains se font plus douces ; elles glissent le long de mes seins, de mon ventre, avant de se refermer étroitement entre mes jambes. J'émets un sifflement, encore sensible.

— Chut, dit-il dans mon oreille. Je vais te ramener sur terre en douceur.

Je gémis alors qu'il me caresse délicatement et que des décharges chauffées à blanc succèdent à chaque douce caresse.

— Encore une fois, grogne-t-il, avant de s'exécuter avant que j'aie pu articuler un mot.

Je plonge et me noie dans les sensations, avant de céder violemment.

— Putain !

Je rue brusquement contre lui, mais il me retient fermement alors que le plaisir se répand dans mon corps à toute vitesse. Des sensations électriques parcourent chacune de mes terminaisons nerveuses, me laissant haletante et couverte de fourmillements. Il me pilonne pour trouver sa propre satisfaction et, finalement, lâche prise avec un grognement.

— Bébé.

Il écarte mes cheveux en sueur de mon visage et me fait me retourner pour m'embrasser.

— Magnifique.

Il me relâche enfin, et je m'écroule sur le matelas. Il se déplace autour de moi, puis revient auprès de moi.

— Viens prendre une douche avec moi. On sent le sexe.

— Je ne peux pas bouger.

— L'eau va te réveiller.

— De l'eau, croassé-je.

Il comprend le message et revient bientôt avec un verre d'eau. Je m'assois et le bois en entier.

— Merci.

Je pose le verre sur la table de chevet.

— On devrait sûrement parler.

— De quoi ? demande-t-il en me caressant l'épaule.

— Je ne sais pas. J'ai l'impression d'avoir le cerveau grillé, mais c'est pour ça qu'on vit ensemble, n'est-ce pas ? Une relation, la communication, la confiance.

— Tu me fais confiance au lit.

— J'imagine.

Il m'attrape par les chevilles et tire jusqu'à ce que je me retrouve étendue sur le dos. Je n'arrive même pas à crier.

— Écarte les jambes.

Je m'exécute, même si je suis encore sensible.

Il embrasse tendrement mon sexe encore palpitant.

— Ta confiance mérite d'être récompensée.

— Dylan, s'il te plaît, gémis-je.

Je ne sais pas si je lui demande de s'arrêter ou d'aller plus loin. Mon corps et mon esprit ne sont pas d'accord.

Il sourit et se hisse au-dessus de moi.

— Je commence à devenir accro à tes suppliques.

Je passe les doigts dans ses cheveux et me sens à nouveau grisée, les membres relâchés et le corps bourdonnant. C'est de la pure euphorie, et je voudrais que cela ne s'arrête jamais.

— J'adore comment je me sens avec toi, mais on devrait apprendre à se connaître un peu mieux. À quoi est-ce que tu penses ?

Il se rapproche pour me parler à l'oreille, et ses mots projettent un souffle brûlant sur ma peau.

— Je me demande dans combien de temps je pourrais à nouveau te baiser.

Je frémis.

— C'est honnête, au moins.

— Tu vois comme on communique bien. Allez. On va prendre une douche, dit-il en descendant du lit.

Je reviens à la raison dès qu'il arrête de me toucher. Je relève les couvertures sur moi. Je ne me plains pas, mais nous sommes ici pour une raison, et nous n'étions pas censés avoir des relations sexuelles non-stop.

— J'ai besoin de temps pour réfléchir. J'en prendrai une après toi.

Il s'assit sur le bord du lit.

— Réfléchir à quoi ?

— À ce que nous sommes en train de faire, ici.

— Nous découvrons ce que c'est que de vivre ensemble.

Je secoue la tête.

— Nous découvrons combien de fois nous pouvons baiser en un week-end.

— J'adore t'entendre prononcer le mot « baiser ».

Il effleure ma lèvre inférieure avec son pouce et appuie au milieu.

— Je suis sûr qu'on finira par ralentir le rythme, mais pourquoi ne pas en profiter ? Tu as besoin d'aller quelque part ?

Je me redresse en position assise.

— J'ai besoin de savoir que tu me vois comme une personne, et pas juste un corps.

Il baisse les yeux sur ma poitrine lorsque la couverture tombe, et je la remonte jusqu'à mes épaules et la retiens.

— Mais une personne est un corps, réplique-t-il avec un sourire narquois.

— Il y a plus que ça, tu sais, à l'intérieur.

— Je sais, répond-il, les yeux pétillants.

Je laisse tomber la couverture et le contourne pour me rendre à la salle de bains.

— Je ne peux même pas parler avec toi.

— On est en train de parler, là, non ?

Je lève les mains au ciel. J'entends ses pas derrière moi, et mon cœur bas en rythme alors que je me prépare à l'impact.

11

Dylan

Je la rattrape alors qu'elle se dirige vers la salle de bains attenante, sa poitrine rebondissant devant elle. J'adore son caractère. Je suis naturellement agressif, au lit, et cela effraie certaines femmes, ou les rend nerveuses. Elle est imperturbable face à ça. Tout ce dont elle se soucie, c'est du fait que j'aie plus envie de la baiser que de lui parler. Ne voit-elle pas à quel point j'ai besoin d'elle ? C'est un sentiment intense, qui refuse de me lâcher.

Je la suis dans la salle de bains et admire ses fesses alors qu'elle ajuste la température de l'eau. Je me lance dans une conversation rien que pour lui faire plaisir, pendant qu'on attend de pouvoir passer aux choses sérieuses, nous nettoyant et nous salissant en même temps.

— Quelle est ta position du point de vue des toilettes ? Est-ce qu'on garde le mystère et ferme la porte, ou est-ce qu'on y va sans se soucier du reste, même quand l'autre personne est là ?

Elle hausse les sourcils et tourne la tête pour me regarder par-dessus son épaule.

— Je préférerais un peu de mystère.

— Ah. Les besoins naturels se font donc derrière une porte close. C'est bon à savoir.

Elle secoue la tête.

— Je n'arrive pas à croire qu'on est en train de parler de ça.

— On apprend à connaître les préférences l'un de l'autre.

Je veux qu'elle sache que je m'adonne à tout ce travail consistant à apprendre à nous connaître et auquel elle tient.

Elle entre sous la douche et je la suis.

— Dylan !

Je la déplace de manière à ce qu'elle profite mieux du jet d'eau chaude.

— Qu'y a-t-il de plus important quand on vit ensemble que de définir les limites ?

— Allô ? Les limites ? Tu es sous la douche avec moi.

— Oui. Nous avons tous les deux besoin de nous débarrasser de l'odeur de sexe avant que la horde arrive.

— Tu ne peux pas attendre que j'aie terminé ?

Je la retourne de manière à ce que son dos soit tout contre mon torse, puis je referme les mains sur sa poitrine et lui pince les tétons.

Elle gémit bruyamment.

— Qu'y aurait-il de drôle à ça ?

Je referme les dents sur le côté de son cou et, cette fois, elle gémit doucement. Je glisse mes doigts entre ses jambes et la trouve brûlante et mouillée. À cause de tout à l'heure ? Ou de maintenant ? Quelle importance ? Elle fond contre moi, ses bras agrippent mes avant-bras pour garder l'équilibre et penche la tête en arrière sur mon épaule. Je me déplace, presse ses paumes contre le mur et lui murmure à l'oreille :

— Bébé, je crois qu'on n'a pas encore fini de nous salir.

Je passe un bras autour de sa taille pour la maintenir en place et la caresse une fois, doucement, de mon autre main. Son genou fléchit, mais je la tiens fermement.

— Tu es avec moi ?

— Oui, répond-elle dans un souffle.

Sa voix douce me durcit encore plus.

— Je vais te faire jouir avant de te prendre, grogné-je dans son oreille.

Elle laisse échapper un soupir tremblant.

Et je tiens ma promesse, ce qui participe à la confiance entre nous.

Elle me supplie de lui donner ce dont elle a besoin, avant même que je le lui demande. J'appuie entre ses omoplates pour la faire se pencher en avant et la prends jusqu'à la garde. Elle émet un petit cri à cette pénétration profonde et je durcis encore plus, luttant pour garder le contrôle. Pas encore.

Je la caresse tout en allant et venant lentement et profondément, jusqu'à ce qu'elle émette des plaintes sous moi et se presse en arrière pour en demander plus. C'est alors que je la sens se crisper ; elle arque la tête en arrière et je me lâche, la pilonnant alors qu'elle bascule avec un cri sonore.

Je me retire à la dernière seconde. Pas de préservatif. Je m'en rends compte juste à temps. Je ne sais pas si à a une importance pour elle, mais ça en a pour moi. Si j'ai un enfant, il portera mon nom et naîtra dans une famille stable.

Je me nettoie et elle se retourne lentement, appuyée contre le mur et la poitrine se soulevant vivement. Sa peau est écarlate et elle a les yeux fermés alors qu'elle reprend son souffle. Un élan de possession brut me transperce. Je l'attire contre moi et embrasse le sommet de son crâne.

Elle fond contre moi et s'appuie contre mon torse.

— Je me sens tellement assoupie. Détendue.

— Bien.

Je récupère le savon et la nettoie, la rince puis, je fais la même chose avec moi pendant qu'elle m'observe, fascinée. Je sors en premier, me sèche et enroule une serviette autour de ma taille. Puis j'en prends une autre dans le placard à linge, la fais sortir, la sèche et l'enveloppe étroitement.

Elle sourit.

— J'ai l'impression d'être dans un cocon.

— Tu veux faire une sieste ou t'habiller ?

Je suis prêt à la laisser tranquille s'il le faut, même si je préférerais passer toute la journée au lit avec elle. Nous pourrions toujours prendre une autre douche.

— Une sieste, ce serait génial, répond-elle d'une voix presque pâteuse.

Je souris tout seul. J'ai fait du bon boulot. Je la soulève et la serre dans mes bras.

— Une lionne se repose toujours avant le grand moment.

— Tu parles du dîner ?

— Tu verras.

Elle me donne une petite tape sur le bras.

— Dylan ! Tu ne peux pas passer ton temps à penser au sexe. C'est très obsessionnel.

— Seulement quand tu es dans mon lit.

Elle pousse un soupir.

— Est-ce que tu vas me garder au lit pendant les deux prochains mois ?

— Non. Je te déplacerai un peu. Le comptoir de la cuisine, le mur, le canapé du salon. Je suis quelqu'un de très souple.

— Est-ce qu'on va parler un jour de vrais sujets ?

— Bien sûr, tout ce que tu veux.

Je la dépose sur le lit et elle roule de côté, se blottissant avec un soupir. Je la rejoins, me mets en cuillère derrière elle et remonte les couvertures sur nous.

— J'ai envie de faire un tour sur ta moto avec toi, dit-elle.

— D'accord, dis-je, repoussant ses cheveux en arrière.

Elle tourne la tête pour me regarder par-dessus son épaule.

— Pourquoi est-ce que tu m'appelais Fée de l'Air ?

— Parce que tu étais tellement girly, dans ton tutu rose, à tourbillonner sans cesse, aussi légère qu'une fée. J'ai envie de te voir danser à nouveau. Ça a été une partie importante de ta vie pendant si longtemps.

Elle se retourne et se blottit contre moi.

— Je suis trop rouillée.

— Tu pourrais être mauvaise.

Elle rit.

— Je suppose, oui.

Elle reste silencieuse un moment, et je ferme les yeux. Je suis presque endormi quand je l'entends murmurer une question.

— Est-ce que tu tiens à moi ?

— Oui.

J'attends une seconde, avant de lui retourner la question :

— Est-ce que toi, tu tiens à moi ?

Un silence.

— Ariana ?

Je me penche au-dessus d'elle, et je vois qu'elle s'est endormie.

Je suppose que c'est tout ce qu'elle avait besoin de savoir. Pas de problème. Je sais qu'elle tient à moi. Elle veut que je sois le père de son bébé, et c'est le meilleur compliment qu'un homme puisse recevoir. J'ai l'impression que le reste du voyage va se dérouler paisiblement.

La suite n'est pas aussi paisible que ça. J'aurais sûrement dû le voir venir, sachant que nos familles sont prêtes à foncer en piquet chez moi comme une nuée de sauterelles.

Mme Bianchi a un sac cadeau à la main quand elle entre avec M. Bianchi. Mes parents arrivent quelques minutes plus tard.

— Bonjour, les salue chaleureusement Ariana. Bienvenu. Vous n'étiez pas obligé d'apporter quoi que ce soit.

— Bienvenu, lancé-je à mon tour.

Mme Bianchi me scrute avec attention, adresse un bref regard à Ariana, qui est rayonnante après tous les orgasmes que je lui ai offerts, puis elle nous surprend tous en jetant le sac cadeau à ma mère.

— Pour vous, Tara.

— Oh, merci, dit ma mère en haussant les sourcils. Quelle surprise !

— Ouvrez-le, l'encourage Mme Bianchi. C'est quelque chose que vous vouliez depuis longtemps.

Elle adresse un regard à M. Bianchi. Il tousse et regarde mon père, qui reste sans bouger, les yeux fixés sur le sac cadeau.

C'est forcément la cuillère disparue. Mme Bianchi tient à

mettre fin à la querelle, pour notre bien, à Ariana et moi. Mais je ne crois pas que ma mère appréciera de la récupérer aussi tardivement.

Ma mère repousse le papier de soie blanc et sort une cuillère du sac. Elle fronce les sourcils.

— Ce n'est pas la mienne.

Mme Bianchi se hérisse.

— Évidemment que ce n'est pas la vôtre. Vous croyez que je l'ai volée, que je l'ai gardée dans un tiroir pendant des décennies, pour ensuite vous la redonner en cadeau ?

— Je ne sais pas quoi penser, répond platement ma mère en laissant retomber la cuillère dans le sac.

Ariana m'adresse un regard inquiet. Je hausse une épaule. Au moins, elles se parlent ouvertement, maintenant, plutôt que de faire de grandes annonces en se faisant face dans la rue.

Mme Bianchi fait un geste vers le cadeau.

— C'est une cuillère avec un motif en gaélique, comme celle que vous m'avez décrite. Je ne sais pas comment était le motif exact, car je n'ai jamais vu cette cuillère de ma vie.

— Vous avez complimenté le motif, dit ma mère entre ses dents.

— Qui veut du vin ? demande Ariana d'une voix enjouée.

— Excellente idée ! acquiescé-je.

— Merci pour cette offre de paix, dit mon père à Mme Bianchi. Il était grand temps que nous réparions la brèche entre nous.

Oooh, il a réussi à lancer une pique à propos de la brèche dans leur clôture, qui a permis à leur sale cabot de venir faire ses crottes dans notre cour pendant des années.

Ma mère dissimule un sourire.

M. Bianchi hoche la tête.

— Nous sommes là pour Dylan et Ariana. Le reste est de l'histoire ancienne.

Il ne semble pas avoir remarqué la pique. Ou peut-être qu'il a décidé d'être sympa et de laisser couler.

Je tends la main vers le sac cadeau offensant.

— Je vais mettre ça avec ton manteau et ton sac à main, maman.

— Merci, Dylan, répond-elle aimablement.

— Je vais chercher le vin ! lance Ariana, avant de s'échapper dans la cuisine.

Je me dirige vers la chambre du fond et cache le sac cadeau sous son manteau.

Quand je reviens dans le salon avec nos parents, ils se tiennent tous là, l'air gêné, et personne ne parle. Ariana doit encore être dans la cuisine à verser le vin.

— Je ferais mieux d'aller donner un coup de main à Ariana, dis-je, avant de déguerpir.

— Elle a essayé, au moins, me dit Ariana dans un murmure dès que j'arrive à côté d'elle.

— Elle aurait mieux fait de laisser tomber l'histoire de la cuillère.

— Ta mère aussi.

J'immobilise sa main sur la bouteille de vin et me penche en avant pour l'embrasser.

— Nous n'allons pas perpétuer leur querelle de fous. Toi et moi avons des choses plus importantes sur lesquelles nous concentrer.

Elle sourit et son regard s'adoucit.

— Oui, c'est vrai.

Elle finit de verser le vin et je l'aide à apporter les verres à nos parents. Quand tout le monde a un verre à la main, ils nous dévisagent tous comme si nous allions nous mettre à faire un truc complètement dingue sous leurs yeux. Ils cherchent peut-être des signes de folie. Ariana a dit que sa mère voyait cette soirée comme une intervention. Nous avons emménagé ensemble après un seul rendez-vous. Ce n'est pas si fou que ça, quand vous connaissez la personne depuis que vous êtes né. Et puis, nous sommes tous les deux assez grands pour savoir ce que nous voulons. Je la veux, et elle me veut clairement aussi. Je sens bien qu'elle m'apprécie de plus en plus. Elle se sent à l'aise avec moi, et baisse peu à peu la garde.

— Tu te souviens de ce dont nous avons discuté ? me demande M. Bianchi en m'adressant un regard sévère.

Ah, bon sang. La discussion d'homme à homme. Est-ce qu'on doit vraiment parler de ça devant tout le monde ?

— Oui monsieur,.

Lui et Mme Bianchi sourient devant ma politesse, et échangent un regard satisfait. Quelque chose me dit qu'ils pensent que cette discussion a eu une grande influence sur moi, ou je ne sais quoi. Je ne peux pas dire que ce soit le cas, mais en même temps, évidemment que je compte bien traiter Ariana, alors ça revient peut-être au même, finalement.

— De quoi avez-vous parlé ? me demande ma mère.

À cet instant, l'interphone sonne, et je saute sur cette occasion pour m'échapper à nouveau.

— Je ferais mieux d'aller ouvrir.

Je réponds à l'interphone, et mes frères Sean et Connor arrivent l'un après l'autre. Je m'attarde dans la cuisine avec eux. Jack, Brendan et Garrett arrivent peu de temps plus tard. Ariana n'est pas encore venue me chercher, et je sais que je devrais retourner là-bas, mais j'ai besoin d'échapper un instant à l'œil inquisiteur des parents. Je vais attendre qu'ils se soient un peu adoucis sous l'effet du vin.

— Alors, à quand le mariage ? me demande Sean avec un sourire narquois.

— Un seul rencard et ils s'installent ensemble, renchérit Brendan en agitant les sourcils. On sait ce que ça veut dire.

— La ferme, répliqué-je.

J'ouvre les tiroirs à la recherche de quelque chose à grignoter. Il y a une boîte de crackers. Depuis combien de temps sont-ils là ? Je cherche la date d'expiration.

La nourriture que j'ai commandée n'est pas encore arrivée, et Ariana a décidé de laisser tomber les raviolis, vu que d'après elle, ça n'allait pas avec un sandwich géant. Je lui ai affirmé que mes frères se satisferaient de n'importe quelle combinaison de nourriture. Leur estomac est un puits sans fond. Et ils n'ont même pas un gramme de graisse, entre le travail physique sur les chantiers et l'exercice qu'ils font de leur côté pour rester en forme. Quand nous étions enfants, nous étions tous très sportifs, et cela nous aidait à brûler tout l'excédent d'énergie que possèdent tous les enfants.

Je jette les crackers à la poubelle. Ils sont périmés depuis six mois. Je crois que je n'ai pas nettoyé mes placards depuis un moment.

— Qui veut une bière ? proposé-je en me tournant vers eux.

Ils me répondent en une série de grognements approbateurs, et je sors un pack de six, avant de faire la distribution. Je prends une bière pour moi aussi, et laisse mon verre de vin intact sur l'îlot. Je devrais sûrement retourner là-bas avec les parents sans tarder. Mais la situation est tellement embarrassante.

— Il ne s'est jamais casé avec quelqu'un jusqu'alors, remarque Connor en m'examinant. C'est peut-être du sérieux.

— Ou alors elle est enceinte, rétorque Brendan dans sa barbe.

Je secoue la tête.

— Est-ce qu'un homme ne peut pas inviter toute sa famille à dîner le lendemain de l'arrivée de son amante chez lui, sans qu'on se moque de lui ?

— Ouais, reprend Garrett. C'est peut-être l'amour.

Ils explosent de rire.

— Je suis peut-être amoureux d'elle, oui, répliqué-je, et ils se taisent. Ce serait si grave que ça ?

Je ne sais pas par quel autre mot expliquer l'intensité de notre connexion. C'était déjà comme ça quand on était plus jeunes, et cela n'a fait que se démultiplier depuis.

Bizarrement, personne ne ricane à cette rare confession de mes sentiments. Puis je réalise qu'ils regardent tous par-dessus mon épaule. Je me retourne lentement et découvre Ariana et Mme Bianchi, juste derrière moi.

Les grands yeux bruns d'Ariana se rivent aux miens, et toutes les autres personnes de la pièce disparaissent en arrière-plan. Le sang afflue dans mes veines, et toutes mes terminaisons nerveuses se mettent en alerte. Je n'éprouve ce sentiment d'hyperréalisme que lorsque je la regarde dans les yeux. C'est forcément plus que de l'alchimie. Les cheveux se hérissent sur ma nuque.

Elle s'avance vers moi, passe les bras autour de ma taille et m'étreint, la joue posée sur mon torse. Je lui rends son étreinte et savoure comme nous nous adaptons parfaitement.

— Je suis si heureuse ! s'exclame Mme Bianchi. L'amour !

Ariana fait un pas en arrière, et Mme Bianchi se précipite en avant pour m'enlacer.

— Dylan, c'est la meilleure nouvelle que j'aurais pu entendre aujourd'hui !

Une chaleur me remonte dans le cou. Cela commence à ressembler à une déclaration d'amour publique. Ne devrait-il pas plutôt s'agir d'une conversation privée entre Ariana et moi ? Je veux dire, j'ai dit que j'étais *peut-être* amoureux d'elle. Cela ne demande-t-il pas un peu plus de temps ? Je ne suis peut-être encore qu'à mi-chemin.

Mme Bianchi se précipite dans la salle à manger.

— Venez ici, tout le monde ! Dylan a une excellente nouvelle à annoncer !

J'envisage de m'enfuir. Mes frères rient doucement, se délectant visiblement de chaque seconde de ce moment gênant.

Faut-il vraiment que je fasse une annonce devant toute la famille pour déclarer que je suis *peut-être* amoureux d'elle ? Mme Bianchi n'a-t-elle pas remarqué qu'Ariana n'avait rien répondu ?

— Ma, s'il te plaît, intervient cette dernière en me prenant la main pour l'étreindre. Tu le mets dans l'embarras. Parlons d'autre chose.

— Qu'y a-t-il d'embarrassant avec l'amour ? réplique Mme Bianchi, d'un air sincèrement perplexe.

Je ne peux m'empêcher de remarquer qu'Ariana n'a pas l'air embarrassée du tout. Est-ce parce qu'elle ne ressent pas la même chose, ou parce qu'elle est habituée à ce que sa mère fasse ce genre de truc ?

— C'est quoi, cette histoire d'amour ? demande ma mère avec un large sourire sur le visage.

Cela fait des années qu'elle répète qu'elle veut que je trouve quelqu'un de spécial.

Mon père et M. Bianchi se joignent à nous.

— C'est quoi, cette grande nouvelle ? demande M. Bianchi avec un sourire.

Mme Bianchi pointe le doigt vers moi.

— Dis-leur, Dylan. Répète-leur ce que tu viens de dire à tes frères. C'est si charmant de les voir se confier ainsi l'un à l'autre.

Je me tourne vers Ariana, qui se tient à mes côtés et ne m'aide pas du tout. Elle m'adresse un petit sourire d'excuse. Clairement, elle n'a aucune intention de se placer sous le feu des projecteurs pour moi. *Merci, bébé.*

Je me tourne à nouveau vers Mme Bianchi, qui m'adresse un sourire encourageant.

OK, étouffons ça dans l'œuf. Je dois gérer Mme Bianchi comme il faut dès le départ : avec fermeté, mais politesse. Autrement, elle va m'écrabouiller.

Je me racle la gorge.

— Ce n'est pas si important.

— Pas très important, répète Mme Bianchi d'un ton railleur. Il est trop modeste. Vous verrez, Tara, c'est exactement comme vous l'avez dit.

— Vous le prenez peut-être au dépourvu, dit doucement ma mère.

— Un vrai homme dit ce qu'il pense, remarque Sean dans une imitation autoritaire de notre père.

Je résiste à grand-peine à l'envie de lui donner un coup de poing. Notre père répétait toujours ce qui faisait un vrai homme. Cette phrase était l'une de ses nombreuses expressions. Le reste avait toujours à voir avec la manière de se comporter – avec honneur et intégrité par-dessus tout – avec un tas de leçons de savoir-vivre agaçantes qui concernaient des sujets aussi variés que la façon de manger à celle de conduire une voiture. Il a été élevé comme ça, et il pensait qu'il était important de nous le transmettre. Mes frères et moi trouvions que c'était une énorme perte de temps et d'énergie, mais une partie de ces leçons nous est restée quand même.

Les bonnes manières, je maîtrise, raison pour laquelle j'endure encore la torture de ma déclaration d'amour possible devant beaucoup trop de personnes.

Je ne manquerai pas de respect à Mme Bianchi ni à Ariana. Je ne suis pas sûr de pouvoir prononcer ces mots une deuxième fois.

Je croise le regard de M. Bianchi, qui hausse les épaules. Je n'ai aucune aide à obtenir de ce côté. Finalement, je trouve quelque chose que je suis capable de prononcer sans m'étrangler sur les mots. M. Bianchi me les a donnés plus tôt, durant notre « conversation d'homme à homme. »

— Ariana est spéciale, dis-je. Je ne la traiterai jamais à la légère.

— OK ! répond Ariana. Passons à la partie suivant de la soirée. Parlons boutique.

Elle se tourne vers mes frères et ajoute :

— Les gars, nous allons devoir faire beaucoup de recherches, pour étudier nos futures propriétés.

Mais Mme Bianchi n'est pas prête à lâcher le morceau.

— Dylan, es-tu gêné à l'idée d'être enfin amoureux après toutes ces années ? Ta mère dit que ce serait la première fois, pour toi.

Mon Dieu, tuez-moi. Mes frères sourient comme des idiots. Quelqu'un marmonne « vierge en amour » dans sa barbe, sûrement Brendan. Ce n'est *pas* la première fois que je suis amoureux. Je ne raconte pas tout à ma mère. Bon, ça n'a jamais été aussi intense jusqu'alors, mais…

— Mon chéri, ne soit pas embarrassé, continue Mme Bianchi. C'est ce que nous voulons tous pour toi. Maintenant que nous savons que tu es amoureux, il y a plus de chances pour que tu l'épouses. Est-ce que vous en avez parlé ?

— Dans deux mois, lâché-je avant d'avoir pu me réfréner.

C'était notre marché.

Ariana m'adresse un regard suppliant. Merde. Je ne suis vraiment pas dans mon élément, là. Je lui renvoie un regard signifiant « arrange ça ! »

— Oh mon Dieu ! s'exclame Mme Bianchi. Nous devons commencer à préparer le mariage tout de suite.

Ariana lève une main en l'air.

— En fait, nous avons décidé d'avancer au jour le jour. N'allons pas trop vite en besogne.

— Mais il vient de dire… commence Mme Bianchi.

Ariana m'étreint l'épaule.

— Il a lâché la première chose qui lui venait à l'esprit parce que tu l'as mis sur le gril, mais je ne suis pas prête à me marier si vite, raison pour laquelle nous vivons ensemble pour l'instant.

Silence. Silence très tendu.

Mme Bianchi fronce les sourcils et se tourne vers M. Bianchi. Mes parents ont l'air embarrassés. L'un de mes frères tousse.

Finalement, l'interphone sonne et je me précipite pour appuyer sur le bouton. C'est le livreur.

— Je descends tout de suite.

Je me dirige vers la porte en marmonnant :

– La nourriture est arrivée.

— Je vais t'aider ! s'exclame Ariana.

Elle se cogne contre moi lorsque nous essayons tous les deux de passer la porte en même temps. Je la laisse passer devant et m'empresse de la suivre.

Nous arrivons à l'ascenseur en un temps record. J'appuie plusieurs fois sur le bouton. Nous nous lançons un regard, et éclatons de rire.

— Je suis tellement désolée ! dit-elle quand elle a repris son souffle. Tu n'es pas habitué à avoir une mère qui n'a aucun sens des limites. Je te jure qu'elle veut bien faire.

— J'aurais dû le deviner quand elle m'a appelé ton chevalier servant.

— C'était encore pire quand j'étais enfant. J'étais si timide, et elle essayait tout le temps de me faire dépasser ça, des manières les plus embarrassantes possible.

Les portes de l'ascenseur s'ouvrent et nous y entrons. J'appuie sur le bouton. Dès que les portes se referment derrière nous, je me détends. Je lui adresse un regard et ne peux m'empêcher de la toucher, remettant une mèche de cheveux derrière son oreille.

— Je ne savais pas que tu étais si timide étant enfant. Tu dansais toujours devant tout le quartier.

— J'étais dans mon monde quand je dansais, répond-elle en passant une main sur mon torse. Ma timidité est la seule raison pour laquelle je ne t'ai jamais insulté, quand tu me demandais où était mon tutu. Je me contentais de te fusiller du regard.

Je ris.

— Ça vaut mieux comme ça. J'aurais sûrement trouvé ça hilarant, venant d'une gentille fille girly comme toi. Maintenant que tu es adulte, j'adore entendre des jurons sortir de ta jolie bouche. J'adore qu'il te soit poussé des griffes.

— Tu es un peu tordu.

Je pose une main sur sa joue et l'embrasse.

— J'aime ce que j'aime.

Ses mains remontent jusque sur mes épaules et un petit sourire apparaît sur son visage. Elle aime me toucher.

— Tes frères ont dû salement te taquiner à propos de moi.

— Oui, eh bien, ils sont comme ça. Je ferais la même chose si c'était l'un d'eux qui devait endurer une intervention.

Elle se mordille la lèvre inférieure et demande :

— Est-ce que tu pensais ce que tu as dit, ou est-ce que c'était juste pour les faire taire ?

Je lui fais relever le menton.

— Qu'est-ce que tu crois ?

— Je te le demande.

Les portes s'ouvrent et un jeune couple monte, occupé à parler du concours de poésie où ils se rendent.

Ariana s'écarte de moi et regarde droit devant elle.

Je me penche vers son oreille et murmure :

— Je le pensais peut-être.

Elle sourit, un petit sourire secret, qui devient bientôt plus franc.

— Moi aussi.

Un élan de chaleur m'envahit, et soudain, j'ai envie de la prendre dans mes bras, mais ce n'est pas le bon moment. Je dois attendre. Les portes s'ouvrent et nous récupérons notre nourriture des mains du livreur, avant de refaire le trajet en ascenseur. Ils ont déjà coupé le sandwich en deux pour nous, mais il est tout de même difficile à transporter. J'appuie sur le bouton avec mon genou et nous montons jusqu'au huitième étage, où nous attend toute notre famille.

Elle m'adresse un regard en coin.

— À quel point serait-ce grave si on appuyait sur le bouton d'urgence et qu'on profitait de notre petit pique-nique privé ici ?

— Ce serait grave. Mieux vaudrait que j'appuie sur le bouton d'arrêt d'urgence, laisse tomber le dîner et te prenne contre le mur.

Elle rougit.

— Tu me donnes envie de faire de vilaines choses.

— Ravi de pouvoir t'aider, dis-je en posant les sacs de nourriture au sol. Maintenant, embrasse-moi avec toute la conviction dont tu es capable.

Elle pose son sac, enroule les bras autour de mon cou et m'embrasse passionnément. Je la presse contre le mur et prends le contrôle du baiser alors que le désir grandit en moi.

Elle rompt le baiser et remarque :

— Je n'arrive pas à croire que tu es cet homme que j'ai eu envie d'étrangler, il y a toutes ces années.

— Je n'arrive pas à croire à la chance que j'ai, pour que tu m'aies choisi il y a toutes ces années. Et tu m'as encore choisi pour que je devienne le père de ton bébé. Tu as peut-être toujours su que j'étais l'homme qu'il te fallait, dans tous les sens du terme.

— Peut-être, répond-elle, mais ses yeux disent oui.

Mon cœur gonfle dans ma poitrine. Quelque chose de profond passe entre nous alors que nos regards sont rivés l'un à l'autre.

Les portes de l'ascenseur s'ouvrent et elle récupère son sac en poussant un soupir.

— Prépare-toi pour la deuxième manche, lance-t-elle par-dessus son épaule en sortant. Et je ne dis pas ça dans le sens cochon.

Je ris, ramasse mes sacs et la suis.

— Je m'en doutais. Au moins, les bouches de mes frères seront trop pleines pour qu'ils puissent encore se moquer.

— C'est gentil à toi de ne pas mentionner la bouche de ma mère, dit-elle dans un murmure.

— J'ai un respect total pour la femme qui t'a élevée.

Elle lâche son sac et se jette dans mes bras. Je trébuche en arrière et dois laisser tomber mes sacs pour retrouver l'équilibre. Elle m'embrasse, et je nous guide à nouveau vers le mur pour m'appuyer contre lui et l'attirer contre moi. Elle a envie de moi, et peut-être qu'elle m'aime, et je suis un homme chanceux. J'enroule ses cheveux dans mon poing et prends ses fesses dans mon autre main, alors qu'un feu s'allume entre nous.

— Eh, nous avons faim ! nous parvient une voix depuis le couloir.

Ariana s'écarte, les joues rouges.

Sean s'avance vers nous, récupère deux sacs et nous adresse un regard renfrogné.

— Gardez ça pour après notre départ.

Ariana porte les doigts à ses lèvres et m'adresse un regard brûlant.

— Je suis accro à tes baisers.

Sean grogne et retourne à l'intérieur.

Je souris et prends l'autre sac.

— Je suis accro à toi aussi.

D'autres frères passent la tête par la porte pour voir pourquoi la nourriture met autant de temps à arriver. Je prends la main d'Ariana et nous rejoignons notre famille, nous sentant liés par une connexion plus profonde. Tout est parfait, à cet instant. Je m'intime d'en profiter, mais la perfection me met mal à l'aise. Rien, dans ma vie, n'est jamais resté parfait longtemps.

12

———

Ariana

Cela fait un mois que j'ai emménagé chez Dylan. C'est si agréable que c'en est effrayant. Je m'attends à tout moment à un retour de bâton. Je ne sais comment, tout s'est parfaitement mis en place. Il se lève tôt pour s'entraîner à la salle de sport du rez-de-chaussée, puis il prend une douche et part travailler. Il m'en demande très peu. Il semble juste heureux que je sois là. La vérité, c'est que je suis heureuse d'être là aussi. Je n'aurais jamais cru qu'une relation puisse être aussi facile, et je ne m'attendais certainement pas à être prête à en vivre une autre aussi tôt. Mon ex était très particulier, et même les décisions les plus simples requéraient beaucoup d'allers et retours et de compromis. Je croyais que c'était simplement le propre du mariage : c'était dur, mais ça en valait le coup. Non pas que Dylan et moi soyons mariés, mais jusqu'ici, c'est un pur bonheur.

Je passe mes journées à me démener pour aider Rourke Management. La plupart du temps, je travaille depuis la maison, et je me rends occasionnellement au bureau pour une réunion avec lui et ses frères. Je cherche des propriétés potentielles avec lesquelles lancer la nouvelle branche de l'entreprise, ainsi que des sources de financement. J'ai même pris contact avec mon ancien beau-père pour lui poser quelques questions d'analyse de marché. Ça n'a pas été facile pour moi, sachant que les parents de mon ex étaient au courant que Kiersten était enceinte avant moi. Ils sont restés compatissants à mon égard. Bref, j'ai surmonté mon extrême inconfort pour une cause supérieure. Dès que le financement sera réglé, nous devrons embaucher d'autres personnes. Je sais que Dylan ne veut pas avoir à emprunter trop d'argent, mais ça pourrait lancer la machine. Il n'arrête pas de dire qu'il va trouver quelque chose, et je crains que cela signifie vendre la couronne et le sceptre qui constituent son héritage. Je ne peux le permettre. C'est un héritage de famille et ça n'a pas de prix.

Mon estomac gargouille. C'est presque l'heure du dîner, mais je vais l'attendre. Généralement, il rentre peu après dix-sept heures, prend une douche, puis soit nous commandons à emporter, soit nous faisons la cuisine ensemble. Parfois, nous mangeons assez tard, parce que nous avons trop faim l'un de l'autre. Ce sont les *seuls* moments où il se montre exigeant avec moi, de manière délicieuse. Je ne sais pas d'où il sort toute cette énergie, mais je ne m'en plains pas. Il n'y a rien de mieux que la concentration érotique entière d'un homme qui exige tout, avant d'exiger plus encore. Quand il en a fini avec moi, je suis toute molle et plus satisfaite que je l'ai jamais été de toute ma vie. Et ensuite, il me prend dans ses bras ! Il me caresse les cheveux, enfouit son nez dans mon cou, et à chaque contact, je sens à quel point il est tendre avec moi. Je suis amoureuse de lui.

Je ne voulais pas que ce soit vrai. Je n'étais pas prête à ce que ça le soit. Mais c'est le cas, et je ne veux plus faire semblant que nous sommes simplement en train de tester notre relation. Je veux un avenir avec lui. Il m'a clairement indiqué dès le départ qu'il était prêt à fonder une famille, et maintenant, je ne peux m'imaginer en fonder une avec quelqu'un d'autre.

Je vais le lui dire ce soir. Durant le dîner. Ou peut-être après le sexe, quand il est si tendre et que le monde est si beau.

Dès qu'il entre dans la maison, je le rejoins à la cuisine et l'enlace. Il dépose un rapide baiser sur mes lèvres, avant de s'écarter.

— Bébé, laisse-moi d'abord prendre une douche. Je suis couvert de poussière et de peinture.

— Je vais te rejoindre.

Il me pince le menton et répond :

— Je suis trop sale pour toi.

— J'aime quand tu es sale.

Il m'adresse un sourire qui illumine tout son visage, puis, sans que je m'y attende, il penche la tête et me mordille la lèvre inférieure.

— Je te ferai supplier plus tard. Pour l'instant, je vais prendre une douche seul.

— Je ne supplie pas, répliqué-je d'un air boudeur.

Une étincelle passe dans ses yeux bleus.

— Tu le feras, assure-t-il d'une voix rocailleuse.

Je me surprends à sourire de son arrogance.

— Je suis pressée de voir ça. Est-ce que je dois nous commander à manger ?

— Bien sûr. Prends ce que tu veux, répond-il en se dirigeant vers la salle de bains.

Vous voyez ? Il est si facile à vivre. Je commande de la nourriture thaï et flâne dans la chambre principale en écoutant la douche. Il a laissé son téléphone, son portefeuille et ses clefs sur la table de chevet. Ses vêtements sales sont dans le panier à linge, et le jean dépasse à moitié. Je le remets à l'intérieur et m'assois sur le bord du lit pour attendre. Son téléphone sonne et je me penche pour voir qui c'est. Sa mère. Devrais-je répondre ? Non. Si elle voulait me parler, elle m'appellerait. Même si je ne crois pas qu'elle ait mon numéro.

J'appuie sur la touche pour répondre.

— Salut, c'est Ariana. Dylan est sous la douche.

— Écoute-moi attentivement, lâche-t-elle d'une voix basse et urgente. Je n'ai qu'une minute. Daniel et moi allons nous rendre à Villroy avec la couronne et le sceptre. Apparemment, mon mari planifie ça depuis que Dylan a mentionné l'idée de les vendre. Je viens tout juste de le découvrir. Il est déterminé à obtenir ce que Dylan mérite. Fais-moi savoir si Dylan peut voyager jusqu'à Villroy, et j'essaierai de retenir la confrontation. Demande-lui de dire à ses frères où nous sommes. Oh, et Daniel ne veut pas qu'il sache qu'il a pris les objets royaux. Salut.

— Salut, répété-je, mais la ligne est coupée.

Je me frotte le front. Bizarre. Que compte faire M. Rourke avec les objets à Villroy ? Les rendre ? Exiger une place pour son fils là-bas ? Dylan pourrait-il vraiment devenir un prince ? Est-ce qu'il le voudrait seulement ? La tête me tourne alors que je songe à toutes les implications possibles.

Dylan sort de la salle de bains quelques minutes plus tard, une serviette blanche autour de la taille. Je suis momentanément éblouie par son physique incroyable. Ses épaules sont arrondies par les muscles, et un tatouage tribal s'enroule autour de son biceps, qui lui donne l'air encore plus *badass*. Son torse est large et sculpté de muscles, des pectoraux aux abdos. Mon regard suit le léger sillon de poils qui mène à son sexe épais. Je me lèche les lèvres.

— J'adore quand tu me regardes comme ça, bébé, dit-il d'une voix basse et râpeuse.

Je relève vivement la tête. Je me suis laissée distraire par sa beauté.

— Viens par ici, m'ordonne-t-il d'un ton autoritaire qui me fait me lever immédiatement. Je vais te donner ce dont tu as besoin.

Je reprends mes esprits et me rassois.

— Ta mère vient d'appeler. J'ai répondu à ton téléphone comme j'étais là, et elle m'a dit qu'elle et ton père se rendaient à Villroy.

Il hausse les sourcils.

— Quoi ? Pourquoi ? Pendant combien de temps ?

— Ils sont en chemin en ce moment même. Je ne sais pas pour combien de temps. Elle a dit qu'il voulait obtenir ce que tu mérites, et que tu devrais aller là-bas aussi. Elle essaiera de le retenir.

Il attrape son téléphone et appuie sur quelques touches,

avant d'écouter. Puis il tente un autre numéro, et finit par taper un message rapide.

— Boîte vocale, marmonne-t-il, avant de se laisser tomber lourdement sur le matelas à côté de moi. Pourquoi ne pas m'en avoir parlé avant ?

— Ta mère vient tout juste de découvrir qu'il partait, et a décidé de se joindre à lui.

Il secoue la tête.

— Il n'est plus allé là-bas depuis qu'il a été exilé, il y a plus de trente ans. Est-ce qu'ils l'ont invité ?

— Je ne sais pas. C'est peut-être une bonne nouvelle. Il obtiendra peut-être enfin ce qu'il mérite, et il pourra te le remettre.

— Ou bien ils lui diront qu'il a déjà reçu ce qu'il méritait. Est-ce qu'il a emporté la couronne et le sceptre avec lui ?

J'hésite. Son père ne voulait pas qu'il sache qu'il les avait pris, mais sa mère veut qu'il vienne, ce qui signifie…

— Il l'a fait, reprend Dylan. Je le vois à ton expression. Merde. Qu'est-ce qu'il peut bien manigancer ? Je lui ai dit que je ne les vendrais pas tant que je ne serais pas sûr que ça lui convient. Il m'a dit qu'il devait y réfléchir encore un peu. Qu'est-ce qu'il va faire, les revendre à sa famille ?

Je hausse une épaule.

— Je t'ai dit tout ce que je savais. Oh, et tu dois dire à tes frères où tes parents sont partis.

Il m'étreint le bras.

— Merci. Bon sang, je ne veux pas qu'il ait encore à souffrir, tu comprends ? Rien que le fait de retourner à Villroy va faire remonter beaucoup de souvenirs douloureux à la surface, et quelque chose me dit qu'il cherche une confrontation.

— J'imagine qu'il tenait vraiment à ne pas les vendre. Ce qui signifie que tu as à nouveau besoin d'un prêt.

— Si j'arrive seulement à en obtenir un.

— Je vais nous prendre un billet pour le premier vol, et nous trouverons un plan pour le financement ensemble, autour d'un dîner.

Il me fait asseoir sur ses genoux.

— Tu es exactement ce que je cherchais. Une partenaire pour alléger le poids des responsabilités.

Mon cœur enfle dans ma poitrine, et j'enfouis mon visage contre son torse nu, avant de humer son odeur.

— Je t'aime.

Il me relève le menton et ses yeux se rivent aux miens.

— Répète-le.

Ma gorge se serre alors que l'émotion me submerge.

— Je t'aime.

Il me presse contre lui.

— Je t'aime aussi. Tu es l'amour de ma vie.

Mes yeux se mettent à me picoter.

— Je crois que je vais pleurer.

Il me prend la mâchoire.

— Tu peux, si tu veux, mais je préférerais te faire gémir.

Sa bouche s'empare de la mienne et je me perds dans les sensations alors que ses mains errent sur moi.

C'est alors que l'interphone sonne. Je romps le baiser.

— Le dîner est arrivé.

— Prends de l'argent dans mon portefeuille et paie le livreur.

Je me lève et lui adresse un salut.

— Oui chef !

Il sourit.

— J'aime le « chef ». J'irais bien chercher le dîner, mais je ne suis pas habillé.

Je caresse sa mâchoire piquante et l'embrasse rapidement.

— Reste comme ça. J'apprécie la vue.

~

Dylan

Elle m'aime. Ce qui est étrange, c'est que je n'ai pas été surpris du tout. J'ai ressenti cet amour dans ses yeux, dans sa voix, dans ses caresses. C'était surtout un soulagement de l'entendre le dire à voix haute parce que cela signifie qu'elle est prête à s'engager pleinement avec moi, avec son corps, son cœur et son âme. Son corps m'a appartenu dès l'instant où je l'ai touchée. Son cœur et son âme m'ont observé timidement. Jusqu'à maintenant.

Le seul vol que nous avons pu obtenir dans un si bref délai était pour demain soir, alors évidemment, je l'ai déshabillée dès que j'en ai eu l'occasion, avant de l'emmener au lit. Que voulez-vous, j'ai toujours faim d'elle.

Je donne une petite tape sur ses fesses douces quand elle descend du lit. Elle émet un couinement qui me fait rire. Je la prends souvent par surprise. Quelque chose me dit que son ex était plus prévisible, et qu'il ne la portait ou ne la caressait sûrement pas autant que moi. Je suis quelqu'un de très tactile, et son corps est fait pour être apprécié.

Elle se retourne et m'adresse un regard noir, ce qui ne fait que me faire sourire encore plus largement. La petite tête brûlée au regard noir, sauf que maintenant, c'est une femme adulte, qui me satisfait à tous les niveaux.

Elle pointe un doigt vers moi.

— Ne ris pas quand je crie.

— Je ne peux pas m'en empêcher, dis-je en lui prenant le doigt. Tu ressembles à une petite souris.

— C'est juste que je ne suis pas habituée à être avec un homme aux mains aussi baladeuses.

Je la tiens par le poignet et passe mon pouce le long du point sensible au-dessous.

— Mais tu aimes ça.

— Oui, admet-elle. Mais je n'aime pas quand tu ris.

Je réfrène un sourire.

— Je vais essayer de ne plus le faire, vraiment. Comment te sens-tu ?

J'y suis vraiment allé fort, cette fois. Ses gémissements rauques m'ont encouragé.

Elle m'adresse un petit sourire et ses yeux s'illuminent, puis elle s'écarte et fait un petit saut, avant de tourbillonner en l'air.

— Voilà comment je me sens.

Un élan de fierté m'envahit. J'attendais avec impatience de la voir danser à nouveau.

— Bravo !

Elle danse un peu plus comme une ballerine, le corps gracieux et les bras levés, le dos arqué. Elle fait un saut élégant, avant de se diriger vers la salle de bain d'un pas sautillant.

Je croise les doigts derrière ma tête et me laisse aller en arrière, satisfait. Le fait qu'elle danse signifie qu'elle est à nouveau entièrement elle-même, et qu'elle a retrouvé sa joie de vivre. Nos filles feront de la danse. Bon sang, peut-être même aussi nos fils. Pourquoi pas ? Un vrai homme ne s'excuse pas pour ce qui est fait pour lui. Une autre perle de sagesse de la part de mon père. Oh, merde. Mon père est à Villroy, et j'étais censé en informer mes frères. Est-ce qu'on peut vraiment m'en vouloir de m'être laissé distraire, quand j'ai une femme aussi sexy dans mon lit, et qui m'aime, en plus ?

J'aurais aimé que mon père me parle de sa décision. Il fait tout pour se retrouver à nouveau rejeté brutalement. S'il cherche à faire un échange – de l'argent contre la couronne et le sceptre –, on va sûrement l'envoyer promener. On ne se pointe pas au palais royal pour rendre un cadeau et demander l'équivalent en liquide. Son autorité naturelle va passer pour une exigence. La situation va dégénérer, et leur rejet lui fera l'effet de revivre son exil.

Il n'a pas les idées claires à ce sujet. Il a été élevé en tant qu'héritier du royaume, raison pour laquelle il ressent plus vivement le manque que moi. Tout ce que je veux, c'est voir grandir Rourke Management jusqu'à devenir un empire. Tout ce qu'il va gagner, c'est d'être mis à la porte, et ensuite tout partira en vrille. Il l'a peut-être accepté la première fois, parce qu'il aimait tant ma mère, mais il n'acceptera pas d'être rejeté alors qu'il agit en mon nom. Il se sent trop coupable à cause de ce dont il croit m'avoir privé.

Je prends mon téléphone et envoie un message groupé à mes frères : *Papa est parti à Villroy avec la couronne et le sceptre pour obtenir une compensation pour moi. Je pars demain soir pour éviter un deuxième exil, si Maman arrive à le retenir assez longtemps.*

Durant les quelques minutes suivantes, les réponses arrivent au compte-goutte, et toutes se résument à peu près à « quoi ?! »

Connor : *Comment a-t-il passé la sécurité avec ce bout de métal ? Ça a forcément dû attirer l'attention.*

Bonne question. Il aurait été difficile d'expliquer pourquoi il se balade avec ce qui ressemble à une pièce de musée de grande valeur. Il serait encore plus dangereux de les laisser trop longtemps à la vue de tous pendant que les agents de sécurité examinent les objets étranges. Il n'a pas pu prendre le risque de les mettre dans ses bagages. À moins qu'il ait pris un vol privé. Il ne peut se le permettre, ce qui signifie que le jet royal a dû passer le prendre. Mon cousin Adrian a proposé de nous envoyer le jet pour le mariage, mais nous avons décliné parce que… eh bien, par fierté, j'imagine.

Ils doivent s'attendre à sa venue. Je vais envoyer un message à Adrian. Il est plus de deux heures du matin, à Villroy, mais Adrian reste souvent éveillé tard étant donné qu'il assure le service de nuit dans son casino. *Mon père est en route pour Villroy. Que se passe-t-il ?*

Pas de réponse. Il est sûrement occupé à gérer les affaires du casino.

Mon père ne voit-il pas que j'ai déjà tout ce qu'il me faut ? J'ai grandi dans une famille aimante, je possède ma propre entreprise et j'ai trouvé l'amour de ma vie. Tout ça ici, à Brooklyn. C'est ici qu'est ma place. Je n'ai pas besoin de prendre part à ce truc de royauté. Je n'ai jamais été aussi heureux.

Dès qu'Ariana revient au lit, je l'attire contre moi et la blottie contre mon flanc.

Elle passe un bras et une jambe sur moi.

— Je n'arrive pas à croire que je vais me retrouver dans un authentique palais avec mon prince, demain.

Je souris.

— Ton prince à moitié roturier, mais oui.

Elle me regarde de sous ses cils, presque timidement.

— Je serais un peu une demi-princesse, si je t'épousais.

Je l'embrasse.

— Tu vas m'épouser, et je te traiterai comme une princesse à part entière.

Elle cligne plusieurs fois des yeux, avant de rouler de côté, se détournant de moi. J'entends un reniflement.

Je l'étreins par-derrière, passe un bras autour de sa taille et regarde par-dessus son épaule.

— Est-ce que tu pleures ?

— Oui, espèce de crétin, arrête de te comporter comme dans un rêve romantique.

Je ne peux m'empêcher de sourire.

— On ne m'avait encore jamais accusé de ça, avant que tu arrives.

Elle renifle à nouveau et se tortille contre moi pour essayer de se rapprocher encore. Mon corps répond à ces mouvements comme s'il s'agissait d'une invitation. Je ne crois pas que je cesserai un jour d'avoir envie d'elle. C'est dingue comme je suis avide d'elle.

J'attends jusqu'à ce qu'elle ait l'air d'avoir arrêté de renifler et de pleurer, puis je l'embrasse dans le cou. Elle pousse un soupir et incline la tête pour m'offrir un meilleur accès. J'en tire pleinement avantage, et sa peau se réchauffe sous moi.

Elle recourbe à nouveau sa jambe autour de la mienne et s'ouvre à moi. Bon sang, que j'aime cette femme !

Je n'arrive pas à croire que je suis de retour à Villroy. Je n'aurais jamais cru revoir cet endroit un jour. Ariana était tout excitée durant tout le trajet – le jet privé, le yacht jusqu'à l'île, et maintenant la cour du palais. J'ai été recontacté par mon cousin Adrian, et il s'est chargé de préparer notre voyage. Nous avons annulé notre vol commercial pour prendre le jet. Nous avons quand même dû voyager de nuit, selon notre fuseau horaire, mais c'était un vol plus direct jusqu'à Villroy, et il était bien plus confortable. Ariana et moi avons tous les deux dormi dans le jet. Maintenant, c'est le matin et nous sommes à Villroy, en train de traverser la cour du palais et de nous diriger vers les grandes doubles portes en bois.

Mon père a eu toute une journée pour semer la pagaille, ici. Je n'ai pas eu de nouvelles de lui, et je n'ai reçu qu'un message rapide de la part de ma mère, qui me disait qu'elle était contente que je sois là.

Sont-ils trop occupés avec ce qu'ils font au palais, quoi que ce puisse être ? Qu'est-ce qu'ils peuvent *bien* faire au palais ? J'imagine parfaitement mon père préparant un discours impérieux, pendant que ma mère insiste pour qu'il attende que j'arrive et me donne une occasion de parler pour moi-même. Je ne veux pas qu'il souffre encore de la sévérité de la famille royale.

— Tu es vraiment un prince, dit Ariana pour la millionième fois. Regarde un peu cet endroit. Tu imagines un peu ce que ça doit être de vivre ici ?

Je regarde autour de moi. Le palais ressemble tout à fait à ce à quoi on pourrait s'attendre : c'est une construction en grès avec de multiples tours et tourelles. Ça n'a pas grand-chose à voir avec la maison en brique surpeuplée de Brooklyn dans laquelle j'ai grandi, même si nous vivions dans un quartier agréable.

— Non.

— C'est si beau, continue-t-elle avec un soupir. Ooh. Va te placer devant l'entrée pour que je puisse prendre ta photo.

— Non.

Je continue de traverser la cour du palais, mon sac sur une épaule. Tout ce qui m'intéresse, c'est mon père.

Ariana passe un bras autour de mes épaules et me fait m'arrêter.

— Je ne veux pas que les gens soient au courant de mon lien avec la royauté.

— Pourquoi ? C'est cool.

— Parce que ma famille a été exilée.

Je ramasse sa valise à roulettes, là où elle est tombée sur le flanc quand elle s'est précipitée vers moi pour prendre un selfie, et je continue d'avancer pendant qu'elle prend des photos du palais.

— Je ne veux pas que d'autres scandales poursuivent mon père.

— Mais ils vous ont invité à revenir, dit-elle en me rattrapant. Tu es dans la place, bébé !

Je m'immobilise et plisse les yeux.

— Tu apprécies un peu trop tout ça.

— Je suis sûre que ton père va bien. Qu'est-ce qu'ils peuvent faire, le faire enfermer pour avoir demandé son dû ?

Une pointe de malaise m'envahit. Je n'avais pas pensé à ça. C'est un royaume, ce qui signifie que Gabriel et Anna sont la loi. Ils ont le dernier mot et peuvent faire tout ce qu'ils jugent nécessaire, y compris enfermer une menace à leur pouvoir.

Je m'avance à grands pas vers les grandes doubles portes, où se tiennent deux gardes du palais.

— Je suis Dylan Rourke, et voici ma fiancée, Ariana Bianchi.

J'entends un couinement derrière moi. Je lui ai toujours dit qu'elle m'épouserait, alors ce ne devrait pas être une surprise digne d'un couinement.

— Mon cousin Gabriel attend ma visite.

Je sors mon passeport pour leur prouver mon identité, mais ils me font déjà signe de passer.

Nous entrons dans le grand hall d'entrée, et Ariana se récrie :

— Oh, mon Dieu, c'est époustouflant !

J'ai pensé la même chose la première fois que je suis venu. Le hall en marbre blanc de deux étages, avec ses miroirs dorés et son papier peint de soie à motifs de feuilles d'or, et fait pour impressionner. Mais nous sommes ici pour une affaire royale importante : celle consistant à empêcher mon père de finir au donjon.

Un domestique vêtu d'un costume noir s'approche de nous.

— Je suis Nolan, le majordome du Palais Amalie. Bienvenue, monsieur, madame. William va prendre vos bagages. Votre chambre est prête.

Un autre homme d'environ cinquante ans et à la calvitie soignée s'avance vers nous.

— Merci, Nolan, répond Ariana. Quel beau palais vous avez là !

— Merci, madame.

— Je dois voir mon père, dis-je. Est-ce que vous pouvez me mener à lui ? Daniel Rourke, l'ancien prince héritier.

— Oui, bien sûr, nous savons qui il est. Mon père l'a servi.

— Le mien aussi, ajoute William avec fierté. Je connaissais Daniel quand nous étions tous les deux des enfants. Il était si bien élevé et consciencieux, la crème de la bienséance et de la dignité royales.

Il tousse et détourne les yeux, avant d'ajouter :

— Jusqu'à ce qu'il soit dévié dans une autre direction.

Il veut parler de ma mère.

Je crispe la mâchoire.

— Il n'a pas été dévié. Il a fait un choix. Maintenant, dites-moi où il est, s'il vous plaît.

— Monsieur, vous n'avez pas envie d'aller là-bas, répond Nolan. Puis-je vous suggérer de le rejoindre pour le déjeuner un peu plus tard ?

— Je vous assure que j'ai *envie* d'aller là-bas, dis-je entre mes dents. Tout de suite.

Nolan et William échangent un regard inquiet.

— Est-ce qu'ils l'ont enfermé ? demandé-je. Dites-le-moi avant que je mette cet endroit en pièces.

— Dylan, calme-toi, dit Ariana en m'étreignant le biceps. Je plaisantais, tout à l'heure, quand j'ai dit qu'ils l'avaient peut-être enfermé. Ce n'est pas comme s'ils avaient un donjon, ici.

William se racle la gorge.

— En fait, madame, nous en avons un.

— Amenez-moi à mon père tout de suite ! rugis-je.

— Oui ! renchérit Ariana. Nous n'avons pas fait tout ce chemin pour nous faire balader.

Je lui adresse un bref regard reconnaissant, avant de me

tourner à nouveau vers les deux domestiques. Nolan pince les lèvres. William fait un pas en arrière et murmure :

— Je m'occupe de vos bagages.

— Très bien, monsieur, entonne Nolan. Je vous aurais prévenu.

13

Dylan

Je déglutis avec difficulté.

— Très bien. Amenez-moi à lui.

Ariana m'adresse un regard inquiet alors que nous suivons Nolan dans un long couloir, avant de monter plusieurs volées de marches. Après quelques tournants supplémentaires, nous arrivons devant une porte close. Au moins, ce n'est pas le donjon. Il devait être sous le palais, pas au-dessus.

Il frappe vivement à la porte. Un mugissement grave et un cri haut perché assourdissant se font entendre depuis le couloir, comme si quelqu'un se faisait assassiner.

Nolan grimace et se tourne vers nous.

— Je ne crois pas qu'il m'ait entendu, monsieur.

Il ouvre la porte et fait un pas en arrière.

Pendant un instant, je fixe la scène devant moi, sous le choc, et m'efforce de comprendre ce qu'il se passe ici, au juste. Mon père est étendu au sol sur le dos, les cheveux ébouriffés. Quelque chose de bleu s'écarte de lui en roulant d'un mouvement vif. Un bébé aux boucles noires hirsutes bondit sur ses pieds. Elle est pieds nus, porte une salopette en jean et un tee-shirt jaune à pois.

Elle lève une petite épée en plastique du sol et la brandit au-dessus de sa tête.

— Mort, Pop-pop !

Pop-pop ? Mon père fait semblant de se tortiller d'agonie, avant de s'affaisser au sol.

Je parcours rapidement la pièce en désordre des yeux. C'est une chambre d'enfant, avec des murs à rayures jaunes et blanches, une petite table avec des chaises d'enfants retournées et un sol jonché de jouets, de tenues de déguisement et d'animaux en peluche.

— Papa ? lancé-je.

Il porte une cape violette. Il ouvre vivement les yeux et se redresse d'un coup.

— Dylan ! Tu es là !

— Qu'est-ce que tu fais ?

Il se tourne vers la petite fille et explique :

— Je joue avec ce petit feu d'artifice. Mila, voici ton oncle Dylan.

Mila met son pouce dans sa bouche et me fixe de ses grands yeux bruns, son épée encore serrée dans une main.

— Eh, gamine, jolie épée, dis-je.

Elle la cache dans son dos comme si elle craignait que je la lui prenne, et continue à sucer son pouce.

Ariana s'accroupit devant elle.

— Salut, Mila. Je suis Ariana.

— Salut, répond Mila après avoir retiré son pouce de sa bouche.

— Salut ! répète Ariana.

— Salut ! l'imite Mila avec un sourire.

Je tends la main à mon père pour l'aider à se relever, mais il décline mon aide et se lève tout seul. Il ne recoiffe même pas ses cheveux, alors qu'il tire toujours une grande fierté de son apparence. Je résiste à l'envie de les lisser pour lui.

— Que se passe-t-il ? demandé-je.

— Je suis son Pop-Pop, annonce mon père d'un air rayonnant.

Mila lâche son épée et se jette contre sa jambe pour l'étreindre. Il lui ébouriffe les cheveux et lui adresse un sourire.

— Elle s'est attachée à moi, et comme mon frère est mort, je suis un peu son grand-père honoraire. Les enfants ont besoin d'une influence masculine forte dans leur vie.

Je suppose que son père, le roi, doit être une influence suffisante, sans parler de tous ses autres oncles royaux, mais je me concentre sur le plus important : découvrir ce qu'il prépare.

— Est-ce qu'on peut parler dans le couloir ?

Mon père fait un pas vers le couloir tout en traînant Mila sur sa jambe avec lui.

— Seul, précisé-je.

— Elle est accrochée à moi, répond-il.

Il la décroche de sa jambe et la pose sur ses épaules. Elle enroule les bras autour de sa tête et il ajuste ses mains pour voir où il va.

— Tu peux jouer avec elle ? demandé-je en me tournant vers Ariana.

Elle hoche la tête.

— Mila, je crois que ton chien et ton ours ont envie de boire un thé. Est-ce que tu sais où je pourrais trouver des tasses ?

Mon père pose Mila à terre et elle pointe du doigt vers un tas de jouets dans le coin de la pièce.

Ariana se dirige vers lui et soulève une chaussure de la taille d'une poupée.

— C'est la théière ?

Mila rit et secoue la tête.

Ariana lève ensuite un hélicoptère en bois.

— C'est la théière ?

— Non ! s'exclame Mila en riant, avant de se précipiter pour montrer la théière à Ariana.

— Je ferais mieux de me dépêcher avant qu'elle remarque mon départ, murmure mon père avant de passer rapidement la porte.

Je le rejoins et la ferme doucement derrière nous. Il me fait signe de le suivre et nous allons au rez-de-chaussée, dans une grande suite composée de plusieurs pièces. Il s'assoit sur un canapé beige, et je me joins à lui.

— C'est la suite de Mila et ses parents, explique-t-il. Elle dort encore dans un berceau dans leur chambre.

Il fait un geste vers l'arrière de la suite pour m'indiquer la chambre en question.

Je regarde autour de moi. La suite du roi et de la reine n'est pas aussi formelle que je m'y attendais. Nous sommes dans un coin-salon, en face d'une cheminée avec une télé accrochée au-dessus. Il y a une table en acajou ronde et des chaises rembourrées de l'autre côté de la pièce, devant une grande fenêtre avec vue sur la mer.

— Où sont Gabriel et Anna ?

— Ils participent à une cérémonie d'inauguration d'une nouvelle branche du centre sanitaire. Maintenant que le royaume s'en sort mieux financièrement, ils peuvent reconstruire certaines infrastructures.

Je pose les coudes sur mes genoux.

— D'accord, alors qu'est-ce que tu fabriques ici ?

— J'apprécie vraiment d'être grand-père.

Je me redresse et m'efforce de ne pas perdre patience.

— Pourquoi avoir planifié en secret de venir ici avec la couronne et le sceptre ?

— Ah. Ta mère t'a parlé de ça.

— Elle en a parlé à Ariana, qui me l'a répété. Est-ce que tu peux m'expliquer ce qu'il se passe, s'il te plaît ?

— Je les ai rendus, répond-il. Leur place est ici.

— Et est-ce que tu as demandé quoi que ce soit en échange ?

— Eh bien, ta mère a fait de son mieux pour me convaincre d'attendre ton arrivée, mais j'avais déjà attendu des années pour exiger ce qui me revient de droit.

Je réprime un grognement.

— Tu ne pouvais pas attendre un jour de plus ?

— C'était mon devoir envers mes fils, et ce n'était pas ta responsabilité.

Comment ai-je pu penser que je pourrais l'influencer ?

Comment ma mère a-t-elle pu croire ça ? Il a toujours été têtu et obstiné. D'un autre côté, il n'a pas l'air en si mauvais état. Est-il possible que ses demandes aient été acceptées ?

— Qu'est-ce que tu as demandé, au juste ?

— J'ai demandé à Gabriel et Anna de contribuer au lancement de Rourke Management, en compensation de tout ce qui a été refusé à notre famille.

Je me laisse aller en arrière sur le canapé et ferme les yeux un instant. Je ne veux vraiment pas de la charité de mes cousins. D'un autre côté, mon père n'a jamais reçu ce qui lui revenait.

— Qu'est-ce qu'ils ont dit ?

— Je vais d'abord te répéter ce que moi, j'ai dit. Je leur ai expliqué, avec toute l'indignation légitime qui brûlait dans ma poitrine depuis des années, que j'avais sacrifié toute mon enfance à la couronne. Mes parents m'ont élevé de manière très stricte pour que je fasse mon devoir, et ensuite, quand j'ai voulu épouser la seule femme que j'aie jamais aimée, ils m'ont rejeté. Ils m'ont exilé sans la moindre indemnité. Ils ont confisqué toutes mes possessions, dont certaines étaient d'une grande valeur. Je suis parti sans rien d'autre que la chemise sur mon dos.

Il marque une pause, l'air perdu dans ses pensées l'espace d'un instant, puis il se concentre à nouveau sur moi.

— Gabriel a répondu que tout cela était ridicule et qu'il comprenait ma position, mais qu'il était de leur devoir de diriger leurs profits vers le royaume. Ils commencent à peine à se relever, ici.

Il pousse un brusque soupir et continue :

— Le devoir envers le royaume a été gravé en moi depuis la naissance, alors c'était sûrement la seule réponse que j'aurais accepté d'entendre sans relâcher le kraken.

Il sourit un peu, l'air fier d'avoir ajouté un peu d'argot dans son discours soigné. C'est une bonne chose, qu'il soit parvenu à se contenir.

— Mais je n'étais pas prêt à abandonner pour autant. Je leur ai parlé de tes projets de construire de nouveaux quartiers et de te mettre au service de la communauté, en incluant des parcs et des terrains de jeux dans le développement. Anna a proposé de faire un don aux parcs et aux terrains de jeu à travers sa fondation de bienfaisance. J'ai accepté, bien sûr, parce que c'est une aide, mais je n'étais toujours pas satisfait. On m'a refusé ma place au royaume !

Il m'adresse un regard en coin et reprend :

— Alors j'ai finalement libéré le kraken, et j'ai rugi mon indignation. C'est là qu'Anna a dit qu'elle pourrait m'aider. Je ne savais pas ce qu'elle préparait. Gabriel non plus. C'est alors qu'elle a amené Mila pour qu'elle me rencontre, et qu'elle m'a présenté comme étant son grand-père.

Ses yeux s'emplissent de larmes alors qu'il continue :

— Tu vois, cette enfant n'a pas de grand-père, d'un côté comme de l'autre. Il n'y a que moi. Anna n'avait qu'un père adoptif, qui est mort aussi. Anna dit que si j'accepte le rôle de grand-père pour Mila, cela m'octroiera une nouvelle place dans le royaume, et une deuxième chance de connaître l'enfance. Ils essaient de l'élever aussi normalement que possible, même si elle sera un jour reine. Sa formation ne commencera qu'à ses seize ans. Les temps ont changé à Villroy, dans le bon sens.

Je prends un instant pour croiser ces paroles.

— Ça veut dire que tu vas rester ici ?

— Non. J'ai bâti ma vie à Brooklyn, mais je leur rendrai visite fréquemment. Je compte toujours devenir agent immobilier.

— Alors tu as gagné une petite-fille.

Il arbore un large sourire et agite le bord de sa cape violette.

— Oui. Je peux jouer à des jeux d'enfants. J'ai joué avec toi et tes frères aussi, mais à l'époque, je travaillais également, et quelqu'un avait toujours besoin d'être changé, nourri ou consolé. Et je devais m'assurer que ta mère n'en faisait pas trop. Elle était souvent enceinte et devait s'occuper de vous en même temps.

— Je m'inquiétais. Je n'ai aucune nouvelle de vous.

— Tu n'as pas à t'inquiéter pour moi, répond-il en cognant son épaule contre la mienne. Je retombe toujours sur mes pieds. Je ne voulais pas être distrait par mon téléphone durant un événement aussi important, alors je l'ai éteint. Ta mère était trop occupée à essayer de me retenir pour passer du temps sur son téléphone. Elle a bien dit qu'elle t'avait renvoyé un message pour te remercier de venir ici. Après ma rencontre avec Mila, ta mère est allée au spa pour la journée avec ma belle-sœur, la princesse Alexandra. Elles ont sympathisé.

— J'imagine que je n'avais pas besoin de voyager jusqu'ici, alors.

— Non. Ta mère t'a fait venir parce qu'elle s'inquiétait pour moi, elle était bien intentionnée, mais elle se trompait.

Il me donne une tape sur l'épaule et ajoute :

— Mais je suis content que tu sois là. Nous allons tous dîner ensemble ce soir. C'est une bonne chose que vous puissiez vous rapprocher entre cousins. Nous sommes une famille.

Je gratte ma mâchoire mal rasée. Je ne dis pas que je ne suis pas heureux pour lui, mais j'ai déjà une famille. Et maintenant qu'il a rendu la couronne et le sceptre, je n'ai plus aucun atout pour faire évoluer Rourke Management. Je déteste l'idée de démarrer en étant profondément endetté, mais c'est soit ça, soit m'en tenir à la construction.

Je dois parler à Ariana.

∼

Ariana

— Mila est tellement adorable, dis-je à Dylan.

Il est étendu sur le lit tout habillé, un bras sur les yeux.

— Je sais. Elle a volé le cœur de mon père.

Je retouche mon rouge à lèvres dans le miroir de la coiffeuse.

— Alors, quel est le plan ? Maintenant que tu sais que ton père va bien, est-ce qu'on repart demain ?

— Sean va me remplacer pour quelques jours. Je ne savais

pas combien de temps je devrais rester ici. Nous pouvons rester jusqu'au week-end, si tu en as envie.

— Oh, j'en ai envie. Lève-toi. Nous sommes attendus pour le dîner dans la salle à manger formelle. Je crois que ça va être assez chic, avec le roi et la reine. De quoi ai-je l'air ?

Il retire son bras de ses yeux et me regarde avec une admiration non dissimulée.

— Sublime. Je ne savais pas que tu avais apporté une robe.

Je porte ma petite robe noire.

— Évidemment. Quand on est invité dans un palais royal, on doit apporter quelque chose de sympa pour l'occasion.

Il descend du lit et s'avance vers moi.

— Combien de combien reste-t-il avant qu'on doive descendre ?

Je recule d'un pas, mais il est plus rapide ; il passe un bras autour de ma taille et m'attire tout contre lui.

— Pas assez pour ça, répliqué-je d'une voix un peu essoufflée.

C'est dur, de résister à la chaleur de son corps dur pressé contre le mien.

— Tu dois te changer pour revêtir quelque chose d'élégant, toi aussi.

Il glisse la main jusqu'au bord de ma robe et la fait remonter tout en caressant ma jambe.

— Je ne peux pas faire plus élégant que ça. Une chemise et un pantalon. Pas de cravate. Je déteste ça.

Je repousse sa main de ma hanche, où elle est désormais posée et où ses doigts jouaient avec le bord de ma culotte.

— Je ne peux pas arriver au dîner en ayant l'air de quelqu'un qui vient de faire l'amour.

Il suit les contours de ma clavicule, puis descend plus bas pour caresser la courbe de mon sein. Mes tétons durcissent.

— Ariana, tu sais qu'il faut qu'on s'entraîne à fabriquer des bébés.

Je gémis quand ses pouces vont et viennent sur mes tétons.

— Nous nous sommes déjà bien assez entraînés.

Son regard se fait pétillant.

— Laisse-moi juste essayer quelque chose sur toi.

Ma respiration se bloque dans ma gorge. Il est rusé, d'utiliser les mêmes mots que la première fois que nous avons couchés ensemble, quand il m'a rendue complètement folle et a ruiné mon expérience avec d'autres hommes.

Il arbore un sourire diabolique et m'attrape par la taille pour me soulever du sol. Je pousse un cri de surprise, même si son expression diabolique aurait dû m'avertir. Il me porte jusqu'au lit, me dépose sur le bord et me pousse en arrière. J'atterris sur le dos sur le matelas moelleux. Il relève alors ma robe jusqu'à ma taille et me tire par les hanches jusqu'au bord du matelas. Un instant plus tard, ma culotte glisse le long de mes jambes.

— Ouvre les jambes pour moi, bébé, dit-il en s'agenouillant devant elles.

Je souris. Il manipule mon corps, ordonne et exige. Mais il y a toujours cet instant – ce ton particulier qui me dit qu'il me demande de le rejoindre.

J'écarte les jambes, et il me récompense d'un compliment rauque, puis sa bouche avide me consume.

— Est-ce que j'ai l'air d'avoir été baisée de toutes les façons imaginables ? lui demandé-je.

Il sourit, et je me regarde dans le miroir. Je me suis remise en état, le maquillage, la coiffure et le reste, mais il n'y a aucun moyen de cacher la rougeur de mes joues et les marques sur mes lèvres. Qui aurait cru que de multiples orgasmes pouvaient mieux valoir que du maquillage ? Malgré tout, cela me paraît trop évident. Je suis trop rose, même au niveau du cou et de la poitrine.

Je ferme les yeux et songe à des pensées rafraîchissantes. Il enroule les bras autour de moi par-derrière.

— Ne t'en fais pas. Personne ne peut voir les marques de morsure.

— Tu ne m'aides pas à me rafraîchir. Je crois que je vais aller dehors.

Il enfouit son nez dans mon cou.

— Tu as aussi des marques de barbe à certains endroits. Le pire est sûrement sur le côté de ton cou.

Je fonce vers le miroir et applique un peu plus de maquillage à cet endroit.

— C'est la dernière fois que je te laisse me déshabiller avant un événement important.

— Vraiment ? me murmure-t-il à l'oreille.

Il se presse derrière moi et caresse mes seins jusqu'à ce que mes tétons soient à nouveau durs et douloureux. Je devrais le repousser, mais mon corps s'adoucit et se laisse aller contre lui.

— Dylan, s'il te plaît.

Il me relâche et me donne une tape sur les fesses. Je ne couine même pas, cette fois.

Je baisse les yeux sur moi-même, et mes tétons clairement pointés.

— J'ai besoin d'un châle.

Je récupère un châle crocheté dans ma valise et le passe sur mes épaules pour recouvrir les brûlures de barbe, les marques de morsures et mes tétons pointus. Puis j'enfonce un doigt dans son torse.

— Ne me touche plus.

Il m'adresse un lent sourire. Ses cheveux sont ébouriffés de manière sexy et sa barbe sombre lui donne une apparence téméraire et dangereuse. Il est si bel homme.

— Je ne peux pas m'en empêcher, quand tu es aussi sexy.

— Merci, dis-je en baissant les cils.

Il me prend la main et me guide jusqu'à la porte.

— Quand nous serons rentrés, je t'achèterai une bague et je rendrai ça officiel.

Je m'arrête dans le couloir et incline la tête pour l'étudier.

— Est-ce que tu viens de me demander en mariage ?

— Non. Je dis juste ça pour que tu saches ce qui t'attend. Je récupérerai la bague quand on sera rentré.

— Alors tu me dis juste ce qu'il va se passer.

— Oui. Je te tiens au courant.

— Waouh.

— Voilà.

Il m'étreint la main, ne décelant pas du tout le sarcasme de ma voix.

— Parfois, tu n'es pas très romantique.

Il hausse les sourcils.

— Qu'est-ce que tu veux dire ? J'ai admis que ce serait sympa de devenir le père de ton bébé sous certaines conditions dès notre premier rendez-vous, oui ou non ?

— Tu as fait ça, c'est vrai, concédé-je.

— Est-ce que j'ai dansé un slow avec toi ?

— Oui.

— Est-ce que je t'ai confié des détails intimes à ta demande ?

Je pouffe de rire.

— Oui, mais ensuite, tu m'as mise toute nue.

— Tu m'as supplié de te donner un coup de main.

Il prend alors une voix de fausset et s'exclame :

— S'il te plaît, Dylan, caresse-moi. Ça fait siii longtemps. J'ai besoin de toi !

— Chut, lâché-je en lui couvrant la bouche d'une main.

Il écarte ma main, m'attire contre lui et m'embrasse jusqu'à me couper le souffle. Un long moment plus tard, il prend mon visage entre ses grandes mains et me regarde avec intensité.

— Je t'aime. Épouse-moi. Sois à moi, uniquement à moi, jusqu'à ce que la mort nous sépare.

Mon cœur cogne dans ma poitrine. L'espace d'un instant, je suis à court de mots. C'est la chose la plus romantique que j'aie jamais entendue, et cela vient du type qui, il y a quelques minutes, m'a informé de manière désinvolte que j'allais l'épouser.

— Oui ! m'écrié-je. Oui, je veux t'épouser. Avec plaisir.

Il sourit contre ma bouche, avant de m'embrasser.

— Tu auras ta bague quand on sera rentrés. Comme je te l'ai dit.

Je ris. L'intention était là, l'émotion aussi, et il a trouvé les mots que j'avais besoin d'entendre.

— Oh, Dylan. Je commence à voir que tu as tout ce qu'il

me faut, même quand j'en doute. Je commence à te comprendre.

— Je ne suis pas si compliqué que ça.

Il me prend la main, et nous descendons le couloir.

— Quel genre de bague veux-tu ?

— Je ne veux pas que tu dépenses trop d'argent. Mon ex a dépensé une fortune… commencé-je, avant de m'interrompre.

J'ai encore la bague de mariage. Elle fait quinze carats et vaut au moins un million de dollars.

— Oui, tu m'as déjà parlé de ton riche mari.

— Sa famille était riche. Ils nous ont offert la maison, pour qu'il puisse dépenser plus d'argent pour la bague. C'était une histoire de statut.

Je m'immobilise.

— Dylan, j'ai toujours cette bague. Je peux la vendre et investir dans l'immobilier pour Rourke Management. Je te mettrais sur les rails.

Je sautille sur la pointe des pieds.

— Je comptais m'en servir pour payer la banque du sperme et m'acheter une maison, mais maintenant c'est toi, mon sperme, et tu as déjà un appartement.

— Je suis ton sperme, répète-t-il, passant à côté de l'essentiel.

— Tu es mon amour, le père de mon bébé, mon mari, mon partenaire, mon ami, tu es tout ! lancé-je en passant les bras autour de son cou pour l'embrasser.

Il lève la tête.

— Tu es sûre de vouloir utiliser ton argent pour moi ?

— Pour nous.

Il me serre contre lui.

— Merci, Ariana. Tu es tout ce que j'ai toujours voulu. Tu es à moi.

Il repousse mes cheveux derrière mon épaule nue, et ses doigts courent sur ma peau.

— Tu sais ce que je veux dire, quand je dis que tu es à moi ?

— Oui. Nous serons loyaux l'un envers l'autre. Fidèles.

— Oui, et tu es ma responsabilité. Je prendrai soin de toi,

je te protégerai et je t'aimerai. Je t'offrirai tout ce que tu désires, parce que je ne veux que ton bonheur.

Des larmes s'écoulent de mes yeux, et il les balaie avec ses pouces.

— Tu es vraiment un prince. Et je suis la femme la plus chanceuse du monde.

Il m'embrasse tendrement.

— Ça te dit de sauter le dîner formel ? Je sais de source sûre qu'un cadeau t'attend dans la chambre.

Une étincelle diabolique brille dans ses yeux, et je vois parfaitement où il veut en venir.

— Est-ce que ce cadeau fait quinze centimètres de long ? demandé-je avec un sourire.

— Disons plutôt vingt bons centimètres, répond-il d'un air narquois.

Je secoue la tête en riant.

— Allons dîner.

14

Ariana

Quand nous arrivons dans la salle à manger, la famille royale est déjà assise devant un verre.

— Désolée pour le retard, dis-je, avant de faire une révérence.

J'ai entendu dire que c'était ce qu'on était censé faire quand on se retrouvait face au roi et à la reine. Je sais à quoi ils ressemblent. J'étais l'une de ces fans de royauté, et j'ai regardé leur mariage à la télévision, mais c'est complètement différent de les rencontrer en personne.

Au bout d'une longue table brillante, je croise le regard du Roi Gabriel. Il est rasé de prêt, ses cheveux brun foncé épais sont soigneusement coiffés et il porte une veste noire par-dessus sa chemise blanche ouverte au col. Ses pommettes anguleuses, son nez droit et sa mâchoire carrée ressemblent tellement au visage de Dylan que c'est comme s'ils étaient sortis du même moule. Je n'avais pas fait le rapprochement avant de le voir en personne.

— Vous n'êtes pas en retard, m'assure le Roi Gabriel. Nous voulions nous assurer que Mila avait mangé quelque chose avant d'être distraits par nos invités. Nous avons juste bu un verre.

— Un verre ! s'exclame Mila depuis sa chaise haute, installée face au Roi Gabriel.

Elle cogne son gobelet en plastique sur le plateau, avant de boire une gorgée.

— Arrête de cogner les choses, s'il te plaît, dit sévèrement Gabriel.

Elle sourit à son père derrière son gobelet, et de l'eau coule au coin de sa bouche. Il prend une serviette en tissu pour l'essuyer.

— Je suis si contente de te revoir, Dylan, dit la Reine Anna. Et je suis ravie de te rencontrer aussi.

Elle me sourit depuis l'endroit où elle est assise, à côté de Gabriel. Ses cheveux brun sombre sont longs et frisés, et ils encadrent son visage en forme de cœur ainsi que ses yeux marron pétillants et sa peau crémeuse. Je comprends de qui sa fille tient son teint de peau.

— Moi aussi. Je suis Ariana.

— Ma fiancée, ajoute Dylan.

Il pose une main au creux de mon dos et me guide directement vers le bout de la table pour les rejoindre.

Je ne peux m'empêcher de sourire largement.

— Oui. C'est tout récent. Il vient de me demander en mariage.

Gabriel et Anna se lèvent pour nous féliciter. Gabriel serre la main de Dylan et lui donne une tape dans le dos. Anna me serre même dans ses bras. La Reine de Villroy m'a serrée dans ses bras ! Alors qu'on vient seulement de se rencontrer !

— Assieds-toi et raconte-moi comment il s'y est pris, dit Anna en me faisant signe de m'asseoir à côté d'elle. Est-ce qu'il s'est mis à genou ?

— On était dans le couloir, en chemin pour ici, dis-je avec enthousiasme. Il ne s'est pas mis à genoux, mais ce n'est pas grave.

— Oh, dit-elle en jetant un regard à Dylan, qui est assis à côté de moi.

— C'était très romantique, lui assuré-je. Il dit qu'il ne se soucie que de mon bonheur.

Dylan me prend la main et l'étreint brièvement. Je tourne les yeux vers lui et souris, avant de reporter mon regard sur Anna.

— Ooh, montre-moi la bague ! s'exclame-t-elle en faisant un geste vers ma main.

— Il n'y a pas encore de bague, répond Dylan. J'en achèterai une quand nous serons rentrés.

— On dirait que ça a été très spontané, remarque Gabriel. Toutes mes félicitations encore une fois. Buvons un verre de champagne pour fêter ça.

Il fait un signe vers un domestique, qui incline la tête et quitte la pièce.

— Voilà le monstre des chatouilles ! lance soudain une voix.

Nous nous retournons tous et voyons M. Rourke, qui agite les mains au-dessus de sa tête et qui n'a pas du tout l'air effrayant, plutôt franchement ridicule, alors qu'il entre dans la pièce en imitant la démarche d'un monstre.

Mila laisse échapper un cri de ravissement à glacer le sang.

— Pop-Pop ! s'exclame-t-elle.

Elle lève les bras pour qu'on la prenne dans ses bras, sautillant sur son siège.

Mme Rourke le suit d'un pas plus calme.

— Bonjour tout le monde !

Elle se penche en avant pour embrasser la joue de Dylan. Puis elle se tourne vers moi et m'embrasse à mon tour.

— Ravie de vous voir ici tous les deux.

— Pareil pour moi, Mme Rourke.

— Je t'en prie, appelle-moi Tara.

— D'accord, Tara, répété-je en testant ce prénom sur mes lèvres.

Elle sourit.

— Mon mari s'appelle Daniel, mais il est un peu plus protocolaire que moi. Mieux vaut attendre qu'il t'autorise à l'appeler comme ça.

Mila émet un couinement lorsque son père la libère de sa chaise haute et la dépose dans les bras de M. Rourke. Elle prend son visage à deux mains et le regarde dans les yeux.

— Bouh, dit-il.

— Bouh ! lui hurle-t-elle au visage.

— Mila ! On ne crie pas à l'intérieur ! ordonne Anna.

— Bouh, murmure Mila d'une voix forte. Bouh, bouh, bouh. C'est bon, Maman ?

— C'est très bien, répond Anna. Nous ne voulons pas que Pop-Pop devienne dur d'oreille à cause de tous ces cris.

Mila examine l'oreille de M. Rourke. Ce dernier se met à rire.

Quelques minutes plus tard, tout le monde est assis, Mila installée sur les genoux de M. Rourke. Les domestiques reviennent avec un plateau couvert de flûtes à champagne.

— J'adore le champagne, dit Tara. Qu'est-ce qu'on fête ?

— Ariana et moi sommes fiancés, répond Dylan. Je n'ai pas…

— Aaah ! s'exclame Tara en tendant les bras vers nous depuis l'autre côté de la table. Quand est-ce que c'est arrivé ? Je suis si contente pour vous !

Je contourne la table et la serre contre moi, puisqu'elle a encore les bras tendus. M. Rourke m'étreint le bras et nous félicite tous les deux.

— Est-ce que ta mère est au courant ? me demande-t-elle.

— Ça vient littéralement d'arriver, juste avant qu'on arrive dans la salle à manger. Il m'a demandée en mariage dans le couloir. Je lui apprendrai la nouvelle après le repas. Au début, il m'a juste *dit* qu'on allait se marier.

J'adresse un regard moqueur à Dylan, avant de continuer :

— Ensuite, il a rendu ça plus romantique en faisant une vraie proposition.

Dylan se contente de sourire et nous rejoint.

— J'ai annoncé à Tara que j'allais l'épouser durant notre premier rendez-vous, annonce M. Rourke en souriant.

— C'est vrai ! s'exclame Tara. Je croyais qu'il était dingue ! Il était censé épouser une princesse qu'il n'avait jamais rencontrée. Tout était déjà prévu.

— J'ai su que tu étais faite pour moi dès l'instant où j'ai posé les yeux sur toi, dit M. Rourke avec tendresse. Elle était à moi.

— À moi ! s'exclame Mila.

Tara est rayonnante.

— Je savais qu'il était l'homme dont j'avais toujours rêvé, mais je ne voulais pas me mettre entre lui et son destin. C'est là qu'il m'a dit que c'était *moi*, son destin.

Ses yeux s'emplissent de larmes alors qu'elle le regarde un long moment, avant de se tourner à nouveau vers nous.

— Et finalement, tout c'est arrangé. Je suis si contente d'avoir vu passer un peu de temps avec la princesse Alexandra. Elle a dû épouser le frère de Daniel à sa place, et elle m'a expliqué à quel point ils avaient été heureux ensemble.

— Mes parents étaient très proches, dit Gabriel.

— Portons un toast au grand amour ! s'exclame Anna en levant son verre de champagne.

Dylan et moi retournons à nos places pour lever nos verres aussi. Une fois que tout le monde a levé le sien, M. Rourke lance :

— Au grand amour et aux nouveaux liens familiaux.

Tout le monde répète le toast et boit une gorgée de champagne. Mila lève son gobelet et nous faisons tinter notre verre contre lui chacun notre tour avant qu'elle boive aussi.

Le dîner est délicieux, et je passe la plupart du temps à discuter avec Anna. Elle est américaine, veut emmener Mila en visite là-bas dès qu'elle sera assez grande pour en profiter. Je lui parle de la zone de San Francisco, où elle n'est jamais allée, et de quelques trucs amusants à faire avec ses enfants à New York. Le Zoo du Bronx est un passage obligé. Lorsque le dessert, un gâteau au chocolat, est servi, j'ai le sentiment qu'Anna et moi sommes de vieilles amies, et je me surprends à partager mes projets avec Dylan, et à lui raconter à quel point je suis heureuse que mon ancienne bague de mariage puisse aider à lancer notre futur ensemble.

— C'est comme un beau retour de karma, dit-elle. Ce qui était autrefois un triste rappel de quelque chose qui a pris fin devient un nouveau commencement heureux.

— Exactement !

— Anna, dit Gabriel en inclinant la tête vers Mila.

Elle est en train d'entortiller une mèche de cheveux autour de son doigt, appuyée contre l'épaule de M. Rourke.

Anna hoche la tête et se tourne vers moi.

— Quand elle entortille ses cheveux, ça veut dire qu'il est presque l'heure d'aller au lit. Je dois m'occuper de la routine du soir avec Mila et lui faire prendre son bain. C'était un plaisir de discuter avec toi. Gardons le contact, s'il te plaît.

— Avec plaisir. Oh ! Tu devrais venir à notre mariage ! Ce ne serait pas génial, que les Rourke de Villroy rendent visite aux Rourke américains de Brooklyn ?

— J'adorerais ça !

Elle se tourne vers Gabriel, qui sourit et incline la tête.

— On sera là, annonce-t-elle en reportant son regard sur moi.

Je me tourne vers Dylan, réalisant un peu tard que j'aurais dû d'abord en parler avec lui, vu qu'il n'a repris le contact avec cette partie de sa famille que récemment.

— Ça marche, dit-il. Mais ne vous attendez pas à une grande salle de bal. Ce sera une cérémonie discrète.

— Non, ça n'aura rien à voir avec un mariage dans un palais, renchéris-je avec un rire.

— Vous pouvez vous marier ici si vous voulez, répond Anna. Nous avons une chapelle.

Comme une vraie princesse ! Je me tourne vers Dylan, et je vois qu'il considère cette idée. Il finit par se pencher vers moi et demande :

— Tu aimerais être une princesse, hein ?

Je hoche vigoureusement la tête. C'est presque trop beau pour être vrai. Je pourrais épouser mon prince dans la chapelle du palais. Je l'ai vue quand j'ai regardé Gabriel et Anna se marier là-bas à la télévision, il y a quelques années. C'est un endroit spectaculaire, avec un long tapis en velours rouge, trois orgues bordés d'or, des statues en marbre et des bancs sculptés à la main. Ma mère serait surexcitée.

— Merci, répond Dylan. Nous acceptons.

J'émets un couinement et lance mes bras autour de lui. Puis je prends Anna dans mes bras.

— Je suis tellement excitée !

Elle rit.

— Moi aussi ! Nous ferons une annonce royale officielle, pour faire savoir à tout le monde que le Prince Dylan se mariera ici, dans la chapelle de sa famille. La bonne presse sera utile à tout le monde. Nous attirerons l'attention sur Villroy et nos opérations commerciales, et tu attireras peut-être la presse pour ton entreprise, avec ta connexion avec la royauté pour paver le chemin. Je ne crois pas qu'il y ait la moindre raison pour ne pas faire savoir au monde entier que tu es l'un d'entre nous, maintenant que tout le monde est réconcilié, tu n'es pas d'accord ?

— C'est vrai, acquiescé-je. Tout le monde devrait connaître les Rourke royaux de Brooklyn.

— Papa ? demande Dylan. Ça te convient ?

— Absolument, répond-il avec un sourire.

Anna se lève et s'avance vers sa fille pour la prendre dans ses bras. Mila commence à entortiller les cheveux d'Anna autour de ses doigts.

— Et j'adore ton idée de construire des parcs et des terrains de jeux dans ton projet de développement. Peut-être qu'un jour, Mila jouera là-bas.

— Ce serait merveilleux ! m'exclamé-je.

Dylan acquiesce d'un ton bourru.

Gabriel et Anna quittent la pièce.

M. Rourke observe Dylan.

— Ce n'est pas faire l'aumône que d'accepter une donation de charité pour une bonne cause. Et ne sous-estime pas l'attrait de la royauté, surtout aux États-Unis. Ils adorent savoir que l'une d'entre eux est reine.

Il passe un bras autour des épaules de sa femme et continue :

— Il fut un temps où j'ai souhaité que ta mère soit la reine américaine bien-aimée, mais ce n'était pas notre destin.

— Daniel, intervient Tara, si j'étais reine, tu serais lié par le devoir à ton royaume. Au lieu de ça, tu t'es engagé auprès de tes enfants. Et nous nous sommes beaucoup amusés.

Il l'embrasse et acquiesce :

— C'est vrai. Et on s'amuse encore.

Dylan et moi échangeons un regard amusé. Nous savons le genre d'amusement qu'ils aiment partager directement dans le salon.

— On va aller se coucher, annonce Tara. Combien de temps allez-vous rester ?

— Jusqu'à dimanche.

— On fera peut-être le trajet de retour avec vous, dit-elle. Si je peux l'arracher à sa petite-fille. Un nouveau petit-enfant lui donnerait une motivation à rester à Brooklyn.

Elle nous fait un clin d'œil.

— C'est prévu, répond Dylan.

Je le remercie en silence de ne pas lui révéler comment nous avons abordé ce projet. Alors que j'avais la fièvre des bébés et que je lui demandais son sperme. Je manque de grimacer à ce souvenir. Il est tellement plus qu'un bon spécimen.

— Allons visiter la chapelle, dis-je à Dylan dès que ses parents sont partis.

— D'accord. Je connais le chemin. J'y suis allé pour le mariage d'Adrian.

Il me prend la main et nous sortons.

— Est-ce que ça te va, tout ça ? demandé-je. La connexion royale rendue publique, le fait qu'on se marie ici, à Villroy, la donation aux terrains de jeu ?

— Tu sais, je crois que oui. Mon père semble en paix avec tout ça, et cela m'apporte aussi une certaine tranquillité d'esprit. C'est lui qui a été le plus blessé par l'exil, et il semblerait qu'il ait été à nouveau accueilli au bercail, et qu'il soit même encore plus proche de sa famille.

— C'est incroyable toutes les blessures que peut guérir un enfant.

— Il devait être prêt à guérir.

— C'est la bonne décision. Pour nous, pour ton entreprise,

c'est la manière parfaite d'aller de l'avant. Et tout ça, c'est grâce à toi.

Je presse une main sur ma poitrine.

— Moi ? Ce n'est pas moi qui ai rassemblé tout le monde.

— Sans toi, pas de mariage dans la chapelle du palais. Sans toi, pas d'argent à récupérer d'une bague de mariage ridiculement chère. Sans toi, pas d'amour pour me rappeler pourquoi nous nous apprécions et apprécions notre famille.

Je me jette dans ses bras et parsème son visage de baiser.

— Je t'aime, je t'aime, je t'aime. Mon doux prince romantique.

Il referme les mains sur mes fesses et remarque :

— Tu as oublié de dire « sexy ».

Je lui adresse un regard entendu.

— C'est comme ça que tout a commencé.

Il me soulève du sol et me fait tourbillonner. Je pousse un cri, puis je ris, enivrée par un pur sentiment de joie.

Quand nous arrivons à la chapelle, nous nous apercevons qu'elle est verrouillée. Dylan ne perd pas de temps avant de trouver une fenêtre déverrouillée à l'arrière et de se hisser à l'intérieur par là. Il m'ouvre ensuite la porte.

Je m'accorde un instant pour admirer les lieux, et remonte lentement le tapis rouge de l'allée centrale. Il me rejoint au milieu, sous la lueur d'un candélabre, un bras autour de ma taille et me tenant la main. Nous dansons, nous balançant lentement, enveloppés de chaleur et d'amour, et cette danse n'est que la première parmi beaucoup d'autres. Il est mon partenaire de danse et dans la vie, mon amant et mon prince.

— Est-ce que je serais frappé par la foudre si je te prenais ici ? demande-t-il dans mon oreille d'une voix basse et grondante.

— Oui ! répliqué-je.

Mon prince est vraiment obsédé.

Il m'embrasse.

— C'était un « oui, prends-moi ici » ?

Ses yeux pétillent sous la faible lumière et un sourire joue sur ses lèvres.

Je le regarde en secouant la tête, avant d'émettre un couinement quand il me soulève et me fait retraverser l'allée.

— Et notre danse, alors ?

— Tu ne peux pas t'attendre à ce que je te serre contre moi très longtemps avant que tu ne réveilles la bête. Écoute, j'ai des projets pour toi une fois que je t'aurais mise toute nue. Ne t'en fais pas. Que des trucs parfaitement normaux.

— Je n'arrive pas à croire que tu te souviens à ce point de ce que tu as dit la première fois qu'on a couché ensemble ? C'est exactement ce que tu avais dit à l'époque. Ne t'en fais pas. Tout est normal.

— Évidemment que je m'en souviens. Ce moment a défilé dans ma tête comme un film porno pendant des mois.

— Je ne suis pas sûre de savoir que penser du fait d'être la star de ton porno.

— Bébé, c'est là qu'est ta place. À la place d'honneur.

Puis il me raconte avec des détails explicites et très cochons ce qu'il compte me faire.

J'enfouis mon visage dans son cou et me tortille presque sous le feu de désir brut qui me traverse.

— Oh, tu te sens timide, dit-il. Je vais t'exciter jusqu'à ce que tu laisses tomber tes inhibitions. J'y arrive chaque fois.

Je lui mords le cou et il pousse un grognement.

Dès que nous avons quitté la chapelle, il me prend la main et nous revenons au palais en courant comme des fous.

Une fois dans notre chambre, nous entrons en collisions et nous étreignons avec urgence.

— Je t'aime, dis-je en lui arrachant sa chemise.

— Je te vénère, répond-il en m'arrachant ma robe.

— Tu me chéris, lui dis-je alors qu'il me jette sur son épaule.

— Tu me supplies, ajoute-t-il en caressant mes fesses tout en me portant jusqu'au lit. Bébé, j'adore quand tu fais ça.

Quelques instants plus tard, je fais exactement ça. Et j'adore ça aussi.

ÉPILOGUE

Deux mois plus tard...

Dylan

J'apprécie vraiment le luxe des vols en jet privé. Il n'y a que moi, Ariana, mon témoin, sa demoiselle d'honneur et nos parents. Après notre mariage à Villroy, Ariana et moi allons partir en jet pour l'Italie, pour notre lune de miel. Tous les autres devront rentrer à la maison par des moyens normaux. Il y a quelques avantages sympas à faire partie de la royauté. Sean est mon témoin, vu que nous sommes les plus proches au niveau de l'âge. J'ai demandé à mes frères de se choisir les uns les autres en tant que témoin de manière chronologique, pour que personne ne soit vexé. Quand Sean se mariera, il choisira Jack, et ainsi de suite. Même s'ils ne se marient pas dans le même ordre que leur âge, ils peuvent quand même être témoins dans l'ordre. Brute (Garrett) est trop jeune, à vingt-trois ans, pour être prêt à se caser. Je serai peut-être son témoin un jour, pour boucler la boucle.

Nous avons atterri il y a quelques minutes, et nous allons ensuite rejoindre le yacht qui nous emmènera sur l'île. La mère d'Ariana prend des photos non-stop, même du cookie chaud aux pépites de chocolat qu'on nous a servi dans le jet. Elle partage tout sur les réseaux sociaux en taguant notre nouveau compte Rourke Management, qu'Ariana a ouvert. Entre elles deux et la presse qui couvre notre « conte de fées devenu réalité », je suis sûr que je n'aurais aucun problème à faire marcher le bouche-à-oreille pour Rourke Management.

Une fois arrivés sur le tarmac, et alors que nous attendons nos bagages, j'entends Sean au téléphone :

— Je t'ai dit que je n'avais pas fini les rénovations. Ce n'est pas *habitable*. Tu ne peux pas…

Il se renfrogne et reprend :

— Je sais que j'y vis. Je suis le contractant. Personne ne peut l'acheter pour l'instant.

Une pause, puis :

— Je comprends, mais… non. Winnie, tu ne m'écoutes pas.

Il continue comme ça un peu, en parlant de plus en plus fort, puis il sursaute et fixe le téléphone des yeux.

— Elle m'a raccroché au nez.

— Elle te met dehors ? demandé-je.

Ça fait des mois qu'il rénove l'appartement de son ex et est logé gratuitement en échange. Il ne peut y travailler que le week-end comme il est occupé avec son emploi rémunéré durant la semaine.

Il fait un geste vers son téléphone et répond :

— Elle veut que je me dépêche de finir pour qu'elle puisse vendre. Alors oui, en bref, je suis fichu dehors. Je ne peux pas me dépêcher.

— Tu peux faire ça vite, ou tu peux faire ça bien, énoncé-je, comme notre oncle Pat avait l'habitude de le dire aux clients.

— Exactement !

Il passe une main dans ses cheveux et ajoute :

— Tout ça parce que son fiancé lui met la pression. Il ne s'intéresse qu'à l'argent.

— Tu dois tourner la page, dis-je. Si tu restes vivre dans ton ancien appartement avec elle, c'est que tu t'accroches.

J'ai déjà essayé de lui en parler. Winnie vit en ville avec son mec de Wall Street, mais elle a encore sa maison à Brooklyn, où vit Sean. Elle en a hérité de sa grand-mère.

Sean fronce les sourcils.

— Je ne m'accroche pas. Je veux finir le travail, et je cherche un nouvel appartement. Rien d'intéressant n'est encore apparu sur le marché.

— Parce que tu veux vivre dans un quartier que tu ne peux te permettre.

Il plisse les yeux.

— Tu n'as pas une mariée autour de laquelle aller flâner ?

Je lui donne une tape sur l'épaule et repère Ariana, en train de parler à sa mère. Mme Bianchi insiste pour que je l'appelle Ma, comme Ariana, pourtant je ne peux m'y résoudre. Ariana m'adresse un petit sourire, et sa mère se retourne pour me lancer un regard sévère.

Je laisse échapper un soupir. Ariana a tout avoué. Je lui avais dit d'attendre après le mariage.

Je la rejoins, passe un bras autour de ses épaules et l'attire contre moi. Je porterai le chapeau pour cette fois. Ce n'est pas la faute d'Ariana si elle perd la tête quand je la touche. C'est juste mon sex appeal surpuissant. Même si cette fois, elle m'a plus ou moins arraché mes vêtements avant de s'empaler sur moi. Voilà ce qui arrive, quand on emmène une ancienne gentille fille visiter votre première propriété pour le développement immobilier – un bâtiment traditionnel que nous allons transformer en espace de bureau sympa – et que vous l'envoyez au bureau du principal. Elle avait tellement envie d'être vilaine.

— C'est vrai, lancé-je. Elle est enceinte. Je sais que nous ne sommes pas encore mar…

— Enceinte ! s'exclame Mme Bianchi en levant les bras au ciel. Ah ! Taa ! Viens par ici, c'est une merveilleuse nouvelle !

Je baisse les yeux sur Ariana, qui secoue la tête.

— Dylan, on avait dit qu'on n'en parlait pas pour l'instant.

— Qu'est-ce que tu étais en train de lui dire ? Elle m'a adressé un regard mauvais, alors j'ai cru qu'elle était en colère à propos de ça. J'essayais d'éviter qu'elle te le reproche !

Elle s'appuie contre moi et répond :

— Je lui ai dit que nous n'étions pas d'accord avec la

boutonnière rose qu'elle voulait que tu portes pour aller avec mon bouquet.

— Oups.

— Gros oups.

— Tu peux la convaincre de ne pas l'annoncer publiquement avant le mariage ?

— Débrouille-toi avec ça, réplique-t-elle en me tapotant le torse. C'est toi qui as vendu la mèche.

Je lui adresse un sourire.

— Mais c'est toi qui as été une très vilaine fille.

Elle attrape ma chemise par le col et m'attire à elle pour m'embrasser.

— Ça en valait la peine.

Un instant plus tard, nos parents nous foncent dessus dans une avalanche de félicitations, de baisers et de câlins. Ah, la famille. Je n'aurais pu en imaginer une meilleure à laquelle nous unir. Il s'avère que les Bianchi et les Rourke vont très bien ensemble.

~

Ariana

Je suis une authentique princesse, et je descends l'allée avec ma robe blanche fluide en direction de mon prince. Non, ne me dites pas qu'il n'est qu'à moitié prince, à cause de son sang de roturier. C'est complètement faux. Mon homme est un prince à part entière, et il est à moi, tout à moi.

Je devrais être plus nerveuse. C'est un grand moment, le premier Rourke du côté de son père se marie dans la chapelle familiale. Des caméras de télévision sont présentes, et il y a aussi une flopée de journalistes juste dehors. Nous sommes d'accord pour dire que c'était une bonne chose, pour les deux familles et leurs entreprises, de rendre notre union publique. Tout ce qui m'importe, c'est d'épouser l'homme qui m'a toujours été destiné.

Mon père m'escorte jusqu'à mon prince et nous félicite

tous les deux, puis il m'embrasse sur la joue et va s'asseoir avec ma mère. Je regarde derrière moi et vois qu'ils se tiennent la main. Ma mère et celle de Dylan échangent un sourire larmoyant.

Les brèches ont été comblées. Et c'est tant mieux, parce que je n'avais *pas* envie de négocier les privilèges de petits-enfants entre deux femmes obstinées comme elles.

Dylan me prend la mâchoire, et ses yeux bleus se rivent aux miens.

— Tu es magnifique.

Une boule d'émotion me remonte dans la gorge.

— Toi aussi, dis-je d'une voix étranglée, et des larmes s'échappent de mes yeux. Tu es séduisant, je veux dire.

Il m'adresse un sourire chaleureux. J'ai envie de le serrer contre moi, mais il se tourne vers le prêtre, et le moment est venu.

Avant d'avoir eu le temps de comprendre ce qu'il se passait, je suis devenue la Princesse Ariana Rourke. Oh, oui, ils m'ont accordé ce titre. Je suis une princesse américaine, et mon homme me traite chaque jour comme si j'en étais une.

Il m'embrasse en me penchant en arrière sur son bras, puis il me redresse. Il fait le show devant notre audience. S'il n'y avait eu que nous, il m'aurait plutôt embrassé profondément, et ses mains auraient erré partout sur moi.

Dès que nous sortons, je suis aveuglée par les flashs des appareils photo.

— Qu'est-ce que ça fait d'être un membre de la royauté ? demande un journaliste.

— Ça me donne la sensation d'avoir rejoint une famille incroyable.

— Et ça ne fait que commencer, ajoute Dylan.

— Vous parlez de vos frères ? demande un autre journaliste.

Dylan et moi échangeons un regard discret, parce que nous parlons tous les deux de notre petite famille.

— Entre autres choses, répond-il.

Puis il me guide vers le cheval et le carrosse qui nous

attendent pour faire le court trajet jusqu'à la salle de bal du palais.

La presse est en émoi à propos de ses frères. Qui sait, peut-être que l'un d'eux se mariera aussi ici un jour.

C'est un rêve devenu réalité, pour moi. Pour nous deux.

Ne manquez pas le prochain livre de la série, *Rogue Gentleman - Version française*, avec Sean et sa colocataire inattendue.

Josie

Je suis une actrice entre deux jobs, et je dors sur le canapé de l'ancienne maison de ma cousine. Je ne vais pas rester là éternellement. Je viens de tourner un pilote et, si la série est validée, je partirai à LA pour le travail de mes rêves. Sauf que je ne me serais jamais attendue à ce que mon nouveau colocataire soit l'homme le plus grincheux sur terre. Ça annule presque son apparence sexy, dans le genre hirsute. Presque.

Sean

La dernière chose dont j'ai besoin, c'est qu'une femme emménage dans la maison que je suis en train de rénover sur mon temps libre. Premièrement, je vis là-bas. Deuxièmement, je suis sur les rotules alors que j'essaie de jongler entre ça et mon job principal. Je n'ai pas le temps pour son ton enjoué irritant ni pour son petit corps mignon qui me distrait beaucoup trop. J'ai du travail.

C'est alors que Josie décide de « m'aider » à rénover, ce qui a pour effet de me donner encore plus de boulot. Elle est en train de me rendre fou. Et pourtant, je ne sais comment, je ne peux détourner les yeux d'elle.

Inscrivez-vous à ma newsletter afin de ne rater aucune de mes nouvelles publications: Kyliegilmore.com/FRnewsletter

AUTRES LIVRES DE KYLIE GILMORE

La série du Club de Lecture Happy End

Hollywood incognito (Tome 1)

Au-devant des ennuis (Tome 2)

Même pas cap (Tome 3)

Entente formelle (Tome 4)

Erreur sur le bad boy (Tome 5)

Joue avec moi (Tome 6)

Résister au destin (Tome 7)

Une chance de romance (Tome 8)

Un séducteur diabolique (Tome 9)

Un plan désagréable (Tome 10)

Un mariage Happy End (Tome 11)

La série Rourkes

Royal Catch - Version française (Tome 1)

Royal Hottie - Version française (Tome 2)

Royal Darling - Version française (Tome 3)

Royal Charmer - Version française (Tome 4)

Royal Player - Version française (Tome 5)

Royal Shark - Version française (Tome 6)

Rogue Prince - Version française (Tome 7)

Rogue Gentleman - Version française (Tome 8)

Rogue Rascal - Version française (Tome 9)

Rogue Angel - Version française (Tome 10)

Rogue Devil - Version française (Tome 11)

Rogue Beast - Version française (Tome 12)

AU SUJET DE L'AUTEUR

Kylie Gilmore est auteur de best-sellers sur la liste de USA Today tels que la série du Club de Lecture Happy End, la série Rourkes, la série Clover Park et la série Clover Park STUDS. Elle écrit des romances comiques qui vous feront rire, vous feront pleurer et vous donneront un coup de chaud.

Kylie vit à New York avec sa famille, ses deux chats et un chien complètement fou. Quand elle n'est pas en train d'écrire, de courir après ses enfants ou de prendre des notes lors de conférences sur l'écriture, vous la trouverez sur la pointe des pieds, cherchant à atteindre sa cachette secrète de chocolat tout en haut du placard.

Cliquez ici pour vous inscrire à la newsletter de Kylie afin de recevoir des informations concernant les sorties de nouveaux livres, les promotions et les cadeaux réservés aux abonnés. https://www.kyliegilmore.com/FRnewsletter

Pour d'autres bonus sympas, allez voir le site de Kylie https://www.kyliegilmore.com.